[韩天航文集] ⑫

聚德里36号

韩天航 著

新疆生产建设兵团出版社

图书在版编目（CIP）数据

聚德里36号 / 韩天航著. -- 五家渠 : 新疆生产建设兵团出版社, 2020.12
 ISBN 978-7-5574-1596-9

Ⅰ. ①聚… Ⅱ. ①韩… Ⅲ. ①长篇小说－中国－当代 Ⅳ. ①I247.5

中国版本图书馆CIP数据核字(2021)第009676号

责任编辑：王学得

聚德里36号

出版发行		新疆生产建设兵团出版社
地　　址		新疆五家渠市迎宾路619号
邮　　编		831300
电　　话		0994—5677185
发　　行		0994—5677048
传　　真		0994—5677519
印　　刷		北京一鑫印务有限责任公司
开　　本		710mm*1000mm　1/16
印　　张		15.25
字　　数		225千字
版　　次		2020年12月第1版
印　　次		2021年8月第1次印刷
书　　号		ISBN 978-7-5574-1596-9
定　　价		46.00元

目　录

第一章 …………………………………… 001
第二章 …………………………………… 007
第三章 …………………………………… 014
第四章 …………………………………… 019
第五章 …………………………………… 024
第六章 …………………………………… 030
第七章 …………………………………… 036
第八章 …………………………………… 043
第九章 …………………………………… 048
第十章 …………………………………… 056
第十一章 ………………………………… 064
第十二章 ………………………………… 070
第十三章 ………………………………… 076
第十四章 ………………………………… 081
第十五章 ………………………………… 086
第十六章 ………………………………… 094
第十七章 ………………………………… 101
第十八章 ………………………………… 108

第十九章……………………………………116
第二十章……………………………………124
第二十一章…………………………………133
第二十二章…………………………………141
第二十三章…………………………………149
第二十四章…………………………………156
第二十五章…………………………………163
第二十六章…………………………………170
第二十七章…………………………………179
第二十八章…………………………………185
第二十九章…………………………………193
第三十章……………………………………199
第三十一章…………………………………207
第三十二章…………………………………213
第三十三章…………………………………219
第三十四章…………………………………224
第三十五章…………………………………229
第三十六章…………………………………236

第一章

上海新江路聚德里36号勿是聚德里弄堂里的一栋石库门房子,而是一个里面住了十四户人家的中间有较大空间的院子。事情是这样的,当时上海有一位姓方的湖州籍的大富豪,开始时做的是丝绸生意,生意做大了,就又在上海做起了房地产生意,开发了好几条弄堂。他认为人活在世上要以德为上,所以他建的这些弄堂,名称中间都有个"德"字,什么全德里啦、兴德里啦、尚德里啦,等等。在修建聚德里时,他让他的远房侄子方百搭来负责这项工程。他没有想到,这位远房侄子那时搭上了四马路惠云里青云楼的一个妓女。在弄堂房子建到第三十五栋时,这位方百搭竟卷着剩下的款子带着那位妓女私奔了,气得方老板浑身发抖,想勿到自己看中的远房侄子竟做出这样下三烂的事。要在上海滩把生意做大如果没有政府与帮会的背景你是做勿畅咯,方老板当然在帮会里也有兄弟和朋友,他托帮会里的一位姓朱的兄弟帮忙,那位姓朱的帮会小头目说:"方老板,你准备让你的这个侄子哪能咯下场?"

方老板斩钉截铁地说:"让他消失!这种不知感恩,心肺都烂掉的人还留在世上做啥?"

姓朱的一拍胸脯,说:"方老板,我们行里是最痛恨那些不讲信用的人的,咯桩事体你就托在我身上好了。"果然,不出几天的一个晚上,方老板的远房侄子方百搭在温州一栋新买的小楼里,同那位姑娘吸了一通鸦片,云雨了一番后就昏沉沉地进入梦乡。第二天早上姑娘醒来,发觉全身湿湿的黏黏的,一摸全床都是血,此时方百搭已经身首异处了,这个姓李的妓女发出一声尖厉的叫声后,就变得神经兮兮了。所以当警署的人来问那个已经吓出神经病的女人时,她已答非所问,什么也说不清了,警署的人一看这情景,知道是黑社会所为,他们笔录了那位姑娘一些口供之后,这事也就不了了之了。仇是报了,气也出了,但方老板还是觉得这件事相当霉气,所以后面的那几栋房子也勿想再盖了,留下了这么一片空地,聚德里也就只盖到35号。

有一天,方老板湖州老家的一位很相熟的姓南的乡里来找他,托他买栋房子。方老板说:"我在聚德里的后面有一块地,送给你,你们在那里盖栋自己的房子就行了。"那位姓南的乡里说:"上海的地皮这么紧张,我白要你这么一块地怎么可以?再说白给的地在上面盖房心里也勿踏实,总要意思意思才好。"方老板就说:"那就拿一根条子,这块地就归你了。"那时上海的地皮已经相当吃紧,尤其是离市中心勿太远的地盘,聚德里离大马路只有几站有线电车的距离,虽说那块地勿是很大,但也能盖上好几栋楼了,一根条子就拿下这么块地也相当于白送了。

那位南先生是湖州市郊南面上湘庄的人,祖上做过官,据说还是个侍郎,所以宅第被称为侍郎府。但几代以后,家道中落,只留下兄弟二人,南家兄弟把田产与房产也都一分为二,各自过各自的日脚。

兄长叫南怀书,弟弟叫南怀文。上湘村是个崇尚文化的村庄,用现在的话来说就是很有文艺范儿的。庄里有几位财主每年过年前后,都会掏钱在镇上搭台唱戏,而且唱的还勿是地方戏,唱的是"国戏"——京剧,因为这几个财主祖上都曾在京城当过或大或小的官,对京剧有特别的爱好。老佛爷

第一章

喜欢的东西他们也跟着喜欢,这是"通病",主子喜欢的物什奴才也会跟着喜欢。庄上的人也跟着财主们一起喜欢。

南怀书在庄上有位佃户,叫刘玉堂,曾在上海跑过码头,在戏班里也混过,后来落魄了,带着老婆与一个三岁的女儿来到上湘庄,投在南怀书的门下,租了十几亩水田,成了南怀书的佃户。由于刘玉堂能唱得一口好京戏,每年镇上搭台唱戏,刘玉堂成了台柱子,南怀书很是欣赏他,不但给他减租,有时甚至还资助他,所以刘玉堂对这位主子也很感恩。

虽然是主子与佃户的关系,南怀书从不把刘玉堂当佃户看,而是像好朋友一样往来,相同的爱好往往也能改变或者改善人的关系。只要有空闲的时间,南怀书也经常放下身架,到刘玉堂家。在刘玉堂茅屋前的小院子里,烫上一壶酒,弄点蚕豆、咸肉、鸡蛋等小菜,刘玉堂拉起京胡,两人便会相互唱上几段。茅屋边是条小河,水在潺潺地流着,四下里是寂静的长得很旺的庄稼地,月亮升在半空,两人又唱又喝,觉得全身心舒松,很是惬意。

刘玉堂的女儿刘绣娟,在七岁时也能无师自通地唱上几段,那嗓音真的甜美得勿得了。等到刘绣娟长到十五六岁时,更是出落得亭亭玉立,用古人常用来形容漂亮女子的话说,就是有"倾国倾城"之貌,有"闭月羞花"之容。那年春节镇上又搭台唱戏,已经十六岁的刘绣娟演了《玉堂春》里的玉堂春,更是轰动了整个镇。刚好上海有个戏班也到镇上来凑热闹,唱了几出戏,那个戏班的老板就想让刘绣娟进戏班,但刘玉堂怎么也勿答应,说:"我吃过唱戏这碗饭,但这碗饭勿好端,是个火坑,我是从这坑里跳出来的,哪能让女儿再往这坑里跳呢?还是种田踏实,戏文唱唱白相可以,但决勿能当饭碗来端。"

那几年,南怀书与刘玉堂家来往得很热络,晚上常去刘家小院子里唱戏喝酒,有时还带着比刘绣娟大一岁的儿子南庄俊一起去。由于自己喜欢,他就培养儿子也要有这方面的爱好,听戏唱戏这是一个文人雅士应该具备的素质。南庄俊与刘绣娟年龄相仿,两人相处得也十分友好。但就在那年中秋节过完的第二天,说是十五的月亮十六圆,南怀书没有带南庄俊,而是只身去了刘玉堂家的小院子里赏月,南怀书那晚心情特别好,答应把刘玉堂今年的田租免了。刘玉堂顿时高兴得频频劝酒。两人不但唱,也让刘绣娟连唱了几曲,刘绣娟那清脆圆厚悦耳的程派唱腔让南怀书时时拍手叫好。回家时,南怀书坚持要一个人走回去,说这么好的月光,一个人在田野上走着回去,多么有情趣啊!可他没想到,自己喝多了,尤其是那黄酒,后劲大,走出没多远,两条腿就有些不听使唤了,摇摇晃晃地走在一条小河边上,脚下一滑,自己都不知道怎么就掉进河里。第二天早上,出来耕地的人才发现河里漂着一具尸体,有人认识,是侍郎府南家的大老爷南怀书。

  南怀书只有南庄俊这么个儿子,弟弟南怀文没有子嗣,所以南庄俊成了南家的独苗。于是南怀书的女人南蒋氏与南怀文更是把南庄俊看成了南家唯一的希望,自然想为南庄俊找一门好亲家。南怀文也一直在湖州的地面上到处打听,能勿能寻到一位理想的姑娘。可想勿到的是,村里都传说,南庄俊与南家的佃户刘玉堂的女儿刘绣娟相好了。有些事往往让人想勿通,刘玉堂与他的女人刘杨氏长得都很一般,但他女儿刘绣娟却长得跟天仙下凡一样,尤其到十六岁时,亭亭玉立,一笑一颦,让人心动不已,她还跟着戏迷父亲拉得一手好京胡,唱得一口好戏。

  也是大户人家书香门第出身的南蒋氏听说后,气得半死,说怀书就不该经常带着庄俊到这个当过戏子的佃户家里去喝酒,把好好的一个儿子也带坏了。南怀文开始也不相信,但后来发觉南庄俊天天往刘玉堂家去,才证实了这件事。南怀书就是从刘玉堂家吃酒回来淹死的,所以南怀文与南蒋氏都认为这件事一是勿吉利,二是与佃户家的女儿结亲也太有失体面了。坚决反对南庄俊再同刘绣娟往来。可南庄俊竟公然对抗说,他就要娶刘绣娟为妻。南蒋氏就威胁说,你再勿同刘绣娟断绝往来,我就去跳井!南庄俊说,现在是民国了,恋爱自由,婚姻是父母勿能包办的,大闹了一场。

  想勿到南蒋氏是个性格刚烈的女人,南庄俊第二天一大早就又去了刘玉堂家,气昏了的她真的跳到院子边上的一口水井里了,当南怀文知晓,派人去捞出来时,人也早断了气了。他派人把南庄俊找回来,开始南庄俊勿相信,但跑到井边,一看到死去的母亲那脸肿胀得就像鬼一样,突然大叫一声,人就变疯了,满院子里奔跑起来,然后哈哈哈地笑个不停。南怀文请来乡里

第一章

的郎中,但郎中摇摇头说,已经疯了的人再高明的医生也无能为力,何况像我这样的郎中呢,医是医勿好的,只能吃点安稳情绪的药,让他多睡点觉罢了。郎中开了个方子,叹惜地摇摇头,走了。

其实南庄俊也勿是全疯,只是时好时坏,有时还很清醒,清醒的时候跟正常人没有什么两样,但一旦疯起来就乱喊乱叫,又哭又笑。南庄俊长得十分英俊,一米七八的个头,眉清目秀,说话的声音也是糯糯的,有点娘娘腔,心地十分善良,虽是个疯子,但从不打人骂人,看到有人有什么难处,他还会自觉地去帮忙。只要是下雨天,他就会站在院门外的台阶上,自己撑一把伞,手中还拿一把伞,只要看到路上有人没有撑伞,他就会走上去,递上伞说:"这把伞你就先用着,有空送回来,"他指指院门,"如果不便,那也就算了。"

南蒋氏百日后,刘玉堂领着刘绣娟来找南怀文,说:"南老爷,我家绣娟非要嫁给南公子,如果勿允,她也要跳井去。"

南怀文想,南庄俊虽是他的侄子,但总勿是自己的亲生儿子,要是这样长期下去,他这个当叔叔的也勿便照顾,而且也会麻烦不断。所以他不但答应了这门婚事,还把南怀书名下的田产卖掉。由于这件事在庄上传得风生云起,很有失南家的体面,所以他想到上海为他们买套房。只要他俩离开上湘庄,风云自然也会慢慢消散,平息。

他去找了在上海的乡里方百钧老爷,他们不但是世交,而且南家发达时,曾出手帮过方家的忙。方百钧刚好遇到了这件他远房侄子卷款私奔的事,于是就把那块地皮以一根条子的价钱卖给了南怀文。南怀文也就在那地皮上盖起了一栋两层的小楼,空留的地块就用竹篱笆围了起来,同时贴上了聚德里36号这块牌子,然后把南庄俊和刘绣娟接到了上海,又把卖田产余下的一点钱让刘绣娟保管,同时把上海这块地皮的地契也留给了他们。安排好这些事后,他认为他这个当爷叔的已经尽到了责任,就回到上湘庄,从此再也没有过问过南庄俊的事。

刘绣娟勿但长得漂亮,而且也很精明,她知道南怀文留给他们的这点钱在上海这个城市里只能养活他们三五年,后面的日子怎么办?于是她就想到余出来的那片空地她得利用起来。那时外地拥进上海的人越来越多,铁路旁小街左右都盖起一栋栋的棚户房,而南庄俊家的这片空地也有勿少人来问。刘绣娟就想到把地租出去让人盖房,他们每年收上点租金。她与南庄俊商量,南庄俊那时头脑还清醒,就说:"屋里厢的事体你做主就是了。"

勿到半个月的时间,这块空地上背贴着篱笆墙就盖起十三栋房子,虽说都是棚户房,但盖的材质与样式因各自的经济实力不同,也就各不相同,有的还用上了砖瓦,有的还盖起了二层楼。但是门牌号还是用聚德里36号的牌子,只是院子里面每栋房的门牌上写着聚德里36号内-1,内-2,内-3,一直到内-14。

虽然基本上还都是些棚户房,但因为是在弄堂之内,四周又都是其他的石库门房,这36号院内的一圈棚户房就成了石库门弄堂中一方特殊的院落,住在这里的人也就觉得他们要比铁路两旁的棚户房的人优越点。况且铁路两旁天天火车隆隆地穿过,街道上人流车流也十分繁杂,而36号院内的人住在弄堂的深处,因此显得非常清静,所以住在36号院内的人都感到还挺满足。

院落里的房子盖完后,中间还有一片空地,空地上原先就有一棵梧桐树,竖在内6号家的门口,有人说要把它砍掉,但住在内2号的当中学教师的吴耕夫老师说,家有梧桐树,招来金凤凰,砍勿得的。再说梧桐树长得这么大一是砍了可惜,二是留着可以为院子留下一片阴凉。住在内6号的朱富贵大爷说,这树就留在我家门前哦,让我们家也积积富贵,千万勿要砍。现在这棵梧桐树长得又粗又壮相当茂盛,吴老师说,这是个好兆头,预示着住在这个院子里的人都能兴旺发达。

第二章

聚德里36号里的人一直没有看到南庄俊发过所谓的神经病,虽然大家都知道他有神经病,从刘绣娟的口中也逐渐知道了他的身世,从他那双有点木讷恍惚的眼神也能看出他精神上确实有病,但却从来没有见到他疯癫过。

他待人和气,夏天在梧桐树下乘凉时,他会把经常抽的好烟散给大家。他一直抽比较好的香烟,比如英国的"白锡包"香烟,最起码也是国产的"美丽牌"香烟,蹩脚香烟是绝对勿抽咯。由于经济紧张,刘绣娟买了两包"老刀牌"香烟给他,他一挥手就把香烟扔到了门外。弄得刘绣娟既生气,又尴尬又无奈,想哭又哭勿出来。他平时也会用手把一包白锡包烟盒捏成筒状,用手指弹出烟盒的烟递给会抽烟的男人说:"吴先生,刘先生,袁兄弟……来,抽一支。"

大家都被他的和善与热情所感动,但弄堂里的人都知道他有"精神病",开始时有些人都要躲着他走,尤其是那些打扮时髦的女人,穿着丝绸旗袍,扭着细腰,看到他都要躲得远远的,怕会被他"占到啥便宜"似的。但弄堂里长得再漂亮的女人都比勿上刘绣娟的美丽。后来大家发觉他并没有伤害过任何人,于是也就不再躲他,但也勿同他搭讪,因为他是个"精神病"。但孩子们却会围着他跟在他屁股后面"轧闹猛",实际这些孩子是在戏弄这个"神经病"。有些十三四岁的少年,已到了性正渐渐成熟的年龄,有一个叫阿毛的问他:"庄俊爷叔,你跟你的女人那个过了哦?"

"咋说?"南庄俊没有弄懂。

"就是,喏。"阿毛指指他的裤裆,又用手指做了一个下流的动作。

南庄俊就明白了,摇着头说:"勿能做咯,这哪能做呢,我和她还没有结婚呢,没有结婚是勿能咯样做咯,缺德呀你晓得哦?"

有一位叫阿银的少年又问:"为啥勿结婚?"

"我姆妈勿同意呀,还跳井了呀。"

阿毛说:"咯为啥要住在一起?"

"她要照顾我呀,我又勿会做饭,也勿会洗衣裳,没有她照顾我,我就活勿下去呀。"

阿银说:"她长得好漂亮啊!"

"还会拉琴,唱戏,所以我一直要娶她!"南庄俊说,"要勿,我姆妈就勿会跳井了。"

少年们这时反而一个个都因为同情而感动,也不再是只想戏弄他寻寻开心了。尤其是看到他那漂亮女人来找他吃饭时,这些少年更觉得戏弄这样一个人似乎有罪,于是说了一声:"庄俊爷叔再会。"

上海的黄梅天是最难熬的,细细的雨丝挂在天上,苍翠的梧桐树叶也跟着一串串地往下倾泻着雨水。南庄俊突然跑进自家屋里,对刘绣娟说:"内13号里潘阿珍今年的地租钞票你勿要再收她的了。"

"做啥?"

"她屋里厢的雨下得比外面还要大,她的屋顶光盖块油毛毡哪能可以呀,得铺瓦片。"

"内8号,内10号铺的也不都是油毛毡呀。"

第二章

"这两家也在漏雨。"

"那这两家的租金你也勿收啦?"

"我只是讲潘阿珍家的勿要收,你没有听见呀?"

"听见了,但现在你抽香烟,美丽牌以下的烟勿肯抽,隔两天还非要买包白锡包。屋里厢坐吃山空,现在光靠这点地租钱根本勿够,你还要免人家的租金,这日脚还过勿过啦?"说着,刘绣娟哭起来。

南庄俊呆坐在客厅里,瞪着眼睛勿响了,刘绣娟知道又犯病了,忙说:"好,好,听你的,阿珍的地租今年就勿收了,可以了哦?"

"把那包白锡包烟给我拿来。"

内13号是这院内十四栋房子里盖得最差的房子,地上垫了两层青砖,然后都是用木板拼起来的,里面的木板用旧报纸糊上,因木板拼得不严实,露出了一条条的缝隙,从外面可以窥探到屋里,所以糊上旧报纸,一是可以挡风,二是可以挡眼光。只有十几平方米的这间小棚户房中间还用木板隔成了两间,潘阿珍是带着比自己小五岁的弟弟潘正福来上海的。潘阿珍说,他们父母双亡,在乡下实在待不下去了,只能带着阿弟来上海寻口饭吃。她那十二岁的阿弟得过小儿麻痹症,是个残疾,一条腿长一条腿短,而且伸勿直,走路一瘸一瘸的,人瘦得又是皮包骨头,看着着实让人感到可怜,但潘阿珍却长得中等身材,不胖不瘦很匀称,脸蛋也长得很秀气,非常耐看。

潘阿珍为了养活自己和弟弟,以给人家洗衣服为生,有时一接就是一大堆,不但要给人洗干净,还要给人家熨好叠好送回去。她那一双手整天泡在水里,搓啊,刷呀,尤其在冬天,手上长满了冻疮,甚至溃烂流脓,但她还得洗还得熨,因为她已把弟弟送到了附近的小学去读点书。读书那也是要花钞票的,所以她盖的房子很简陋,屋顶只盖了层油毛毡。在上海黄梅天这样一连好几天的绵绵细雨,她那只盖了一层油毛毡的屋顶哪能挡得住这没完没了往下落的雨水啊。南庄俊看勿下去了,那时他的脑子是清醒的,所以一回到家,就跟刘绣娟说了那样的话。

其实南庄俊哪里晓得刘绣娟的难处呢,就像她说的那样,坐吃山空,南怀文为他们留下的那点钱已用得差勿多了,于是刘绣娟只好当些首饰,连同那点地租钱来勉强度日。可南庄俊享福惯了,不但要抽好烟,而且每天晚上还要喝点黄酒。过酒的菜一定要有一小盘肉和一小盘鱼,勿然就勿吃饭,坐在那儿发呆。刘绣娟只好想尽一切办法满足他。但他也只有这点嗜好,没有更高的要求,勿像有些男人赌、抽、嫖都来,刘绣娟觉得只要日脚过得太平,他的那点要求怎么也得满足他,勿要让他发病就是天大的幸运了。刘绣娟这位长相异样漂亮的女人心里也很苦,但她觉得自己就得这么去做,否则天理不容,因为南庄俊全是为她变疯了,也是因为她,他的姆妈才跳井死的。这些罪过都得由她来赎,她就是这么想的。

　　内1号当然是南庄俊和刘绣娟住的房子,就竖在门边上,两层楼房,与弄堂里的石库门房的样式没有什么两样,材质也基本相同,唯一不同的就是少了一层楼。那是南怀文派人盖的,并让南府的管家南权做监工,院门开在南庄俊房子的山墙上,前门是两扇漆上黑漆的厚重的木门,对着弄堂,后门则与院子相通,一出后门就是在院子里。虽然只有两层楼,但同样有客厅,后房,二楼还有亭子间,二楼的前房也就是卧室还有阳台,虽比聚德里石库门房少了一层,但也是很像样,在方老板的应允下,就贴上了聚德里36号的门牌。

　　住在内5号的是一个20岁出头叫姜丽文的女人,她白天睡觉要睡到十点多钟才起床,然后梳洗打扮,一头披肩卷发,腰身很细,身材很美,只是屁股肥大了点,又穿着玻璃丝袜高跟鞋,走起路来腰扭得就像水蛇一样。瓜子脸说勿上很漂亮,但绝对吸引人,尤其是笑起来,两粒瓜子一样的酒窝特别迷人。她起床打扮好后,也到吃中午饭的辰光了。

　　内5号盖的虽然只有一间平房,但盖的档次比较高,用的木材勿但结实,屋顶也是用青瓦盖的,是一间比较高档的棚户房。房内也比较宽畅,有二十几个平方呢,里面有沙发、茶几、八仙桌,虽然只有一个人住,却是张双人床,房子布置得也很雅致,外面看着是棚户房,走进房间里,却有点宾馆的味道。姜丽文中午是在弄堂口一家饭店里包的饭,所以一到中午十一点半左右,饭店的伙计会准时把饭送来。用好中午饭,打扮收拾得靓靓丽丽的姜丽文手腕上挎着个小包,叼上一支美丽牌香烟,扭着水蛇腰就走出了弄堂。然后到

第二章

深更半夜才回来,有时甚至到天蒙蒙亮了才回来,大家猜测她肯定是做那种生意的。住在聚德里12号一位小报记者说,他在乐得门舞厅见过她,是一位舞女。但18号的一位在一家公司当协理的人说,他在同商界的一些朋友聚会一起喝花酒时见过她,是一位陪酒陪唱的女人,至于是勿是也做那种生意,因为没有真凭实据,是勿好瞎讲咯。

大约因为都是年轻女子,惺惺相惜,姜丽文就经常到刘绣娟那儿来说说话。有一天,她路过36号院门口时,听见刘绣娟在房子里自拉自唱,南庄俊在拍着手同她打节拍,姜丽文这才敲门进去说:"阿姐,你唱戏还唱得这么好哇,京胡也拉得这么好,真的是想勿到。"

刘绣娟听到姜丽文这么夸奖她,心里也感到很受用,两人很快就相熟了,姜丽文也唱了一曲,唱得也是字正腔圆的。刘绣娟也夸了姜丽文几句。姜丽文说:"我吃的就是这碗饭。"刘绣娟才知道,她晚上当舞女,中午时还要陪人吃花酒,唱曲儿,是个卖艺勿卖身的女人。姜丽文说:"绣娟阿姐,你可以绝对放心,我姜丽文的身子至今还是干干净净的,我姜丽文晓得女人什么叫自重!"意思是她绝勿是那种下三烂的女人,同她交往是勿会污辱你什么的。

刘绣娟点头说:"姜丽文,我相信,有空经常走动走动,反正我们住在一个院子里。"

姜丽文说:"我也是这么看的,远亲勿如近邻嘛。"

从那以后,姜丽文只要有空就到刘绣娟家去串门,聊白相,来往得蛮热络的。

事情也巧,就在南庄俊把那两包老刀牌香烟扔出大门口时,住在南庄俊家隔壁的内2号的中学教师吴先生回来了,吴先生叫吴耕夫,他看到36号门口甩出来两包老刀牌香烟,然后又听到刘绣娟在哭,于是从地上拾起那两包老刀牌香烟,门正好开着,就走了进去,说:"南先生,少奶奶,你们小两口好好的吵什么架呀。"

刘绣娟就把刚才发生的事情讲了一遍,吴先生一笑说:"少奶奶,这就是你的不是了,南先生历来抽的是白锡包烟,连美丽牌香烟都很少抽,对男人来说,面子上的事可勿是小事情,面子该撑的时候就得撑。快,去给南先生买两包白锡包去,钞票勿够,我先填上,以后还我就是了。"说着,他就撩起长衫从裤袋里要掏钱。刘绣娟忙阻止吴先生说:"吴先生,勿用了,我这里有。我只是想过日脚嘛,能省点就省点,都是香烟嘛,抽起来都勿是一样咯。抽白锡包抽老刀牌,都是一样味道,苦不拉叽咯。"

吴先生说:"少奶奶,男人抽啥牌子的香烟不但是男人的面子,那味道也是勿一样的。该给男人面子时一定要给,好了,南先生,"吴先生对南庄俊说,"勿要生气了,少奶奶已经知错了。这两包老刀牌香烟呢,我买下了。"说着,从腰间拿出几只角子,拍到桌子上,揣上那两包老刀牌香烟就出去了。

吴耕夫是去年三月从乡下来上海的,长得很清秀,就是瘦了点,下巴上还经常留上些胡子茬茬,三十刚出点头,但留些胡子茬茬显得老成些,更像一个学者或教授。他是经朋友介绍到上海来当中学教师的,南京某专科学校毕业,后来回到乡下老家,可能在老家出了什么状况,才到上海来寻口饭吃的。到上海后,光找住的地方就找了半年,主要是找勿到合适他住的地方,后来看到这儿可以租地自己盖房,而且租金又那么便宜,他是来这租地盖房的第一人。房子离36号后面约有半尺的距离,说是棚户房,但并不寒酸,两层楼,下层用的可是青砖砌起来的,第二层用的是比较好的木板,青瓦做的屋顶,楼的上下两层加起来有四十几平方米了,在上海滩有这样一栋房子住,可以讲是相当勿错了。

吴先生说起话来总是慢条斯理,文绉绉的。他的夫人年纪要比他小好多,最多二十刚出点头,他老是对别人说他们是老夫少妻,夫人叫李月桂,长得也蛮好看,但有点粗相,一看就是农村里长大的姑娘。刘绣娟也是农村长大的,父亲还是个佃户,但李月桂却没法同刘绣娟比,在漂亮秀气程度上差了好长一截子。

但聚德里的人尤其是36号院内的人也渐渐地发觉,吴先生与李月桂虽说是夫妻,但两人的相处不太像夫妻。李月桂叫吴先生先是叫老爷,后来又改叫先生,大约是吴先生不让她叫的缘故,而且她在吴先生跟前总是唯唯诺诺的,与其说是夫妻不如说更像是主仆,是公子与丫鬟的关系。更有人说,吴先生住在楼上，李月桂住在楼下，每人有每人的床，而且从来没有发觉吴先生与李月桂同床过。有人就质疑说："是夫妻为啥不睡在一张床上啦？世上哪有勿睡在一张床上的夫妻，咯两个人肯定勿是夫妻。不过也让人想勿通，吴先生这么个三十几岁，正值如狼似虎的年纪，同一个还算漂亮年轻的女人住在一起，怎么能熬得住。"但也有人为吴先生辩解说："有些男人有洁癖，勿喜欢同女人睡在一张床上。但他们做这种事时，能让你看到啊。做肯定做咯，你只不过看勿到就是了，勿要以小人之心度君子之腹了。"

吴先生在这条里弄里，还是有点人缘的。

第三章

吴先生的这个隐私首先是从住在他家隔壁3号的陆家禾与陆家姆妈口中传出来的,陆家禾已年过四十,院内的人后来扩到弄堂里的人都叫他陆家伯伯,陆家姆妈叫陆勾氏但她的大名谁都勿晓得,但也没有人想要晓得,反正提到她时就叫她陆家姆妈。

陆家伯伯是在小菜场推着个小车摆水果摊的,水果摊就摆在一家馄饨阳春面店的门前,一到天黑,馄饨阳春面打烊,他也就收摊,把小车与水果往馄饨店的店堂里一推,寄存在那儿,然后摇摇摆摆地回家。他虽然个子不高,皮肤黝黑,有点尖嘴猴腮,却是个很洒脱、很自在的人,摆水果摊只为了养活自己,赚的那点钱只要能够两口子的饭钱、零用钱就可以了,至于其他的欲望几乎没有。

他活得很自足,也很晓得享受,每晚都要喝一小壶高粱酒。冬天在家里喝,夏天就在外面喝,把一只方凳子在门口一摆,小竹椅上一坐,高粱酒往小酒盅里一倒,他只喝高粱酒,因为酒的度数高,只

第三章

要往嘴里小小呷上一口,满嘴都是酒的辛辣味,很过瘾。过酒的小菜往往是一碟花生或者茴香豆、酱黄豆,有时还有一碟猪头肉或猪耳朵肉,一小盅酒可以抵上一两个小时,一副既满足又滋润的神态。而陆家姆妈比陆家伯伯大两岁,一双七寸金莲长得胖,腿又短,身体肥鼓得像一只球,脸蛋也圆得像一只小皮球。好像全院子的人都勿大喜欢这两口子,陆家伯伯有个很大的毛病是喜欢听人家的墙根,而陆家姆妈就接着在院内,甚至在弄堂里扩散,她又爱搬弄是非。院子里的一些绯闻就是这两口子倒腾出来的。

院子里从开始建房起,刘绣娟就在院子的中央安了一个水龙头,还安了一只水表,开始时是按户分摊水资,后来大家觉得勿合理,因为每户的人头勿一样,用水当然勿一样,后来在吴先生的建议下,院子中间筑起了一方水门汀的池子,水池四周打上洞,洞里插上木塞,池子里装满水,只要木塞拔出来水也就从洞中喷流而出,用水也就很方便,后来按人头分摊水费,大家又都感到勿公平,有人用水多有人用水少,比如13号的潘阿珍帮人家洗衣服,一天用水量比好几户人家都多,还有像5号姜丽文家,一般只有夜里用点水,平时就很少用水,也要摊一个人头的水费,这中间的差距也太大了,后来吴先生又建议使用竹签提水用,就是说,每人从木箱里投上一块竹签,可使用一桶水,每一个子字上写上户主的名字,按投放竹签的多少来收费用,大家觉得这样才合理。但有人发觉陆家姆妈有时候投一块竹签却偷偷用上两桶三桶水,这关系到所有人的利益,所以在水池边上经常能听到陆家姆妈与别人的吵骂声,而陆家姆妈像泼妇一样,骂起来满嘴喷粪。有人就说:"陆家姆妈,你咯只嘴巴要用马桶刷子好好刷一刷,太臭了!"

有一天姜丽文去南庄俊家交地租费,发觉刘绣娟一脸的忧愁,两只眼睛都哭肿了,就问:"绣娟姐出啥事体啦?"刘绣娟长叹一口气说:"我想把这块地皮转让出去,屋里厢实在是快揭勿开锅了。"姜丽文一听吃了一惊,说:"咯哪能可以啦,就是地皮转让出去,还勿是坐吃山空,地皮转让出去的钞票吃光了呢?喝西北风啊?"

刘绣娟又哭了,说:"咯哪能办啦?男人一点事体也勿懂,抽烟非要抽白锡包,而且还穷大方,一包烟勿到半天就散光了,自己最多只抽两三根,大多数都送给别人抽了。"

姜丽文说："车到山前必有路,船到桥头自会直,人总有活下去的办法。"

刘绣娟说："像我这样的女人有啥办法啦?"

姜丽文说："只要绣娟姐放下做少奶奶的架子,门路有的是。"

刘绣娟说："我算啥少奶奶啦,一个佃户的女儿。姜丽文,你是在场面上经常走动的人,你倒帮我寻桩事体做做哦。"

姜丽文说："阿姐唱功拉功都是一只鼎,长得又这么漂亮,到酒楼去陪人吃吃酒唱唱曲,赚头肯定勿会少。"

刘绣娟摇头说："做烟花女人啊,咯我勿能去的,对勿起我男人的!"

姜丽文说："卖艺勿卖身呀,像我一样陪人跳跳舞,唱唱曲,喝喝花酒,卖艺勿卖身咯有啥勿可以咯啦!勿存在对得起对勿起男人的呀。"

刘绣娟说："虽说是卖艺勿卖身,那我也勿能去!"

南庄俊又来闹着要抽白锡包香烟,刘绣娟看看手上姜丽文交来的地租费,长叹了口气,走出弄堂,去给南庄俊买了两包白锡包香烟,扔给南庄俊说："拿去抽哦。"南庄俊就欢天喜地装上一包烟,走出弄堂去悠逛去了,刘绣娟的心里在流血,但她又扔不下这个男人,人的生活有时就是这样纠结。

院内4号盖的是一间棚户房,但占地面积比姜丽文的房间还要大,起码有四十好几平方米,中间一隔两间,里间又一隔俩。男人叫袁根发,在英国人的轮船上做船员,一年四季漂在海上,很少回家,就是回家,住上几天就又出海了。女人叫粟海仙,袁根发出海一年最多只在家住勿到一个月,而粟海仙却在家里无聊地打发着日脚。粟海仙脸上有几粒麻子,但眼睛大大的,很好看,有一个独养儿子叫袁志强,宝贝得勿得了。里间房间一间大的是夫妻俩的卧房,小的就给儿子袁志强住。

袁志强已经上初中了,天黑了才放学回家,躲到他自己的房间里做功课。于是粟海仙就找人搓麻将来打发时光,好在她家的客堂比较大,中间放张八仙桌,四把椅子一围,桌上铺上块台布,再叫上三个人,搓麻将就可以轻轻松松地打发一天的辰光。白天,院内没什么闲人,都要去上班,她就找弄堂里同她一样闲着没事的林家姆妈、牛家阿嫂、宋家老伯等人搓,而晚上吴

第三章

先生、富贵大叔、院内11号的宋云霞，有时姜丽文、9号的肖家姆妈也会参与，热热闹闹哗哗啦啦一直搓到半夜。

粟海仙的男人是做海员的，勿缺钱，所以每次搓麻将，都要小来来（也就是小赌赌的意思）。每个礼拜六的夜里和礼拜天的白天，吴先生是必会来参加的。吴先生搓麻将是把老手，谁手上有些啥牌，他心中清清楚楚，而且这一把谁会放和，他都能猜得八九不离十。所以每次必是他赢，好像从来没有输过，大家才感觉到他肯定是赌场上的老手，否则没有这么精的技艺。但每次赢钱后他都勿要，把堆在面前的那些钞票与洋角子，往桌子中间一推说："这种小来来没有多大意思，还勿够我嵌牙缝的。何况我是中学里的教师，为人师表，搓麻将白相是可以的，但不可赌博，再说海仙嫂子家还有位中学生，看当教师的也在赌那就误人子弟了，万万不可的，这钱是啥人的啥人还都拿回去哦。"其实他当教师的薪酬虽养家糊口绰绰有余，但也勿是很富余，何况他平时抽烟抽的就是老刀牌，是拉黄包车的人抽的。

那天是个星期六的晚上，粟海仙、吴先生、朱富贵、姜丽文凑了一桌，姜丽文本来是要去舞厅的，但粟海仙硬是把她拖住了，说："三缺一，你勿好走咯。"那时姜丽文刚从36号出来，看到刘绣娟哭哭啼啼的，心里也勿好受，也有点懒得去舞厅了，于是卖了个面子，留下陪着搓上一夜麻将，也给自己放放假。

在麻将桌上姜丽文说起来刘绣娟的事，说："咯个女人真可怜，长得这么漂亮，拉得一手好京胡，又有一口好嗓子，却偏偏非要嫁给一个神经病。"

吴先生说："我就敬服像刘绣娟这样的女人！我也问过刘绣娟，为啥一定要嫁给南庄俊这样的男人？你听她怎么说，她说南庄俊的姆妈是为他同她的事跳井自杀的，南庄俊也为这事疯的。她说全是因为她！因为她当时也同南庄俊好，就想嫁给他，而她姆妈死了，他疯了，她要扔下他勿管良心上怎么过得去？爱一个男人，男人好的时候爱，勿好的时候勿爱了，丢手了，那就勿是一个有良心咯女人做的事，她是绝勿做这样的女人的！你们听听，现在她也可以扔下他勿管，自己走人，我知道她和南庄俊之间并没有婚约，走了也就走了。但她没有，还是这么苦苦地厮守着这么一个神经病男人，我就觉得,这样的女人我们得帮帮她。"

姜丽文说:"我也很同情她,她甚至想把这块地皮转让脱。"

粟海仙马上插嘴说:"喔哟,这哪能可以啦,地皮一转让,我们在这上面盖的房子怎么办?新的地皮主人要想盖石库门房子,我们就都得搬家,叫我们住到哪里去啊?何况刘绣娟每年只收我们那么一眼眼的租费,所以这36号院子的地皮万万不可让她转让的。"

姜丽文说:"我也这样想的,所以我就劝她,凭她的这张面孔,这一手京胡,这一只嗓子,往饭店酒楼一转,大把大把的钱就来了。"

朱富贵说:"姜小姐,你让她去当婊子啊?"

姜丽文说:"富贵大爷,看你说的!卖艺不卖身,那叫婊子吗?那叫艺人!"朱富贵此时突然想到了姜丽文的身份,叫说:"对勿起,对勿起,口误了,姜小姐,勿要多心!"

第四章

朱富贵住在院内6号，盖的也是两层木板房，也盖得很讲究，木板上还打了桐油，黄灿灿油晃晃的。朱富贵快要到花甲之年了，但身板硬朗，腰身笔挺，两眼放光，下巴上一把茂密的花白胡须，一看就是一个武林中的人。富贵老人的女人在他两个儿子没成年时就去世了，他既当爸又当妈，把那两个儿子带大了，两个儿子差两岁，老大叫朱成功，老二叫朱成雄，现在都已二十几岁了，在镖行里做事，两兄弟也练就一身的武功，只要不出镖，在家闲着时，每天天不亮，就可以看到两兄弟在院子里练功，拍腿，拍屁股，拍胸脯，双方拍得对方啪啪响。从那拍打的响声中，你就可以感受到那力度有多么强大。行镖是他们求生的工作，所以他们在家的时间很少。朱富贵一个人时，自己做饭、洗衣，家务活干得很麻利。他每天早上在梧桐树下也练练功，打打拳，因为有武功，两个儿子也是在镖行里做保镖的，所以院子里的人都惧他三分，然而也很敬重他。

有一次，朱富贵在水池边洗衣服，13号的潘阿珍看到富贵大爷回房子去拿什么东西，她就把富贵大爷的衣服从盆里捞出来，扔到自己的大盆里一起洗了，富贵大爷从屋里拿了东西回来时，看到阿珍正在洗他的衣服，就说："阿珍，你一天要洗这么多的东西，我哪能再烦劳你呢。"阿珍笑着说："富贵大爷，我洗一件也是洗，洗两件也是洗，你这么大年纪了，蹲在那儿洗衣裳，我看着也感到吃力，以后你有啥要洗的攒给我就行了，我洗东西洗惯了，勿洗反而难受。"富贵大爷笑着点点头，他不能辜负了阿珍姑娘的这番好心，所以每次去小菜场买菜，他总要给阿珍捎上点鱼、肉回来。

　　阿珍还炒得一手好菜，经常炒一两样菜给富贵大爷送去。两家走得很近，闲话自然也就来了，陆家姆妈自以为是地说，阿珍肯定看上了富贵大爷家两兄弟中的一个了，想当富贵大爷的儿媳妇，所以才对富贵大爷这么殷勤。院子里有人也很认同陆家姆妈的这一看法，后来这话传到了富贵大爷的耳朵里，富贵大爷哈哈一笑说："无稽之谈，我两个儿子从小练的是童子功，不近女色，更不要说结婚了，这话我告诉过阿珍，阿珍是知道的，有些人吃饱饭没有事情做，听墙根搬是非，就像只癞蛤蟆一样讨人嫌！"

　　夜已深了，四下也很寂静，但4号的麻将桌依然哗啦啦很热闹。

　　姜丽文出了张五万，吴先生就和了。

　　姜丽文一笑说："我晓得我咯只一出，吴先生就可能要和。"

　　吴先生说："但你也勿得勿出，要勿你就勿可能和。"

　　姜丽文说："所以我明明晓得放出五万你就可能要和，我也只得放，因为我刚才摸进的那张牌也已停牌了，要勿放五万我就停勿了牌。"

　　吴先生说："所以呀，人生也是这样，人被逼到一定的程度，你勿想做也勿得勿去做。好死勿如赖活着，为了生存，有些事情明明自己也晓得勿好，但也只能去做，所谓逼良为娼就是，但做娼妇的勿见得这个人就是坏人。用句俗话说，笑娼勿笑穷，但人穷得活勿下去了，为娼总比当贼当小偷当强盗当土匪要好，更勿要讲凭自己的本事去卖艺了。"

　　富贵大爷捋了捋胡子说："吴先生讲得有道理。"

　　吴先生的前面又堆起了一大堆的钱，吴先生看了看怀表说："天勿早了，休息哦。"

粟海仙的兴致正浓,说:"再摸两盘,再摸两盘。"

吴先生说:"万事不可过头,白相过头了也就勿好了,我是勿奉陪了。"然后把跟前的那堆钞票往桌子中间一推说:"是啥人咯啥人就拿回去。"

姜丽文说:"吴先生,这是你赢的钱,我们输得心甘情愿,绣娟姐有困难,把这些钱给她吧。"

"勿!"吴先生说,"帮难只可帮一时,不可帮永远。施赐勿是个办法,人活在世上,一定要靠自己,凭自己的本事吃饭,靠别人是怎么也靠勿住的,哪怕你是去卖娼。这点钞票你们各自拿回去,咯点点钞票勿够我嵌牙缝的,我要为人师表啊,赌博来的钞票我勿能要,我只是搓搓麻将白相白相,之所以跟大家一起小来来是勿想扫大家的兴。我勿是自视清高,只是职业上的关系,职业上勿可做的事我就勿能做。"

富贵大爷说:"行规勿可破,吴先生讲得对,我们武行里也是这样。练武只是为了防身,而不可随意去伤人,这就是规矩。"

这时弄堂口馄饨店的阿五送来了一锅小馄饨,说:"海仙嫂,小馄饨来啦。"

粟海仙说:"夜深了,你们陪我搓了一夜麻将,吃碗小馄饨再走哦。"

吴先生他们各自回家时,院子里就响起了啪啪嗒嗒的肌肉拍打声,富贵大爷的两个儿子已经在练功了,说明天很快就要亮了。院子里也有人挎着菜篮子上小菜场买菜去了,一清早小菜场的菜肉与水产品都特别新鲜。

鲜红的太阳渐渐地从梧桐树梢往上爬,院子里顿时闪出一片光明,这时院子里的人都在水池边洗东西,陆家姆妈又传出话说:"吴先生跟他的那个小女人肯定勿是夫妻,昨天是礼拜六,今朝礼拜天休息。那女人睡在楼下,吴先生还是一个人上楼睡了,礼拜六夜里都勿在一个床上过,你们说哪有这样的夫妻。"陆家姆妈说得慷慨激昂,振振有词,似乎礼拜六夫妻间一定要行房事,否则就勿正常。

富贵大爷年届花甲了,对这个社会可是看透了的,他就赞成他两个儿子在镖行行事,赚的是清白钱卖命钱。但对那些在生活中苦苦挣扎求生存的人,富贵大爷也心存很大的同情。昨晚搓麻将时,听了吴先生与姜丽文讲了刘绣娟的事体后,他对这个女人的为人与命运也充满了同情,同时也心怀着敬意,是个有良心的女人。富贵大爷觉得他该帮她一把,他把他的想法告诉儿子后,两个儿子也十分赞成。

吃过早点,两个儿子去了镖行。朱富贵大爷就去了南庄俊家,南庄俊一看是富贵大爷来了,非常热情,说:"富贵大爷你请坐,你请坐,你难得到我们家来。"说着就抽出一支白锡包香烟递给富贵大爷。富贵大爷手轻轻地一挡说:"庄俊老弟,我勿抽烟。"

刘绣娟听到声音也从楼上走了下来,而吴先生看到富贵大爷进了门,他也跟了进来,吴先生天生就是个热情爱管闲事的人,他知道富贵大爷一般勿好串门,他今天一早就到了,肯定是为他们昨晚搓麻将讲到的事情来的。

南庄俊马上递烟给吴先生,吴先生是个烟鬼,马上笑着说了声"谢谢"把烟接了过去。

刘绣娟一看就知道有事,忙笑着说:"富贵爷叔,吴先生,你们来肯定有啥事体是哦?"

吴先生说:"我看富贵大爷进了你们家,我也就跟进来了。但无事不登三宝殿,富贵大爷进你家的门,肯定是有事,富贵大爷你就说,如果我在场你勿想讲,那我就暂时避避。"

"勿。"富贵大爷说,"我真想同时也请你来,所以你吴先生来得正好。"

刘绣娟说:"富贵大爷,吴先生,有啥事就请讲哦。"

南庄俊说:"你们要讲的勿会是世界大事哦?世界大事,我是勿懂咯,乡下头的事倒还懂一点。"

富贵大爷坐在椅子上,腰杆还是挺得笔直,说:"绣娟妹子,我这话不知当说勿当说。"

刘绣娟说:"尽管讲好了呀,我们一个院子的人,就像兄弟姐妹一样,有啥勿好说的呢?"

富贵大爷说:"那我就勿怕得罪你了,就是得罪了,也请绣娟妹子原谅。"

南庄俊说:"富贵大爷,你就说好了。"

第四章

　　富贵大爷说:"庄俊老弟,你也勿要见怪。"
　　南庄俊说:"让我勿要抽白锡包香烟,抽老刀牌香烟?老刀牌我是哪能都勿会抽的。"
　　富贵大爷说:"就是为了能天天让你有白锡包香烟抽,所以我才来的。"
　　南庄俊说:"那你老就快讲呀。"
　　刘绣娟说:"啊,是姜丽文让你们来劝我卖艺去?"
　　吴先生说:"是卖艺勿卖身。"
　　富贵大爷说:"吴先生昨天讲的一句话讲得对,要靠自己的本事吃饭。既然绣娟妹子能拉能唱有这套本事,为啥勿可以凭自己的这套本事吃饭呢?你就是把院子的这块地皮卖脱,也一样会坐吃山空的。"
　　刘绣娟说:"我怕的是我去卖唱,就会有人逼我卖身,这事我就是死也勿可以做的,对勿起自己这个清白身,也对勿起庄俊。"
　　南庄俊说:"卖唱可以,但卖身我就杀了你。"
　　富贵大爷说:"我就为这事来的,你去卖唱,我就陪着你,做你的保镖,谁要敢动你的身子,我就会叫他死勿成也活勿成,让他成个废人。绣娟妹子,你要愿意,我就认你个干女儿,我陪着你,我们父女俩一起去卖唱。"
　　吴先生点头说:"富贵大爷,你这个主意好!"
　　刘绣娟说:"赚的钱,我们父女俩一人一半分。"
　　富贵大爷手一摆说:"勿!我一分勿要!那个鲁智深拳打镇关西时,要过一分钱没有?他要的就是那份人世间的仗义!"

第五章

对刘绣娟的美貌一直有些神魂颠倒的是院内7号的杜丰林。7号的那间棚户房虽然屋顶盖得比潘阿珍的油毛毡屋顶要强点,但房子比潘阿珍的房子好勿到哪里去。房子里面却同阿珍的房子里面没法比,潘阿珍房子虽小,木板也是最蹩脚的木板,但房子里面却收拾得干干净净,有点一尘不染。潘阿珍的阿弟阿福虽是残疾,却也勤快,阿姐在水池边洗衣服,他就瘸着腿一点点地打扫收拾房子,晾衣服时,他也出来帮阿姐晾衣裳。阿姐的话他句句都肯听,阿姐对于这个残疾阿弟也充满了疼爱与同情,所以姐弟过得很和睦。

杜丰林家就勿一样了,虽然房子面积要比潘阿珍的房子大,但屋子里乱七八糟,床上的被子永远是乱糟糟地摊在床上堆成一堆,从来就没有整整齐齐地叠好过。院子里的人似乎都很讨厌杜丰林这个人,他中等身材,脸也长得不是很难看甚至可以说还有点英俊,但他那猥猥琐琐的模样,尤其那双充满了邪念的眼睛,让人感到很不舒服,连3号的

第五章

陆家伯伯都讨厌他,说他那双眼睛专爱往女人的裤裆里钻。

杜丰林的女人阿芳长得很瘦,但还算有几分姿色,但由于不会收拾自己,穿得又有些窝囊,再加上好像从不洗脸似的,所以鼻孔里老是粘着鼻屎,很有点让人恶心。她为杜丰林生了一对双胞胎儿子,5岁了,是个猪狗嫌的年龄。阿芳从不怎么管他们,在房子里随便让这对双胞胎兄弟大闹天宫,把本来就乱糟糟的房子弄得更是脏乱得连狗窝都勿如。用喜欢干净的姜丽文的话来说:"出呐,这哪是人在过的日脚啊,连猪都比他们干净。"

杜丰林刚搬进院子时,还是个头顶着箩筐在街头卖大饼油条的人,一清早就沿街吆喝:"大饼油条要哦,大饼油条要哦——"有人在背地里又叫他"杜瘌瘌",因为他的头上有一块油光光的秃斑。有一天,他在卖大饼油条时从马路捡回来一条母哈巴狗,他就把这条母哈巴狗叫阿丽,奇怪的是这条母哈巴狗头上也脱了一撮毛,而且秃的地方与杜瘌瘌秃的似乎是同一个部位。

刘绣娟虽然有会拉会唱这一手,又长得漂亮得像仙女下凡似的,但毕竟不是大户人家的千金,而是有点文化的佃户家的女儿,因此在生活习惯上也比较粗放。上海的夏天真的是太闷热了,有一天早上她穿着一件薄衣衫,一条裤头出来晒衣服,那露出的大腿手臂,那薄衣衫里的胸部显得雪白粉嫩,让准备走出院门去办事的杜丰林看到了,杜丰林一下就站住走勿动了,眼睛直愣愣盯着刘绣娟的大腿看,刘绣娟发觉后,赶快晾好衣服闪进屋里,而杜丰林却再也勿会忘记那两条粉嫩雪白的大腿了。

姜丽文听吴先生讲,刘绣娟愿意到酒楼上去卖唱,并且有富贵大爷陪着,扮着父女俩去,一想到自己也有了个伴,于是也很热情地当起引路人来了,开始几场也由她引见陪着去,但刘绣娟说,只陪白天中午的酒席,夜里勿陪唱,六点一过就回家,说白天院子里都是人,南庄俊也只在弄堂里院子里转,她勿担心,但一到夜里南庄俊就会神智勿清,到处乱跑,万一出啥事体麻烦就大了。她现在完全是为这个男人活着的,被逼无奈出来卖唱,也完全是为了这个男人。这是个丢勿下的孽债,但既然丢勿开,那也就勿能丢。所以到六点钟必须回家照顾这个男人,吃饭,洗澡,脱衣,服侍他躺下,等他呼呼睡着了,她才能躺下歇歇。

仙阁楼酒家是一栋中式的酒楼,一楼大厅很大,可以摆几十张餐桌,二楼的一间间包房也比较大。大马路上的云大祥丝绸公司的董事长沈广廷老板要请几位商界政界的朋友吃饭,让姜丽文再找两位伶人作陪吃酒,姜丽文觉得这次真是让刘绣娟开局的机会,于是对沈老板说:"今朝我要请一位让沈老板绝对满意的优伶,唱拉都是一等的,人也长得特别漂亮,让你沈老板也开开眼界,民间竟也有这样的人物!"

沈老板说:"姜小姐,言过了吧!我沈某人什么样的女人没见过,当红的几位电影女明星我都请来过,难道她比那几位电影明星还要漂亮?"

姜丽文说:"虽说都漂亮,但漂亮的味道绝对勿一样。"

一般中午的饭局同夜里饭局有点勿一样,中午的饭局基本上都是谈生意拉关系,商量事情的饭局居多,属于一种业务往来的饭局,而不是娱乐性的,但为了调节气氛,放松情绪,融化可能会出现的僵局,请几个漂亮女人作陪,说说笑笑,调调情,就会化解一些紧张的情绪。中午十一点左右客人们都来了,有商会副会长乔居正,二部局总干事万之强,商务局商科科长范子非,还有两位商行的董事长与总经理,姜丽文与几位女士落座后,沈老板就问姜丽文说:"你说的那位让我们开开眼界的小姐呢?怎么还没有来?"

而这时,就听到楼梯上响起既匆忙又有点胆怯犹豫的脚步声,姜丽文知道刘绣娟来了,忙走出6号包厢到楼梯口去等。

昨天晚上,吴先生听姜丽文说,明朝中午有一个饭局,要她寻人作陪唱曲子,她准备带刘绣娟去出局,吴先生就对刘绣娟说:"让你这样身份的人去陪人吃花酒,实在是委屈了,但人活在这世上什么样的事都会遇到,能屈能伸方为大丈夫,为了一碗饭也只能委屈自己了。"刘绣娟说:"像我们家这种状况,我自己晓得,迟早会有这一步的,只要能勿太作践自己,就勿错了。"吴先生说:"但卖艺赚钱也是凭自己的本事吃饭,勿塌台的,只是自己小心点就是了。"富贵大爷在一边说:"勿用怕,有我呢。"

姜丽文领着刘绣娟一走进包房,包房所有的人眼睛都直了,惊叹世上竟

第五章

有这样的美女!

　　陪酒陪到四点多钟,太阳已经西斜,姜丽文、刘绣娟、富贵大爷三个人高高兴兴地回来了。刘绣娟为南庄俊带来了两包白锡包香烟,还有些盐水鸭、赤烧、猪肚等熟菜,那是在仙阁楼楼下的熟食柜台买的。当天晚上,吴先生、4号粟海仙、10号的王桂莲、11号的宋云霞,还有13号的潘阿珍都到刘绣娟家来听消息。姜丽文兴奋地说:"你们勿晓得,那个沈老板,他这一生还从来没有见过这么漂亮的女人,天生丽质,素面朝天,其实我为绣娟做了一点点淡妆,勿仔细看根本看勿出来。绣娟姐自拉自唱了一曲,听得那老板与官员个个都目瞪口呆,口水直流。"海仙是读过几天书的人,她说:"姜丽文,你肯定夸张了。"姜丽文说:"一点点都没有夸张,你勿相信问富贵大爷。"富贵大爷说:"当时我已经勿在场,但绣娟刚进去时,我是跟着一起进去的,在场的人都有点吃惊绣娟的漂亮,有一个人说,真是仙女下凡啊。后来沈老板让我下楼自己吃的,所以包房里的事我就勿清爽了。"姜丽文说:"那个商务局的科长也是个戏迷,后来也戏兴大发,同绣娟姐一起对唱了一段,是薛平贵王宝钏寒窑相见那一段。"

　　在这世界上漂亮女人是最会招来是非的,十个男人里面就有九个好色,只不过色胆的大小勿一样罢了,有的男人为了得到他相中的漂亮女人,甚至敢去杀人。刘绣娟与姜丽文开始时都以为卖艺谋生天经地义,但她们没有想到,男人们勿是只想看你卖艺,有时也会得寸进尺,还想让你卖身,尤其是那些有钞票有社会地位的人。

　　沈老板一下子就看上了刘绣娟。当天晚上,沈老板派人告诉姜丽文,让姜丽文通知刘绣娟,因为生意上的往来,明天中午他要请一位帮会里的老大吃酒,希望刘绣娟来作陪,因为那位帮会里的老大也是个戏迷。沈老板不但送来了帖子还送来了十块大洋的定金,那时一块半大洋就可以养活一家人,一包白锡包也只不过几只角子,刘绣娟也万万没有想到她会这么值钱,但她又有了一种惴惴不安的预感。

　　院内10号与11号盖的两间棚户房面积是院内最大的,都是两层楼,二楼住人，一楼是敞开的，而且两家做的都是油漆作坊。10号的老板叫刘广明，11号的老板叫齐鲁江，每天都有木制家具搬进来，五斗柜、大立柜、写字台、八仙桌、椅子、凳子，甚至小矮凳。厅堂里装勿下就搬到院子里来，那些漆匠们就刷猪血，刮泥子，漆油漆，漆过漆的家具变得铿光铮亮，美观了许多。然后家具又不断地被运出去，所以院子里永远弥漫着一股浓浓的油漆味。住在8号的杨贵堂的一个小孩油漆过敏，全身长满了水泡，杨贵堂两口子就同油漆房11号的老板娘宋云霞争吵开了。宋云霞说："我们家就是吃的这碗饭，你勿让我们做，想让我们全家喝西北风啊，勿但阿拉家里做油漆生意，10号刘老板家也做这个生意，为了一个小人，就想让我们两家丢饭碗啊！我告诉你们，门都没有！"杨贵堂家没有办法，只好在铁路边寻了一块地段轧了进去，每天勿用闻油漆味了，但却要不时地听火车经过时铁轮压着铁轨的隆隆声。

齐鲁江老板的老婆宋云霞用牙签剔着牙齿说："穷人都是些刁民，理都勿要理他们。"其实她住的也是间棚户房，只不过她男人靠油漆生意小有赚头，但她却很看勿起那些"穷人"，嘴巴老是挂着"穷人""瘪三""赤佬"，显得她多有钱多成功似的。然而齐鲁江齐老板又是个怕老婆的人，他虽然觉得自己的老婆骂得有点过分，但只是皱皱眉头，不敢吭声。

宋云霞长得有点胖，三十几岁，肚子的脂肪在不断地增长，渐渐地鼓了出来，那种小康生活的特征似乎很明显，于是就自觉有资格骂那些没啥钞票的穷人了，住在她家隔壁内12号的周家车就经常被她骂。

周家车是个黄包车夫，四口之家，老婆李凤英生活上有点邋遢。有一次周家的小儿子阿狸在宋云霞家作坊的屋子里拉了泡粪，被宋云霞连扇了几个耳光，阿狸两个腮帮上全是红肿的手印，宋云霞还骂："出呐娘逼，扯屎跑到阿拉房子里来扯啊！你这种习惯阿是你姆妈这个穷逼教你的啊？"李凤英看到自己三岁的儿子被打得满脸青肿，上去也给了宋云霞两个耳光，于是两个女人就扯着各自的头发在院子里打了起来，还不时地用脚踢对方的肚子，宋云霞那个充满脂肪的肚子被踢得一抖一抖的。结果是富贵大爷把她俩拉了开来,齐鲁江都不敢去拉,但回家后他还是被宋云霞指着鼻子骂说:"老婆被这个穷逼打,你在旁边看了都勿敢去帮忙。"齐鲁江说:"你们女人打架,我咯男人哪能去帮?你勿怕别人讲,但我怕!"

有些事就是这样,三岁的阿狸被打后,从此再也勿敢到宋云霞家那间大作坊里去拉屎了,挨打也长记性。

第六章

　　36号院内最热闹的时候是凌晨五点多钟的辰光。南庄俊住的那栋房子在盖房时就把卫生设备同弄堂里其他石库门房一样安好了。但后来院内盖的房子就都没有卫生设备了,因为没有下水道,所以大小便只能用马桶。而那时倒马桶是上海滩上的一大风景,拉粪车的人很辛苦,半夜三更就要在灰暗的路灯下走巷串街地吆喝:"倒马桶啰——"36号院门口各色各样的马桶在还黑漆漆的辰光里就聚集在一起,排成一排,也颇为壮观。倒完马桶以后水池周围也要热闹一番,哗哗地用竹刷子刷马桶的声音顿时响彻云霄。

　　太阳露了头,姜丽文早早地到刘绣娟家帮刘绣娟打扮收拾要去赴沈老板中午的饭局,刘绣娟却忧伤地说:"丽文妹子,这卖艺的生意我勿想做了。"姜丽文说:"做啥?昨天勿是做得蛮好的吗?大家都为你喝彩,也没有人欺辱你,在座的都赏你钞票,最少的范科长也赏了你五块大洋,昨天你就唱了几支曲子,就进账了上百块大洋了,比我半年赚得还要

第六章

多。为啥勿去,勿是我讲的,天下就我们女人可以靠脸蛋卖钞票咯,你有这么漂亮一张脸,为啥要白白放在家里发霉,勿出去卖钞票?亏大发了!那些男人都是天生的贱坯子,为了漂亮女人都愿意倾家荡产。那个唐明皇为了杨贵妃,江山都差点丢了,还有那个英国的查理五世,勿要王位要美女。赚那些贱坯子的钱,勿赚白勿赚,你又勿是抢他们的,是他们心甘情愿给你的!在我看来,先赚够了这帮贱坯子的钱再讲。"这时富贵大爷也在门口等了,说:"我勿进来了,你们收拾吧,我这个大老爷们在屋里厢坐着,你们这些妇道人家收拾就勿方便。"

刘绣娟说:"干爸,你还是进来坐一歇,我还有一会儿呢。庄俊,让干爸进来坐。"

南庄俊就笑眯眯地走出来,连忙递上支白锡包香烟,富贵大爷手一挡说:"庄俊,我同你讲过,我勿抽烟。"

"噢噢。"南庄俊笑着点头。他哪里能记得,上半天的事下半天就忘了。有人说,神经病都是没有记性的,要勿就勿是神经病了。南庄俊说:"那干爸你进去坐。"

富贵大爷说:"我勿进去了,外面空气新鲜,我就在门外等一歇好了。"

那棵粗大的梧桐树叶投下的阴影罩了将近半个院子,树叶在微风中沙沙地响。富贵大爷就是这样一个人,只要他答应了的事就一定会认认真真一丝不苟地去做,你要勿让他做了,他反而会勿高兴。这时吴先生也夹着个皮包去学校上课。南庄俊看到吴先生,把刚才没有递出去的那支白锡包香烟,忙笑着递给了吴先生,吴先生是个烟鬼,当然勿客气,抽上烟说:"又有局了?"南庄俊没有听懂,富贵大爷说:"还是那个云大祥老板设的饭局。"吴先生说:"有生意做就好,富贵大爷,你这个干女儿将来会红遍上海滩的,我要去上课,早走一步了。"但他突然又走回来,对南庄俊说:"叫你媳妇出来,我有一句话要对她说。"刘绣娟在屋里厢听到了忙出来问:"吴先生有啥事体?"

吴先生关切地说:"上海滩虽然繁华,但毕竟是个险滩,要当心才好。"

刘绣娟很受感动地点了点头。

吴先生这才放心地走出了弄堂。

这次沈老板是在礼查饭店请的金森公司的老板魏金森。这个魏金森勿但是金森公司的老板,背后又有帮会的靠山,在上海滩上是个能挺直腰板而不把一般人看在眼里的人物。此人长得满脸横肉,鼓起来的腮帮上还有一块长着几根毛的赘肉,但气色很旺,小眼睛贼亮,平时待人也是笑眯眯的,骨子里却有点地痞流氓腔。他十二岁时跟着乡下的老爸来闯荡上海,他们家的一个亲戚就是上海帮会里的一个小头目,他老爸来上海后就投靠在这个亲戚的门下,十二岁的魏金森就混迹在这些人的中间。

这魏金森大字不识几个,但能很快摸出江湖中间的门道,混得如鱼得水,很快就发迹起来,成了上海滩上很有点名气的老板,他的公司表面上是做布匹生意,但实际上也倒腾一些鸦片毒品。

沈老板的云大祥丝绸公司因在生意上受到东洋人的轧压,生意渠道上受堵。他就想让与东洋人关系比较热络的魏金森帮忙疏通疏通。沈老板在礼查饭店设这个饭局的用意就在这上面。但在表面上他却对魏老板说,想让魏老板见一位不可不见又不可不听的优伶,还说这是个地上看勿到天上也勿一定能寻得到的人物,听她唱戏就是天籁,是仙女下凡的女子,身上有一股仙气。好色的魏老板被沈老板说得浑身痒痒的,他还朝沈老板作了个揖说:"那就千万请沈兄恩赐得以一见,不胜荣幸。"沈老板怕这事会抛锚,就连夜送来了十块大洋的定金,让姜丽文交给了刘绣娟。

姜丽文为刘绣娟收拾了一番,果然像仙女下凡一般靓丽。她们走出弄堂时,弄堂里的人没有一个不回头的。聚德里17号的陈家姆妈讲:"出呐,咯个乡下女人哪能比阿拉上海电影明星还要漂亮的啦?"好像乡下女人就勿配这么漂亮似的。

但刘绣娟毕竟是个乡下佃户家的女儿,礼查饭店的豪华让她也有些头晕目眩,富贵大爷也是第一次进这样金碧辉煌的房子,后来他回到家对两个儿子说:"出呐,外国人就是会享福。"大儿子朱成功说:"阿爸,你咯是少见多怪,现在上海滩上有钞票的中国人比那些外国人还会享福呢。"

刘绣娟的漂亮也让魏金森老板头晕目眩:"出呐娘逼,造物主哪能造女人的咯?会造出这么漂亮的女人。"在席间,刘绣娟拉唱了一曲,魏金森更是

第六章

神魂颠倒,不断地说:"再唱一曲,再唱一曲!"酒席上的辰光是过得最快的,转眼之间已到下午四点多钟了。开晚饭的辰光眼看就要到了,魏金森拉了拉袖子说:"沈老板,我们接着开夜饭,夜饭我做东!"

刘绣娟则站起来说:"魏老板,夜饭我就勿奉陪了。"

"做啥?"

刘绣娟说:"六点钟前我一定要回家。"

魏金森横下脸说:"哪能?沈老板的面子你肯给,我魏金森的面子你就勿给了?"

姜丽文忙打圆场说:"魏老板,刘绣娟勿是勿给你面子,她家里确实有事,六点钟前是一定要回家的。"

这时富贵大爷也走了上来。

魏金森的两个人高马大的跟班一直站在包厢门口,这时也走了进来,似乎有点剑拔弩张的味道了。

沈老板一看,忙说:"魏老板,明天中午我再请你,绣娟女士与丽文小姐再来作陪。"

魏金森倒也并不强求,他大概是勿想伤了自己看了美女、听到了曲子的好心情,另外,也想给自己留个再能与刘绣娟相聚的余地。他是在江湖上混熟了的人,知道什么事都勿逼人太甚,做事都是来日方长,用勿着急吼吼的,于是就说:"阿荣,给绣娟女士一百大洋,明朝中午见。但明朝我做东!就这么定了。"

沈老板点头哈腰地说:"那好,那好。"

阿荣递上用红纸卷好的一筒大洋,递给绣娟,绣娟看看魏老板,勿敢拿。

"收下!"魏金森说,"勿要再勿给我面子,勿然我就勿客气了。"

姜丽文示意刘绣娟收下,刘绣娟只好接了过来,但她从魏金森的眼神中读出了许多别的意思。她想起了吴先生的话,上海滩虽然繁荣,钱也来得这么快这么多,但上海滩毕竟是个险滩啊!这一百大洋里可能就藏着风险。

回到家,刘绣娟要分部分钱给姜丽文,姜丽文阻止说:"沈老板已经给过我了。"于是刘绣娟又去买了两瓶上好的花雕与一些熟食给富贵大爷送了过去,说:"干爸,我这生意还做勿做啊?"富贵大爷说:"做啥勿做?人只要自己立得正,再大的歪风也能顶得牢的,而且还有我呢,为了养活南庄俊和你自己,该赚的钱一定要赚,活人勿能让尿憋死啊!"

刘绣娟说:"干爸,我晓得了。"

自从刘绣娟认了富贵大爷当干爸后,刘绣娟就勿肯再收富贵大爷每年的地租费,但富贵大爷说:"绣娟这不行。"刘绣娟说:"你每天都陪我去卖艺,你又勿肯收我的钱,我总要表示表示呀。"富贵大爷说:"每天晚上,你好酒好菜地孝敬我。这就足够了。还要哪能?我两个儿子都没有这么孝敬过我。"一到交租金的时候,富贵大爷就叫南庄俊拿着说:"交给绣娟,要勿你就买白锡包香烟抽。"南庄俊说:"我买了你又勿抽,我勿能用你这个钞票去买烟。"南庄俊把钱交给刘绣娟,他口袋里从来勿装钞票,装了也不知道让哪个小瘪三掏掉了,掏掉了他也勿晓得,因为他已经不记得口袋里还装有钞票。所以刘绣娟从来勿让南庄俊装钞票。

天气太热,晚上的时候,弄堂里的人与院子里的人都把竹榻、竹躺椅、木板床抬到屋外来睡觉,这是上海夏天夜晚的一大奇景。听说武汉也是这样,夏天的夜晚连街道上都睡满了人。但那个时候也是各种绯闻、风流事、色鬼比较猖獗的时候。那天晚上,富贵大爷多吃了两口酒,也歪在竹躺椅上睡着了。刘绣娟是从来不敢在外面睡觉的,因为她害怕,杜丰林的那双眼睛好像在告诉她,他随时随地都会扑上来压在她的身上,她不但不在外面睡,而且还要像冬天一样,把门关得严严实实的,好在家里有电扇,天气再热也能熬得过去。

但同样长得年轻漂亮的洗衣女潘阿珍却没有这样的条件了,她那间不大的棚户房只有一扇小窗户,她睡觉的小卧室连个小窗户也没有。一到夏天,里面闷热得像蒸笼一样,一躺下就浑身是汗,根本睡勿成,于是她只好把两只长凳和几块木板铺的床搬到户外。反正简单,两只长凳一前一后一放,上面再铺上两块宽一点的板子,她和她的瘸腿阿弟就一人睡一块板子,虽然翻身很不便,但比祖先猿人睡在树上要舒服点。炎热的夏天夜晚,在弄堂里,在两旁都是棚户房的小街上,到处躺着大大小小、男男女女的一摊摊的肉,人们摇着蒲扇,对抗着老天爷恩赐下的酷热,过了半夜,微风终于轻轻地扫拂过来,带来了一点点的凉意,与炎热抗争了一整天的人们都进入了梦乡。

聚德里36号的院子里也是这样,一家家门前都摊着这么一堆堆的肉。就在刘绣娟从礼查饭店回来的晚上,突然听到潘阿珍尖叫了起来,大家都被这尖叫声惊醒了。潘阿珍也放粗话了,喊:"出呐娘逼啊!杜瘌痢,你也太下作了,趁我睡熟的时候,你手往哪儿摸啊?啊?"

杜丰林说:"我没有做啥呀!"

只听到啪啪两记耳光,潘阿珍继续骂:"还要赖!女人的裤裆你的手好随便伸进去摸的呀!"

杜丰林捂着被打的脸也骂:"出呐娘逼,啥人往你裤裆里摸啦?你瞎讲啥呀你!"

潘阿珍委屈地大喊起来:"大家看呀,杜瘌痢咯只勿要面孔的人,我睡熟的辰光,他摸我的裤裆。"

杜丰林突然也恼羞成怒地扇了潘阿珍的耳光,而且扇得还很狠,阿珍的头就顶了上去,同杜丰林打了起来。阿珍毕竟是女人,杜丰林虽瘦,但筋骨却很硬,狠命地打阿珍。这时富贵大爷已酒醒,一看这情景就明白了,富贵大爷上去就握住杜丰林的手说:"住手!"杜丰林反而用另一只手打富贵大爷,被激怒的富贵大爷正反连挥两拳,然后一个扫堂腿,把杜丰林扫趴在地上。杜丰林知道自己勿是富贵大爷的对手,连爬带滚地窜回到家里。院里的人都议论纷纷,齐声骂杜丰林咯只下作坯!刘绣娟也出来了,知道事情后对姜丽文说:"杜瘌痢咯个人的那两只眼睛看我时,我全身就发毛。"而此时杜丰林却在门口探出脑袋喊:"潘阿珍,你勿要凶,你等着瞧,你的裤裆从今以后我摸定了!出呐娘咯逼。"

这时天已凉快多了,大家纷纷搬回家睡觉,然而天蒙蒙亮时,7号杜丰林的屋子里传出了一阵阵的尖叫声。11号的宋云霞就对自己的老公说:"杜瘌痢在阿珍身上没有占着便宜,正在自己老婆的身上泻火呢!"

第七章

　　天一亮就有一辆福特牌小轿车开到36号的院门口,然后有一个穿黑色绵绸短褂的家丁到内5号姜丽文家的门口,叫出正在吃早点的姜丽文说:"姜小姐,我们家魏老板有请。"

　　姜丽文是个极机敏活络的人,她马上猜到魏金森老板请她肯定同刘绣娟有关,心里就想好如何应对的一些说法。魏金森在一家装饰考究的咖啡厅的精致包间里等着姜丽文,姜丽文走进包间时,魏金森顿时笑容可掬地站了起来说:"姜小姐快请坐,快请坐。"

　　姜丽文坐下,魏金森对站在包厢里的两个家丁使了个眼色,两个家丁便走出了包间,姜丽文说:"魏老板,怎么一早就请我喝咖啡呀?"

　　魏金森说:"我晓得,你们这些人洋派,喜欢喝咖啡。早上喝杯咖啡一天都有精神,我是中国人的习惯,早上一杯浓茶。但今朝我也学学洋派味道,

第七章

陪姜小姐一道喝喝咖啡,聊聊天。"

姜丽文说:"谢谢魏老板这么给我面子,勿晓得魏老板有啥事体要我效劳的?"

魏金森说:"事体说大也勿大,但对我魏某人来说,却是最大的事体,关系到我的性命。"

姜丽文一笑说:"魏老板瞎讲,天下哪里还有比魏老板值铜钿的事体啊!"

魏金森讲:"勿是瞎讲啊,是真咯!你猜猜。"

姜丽文笑着说:"猜勿出。魏先生说勿到是龙体,起码也是虎体哦。"

魏金森说:"我为那个刘绣娟一夜都没有睡着,所以今朝一清早,我就想见你。"

姜丽文说:"魏老板,刘绣娟可是个有老公的人,她可勿是个青楼女子,或者像我这样靠卖艺的单身女子。"

魏金森说:"我晓得,所以我才找你来想问问清爽,想晓得她与她老公的情况。"

姜丽文长叹了一口气说:"红颜命薄啊!"于是一五一十地把她知道的情况详详细细地讲了。

魏金森说:"这也说不上什么红颜命薄,那都是赶时髦自由恋爱给闹的,人各有各的命,你比我小辰光也只是个穷瘪三,但到上海来跟了我阿爸投靠了张先生,没有几年就发了,现在我魏金森也是在上海滩上响当当的一块牌子了,姜小姐,你回去告诉刘绣娟让她跟着我,薄命人就变成有福的人了,只要人间该享的福,我都可以让她享受到。"

姜丽文说:"哪能咯跟法?"

魏金森说:"当我的三姨太呀,但勿住在我魏公馆,另门别户,她实际上就是太太。"

姜丽文说:"那她的神经病老公哪能办?"

魏金森说:"养起来,我雇上两个丫头一个娘姨照顾他,勿比刘绣娟一个人这样照顾他好!"

姜丽文摇摇头说:"恐怕行勿通。"

魏金森说:"为啥?"

姜丽文说:"刘绣娟勿会答应的,你勿要看那是个神经病男人,刘绣娟是宝贝得勿得了,啥人要欺辱他,刘绣娟就要骂三门,会发疯一样地保护他,魏老板,我还是劝你一句,放弃咯个念头哦!"

魏金森突然回头对包房门外喊:"阿振,拿五十块大洋进来。"

阿振忙进来,在桌上放了一筒用纸包好的大洋。

魏金森说:"姜小姐,请笑纳。"

姜丽文说:"无功勿受禄,魏老板咯是啥意思?"

魏金森说:"姜小姐先收下,刘绣娟的事你帮我讲成了,我会再重重地谢你!"

姜丽文说:"魏老板,咯铜钿我是怎么也勿能收的,勿要说我讲勿成,就是讲成了,我也勿能收,只能算是刘绣娟有福。"

魏金森说:"哪能?勿肯卖我面子?"

姜丽文说:"这样吧,魏老板,咯事体我一定帮魏老板的忙,我去同刘绣娟讲,只要刘绣娟肯答应,那是她的造化,但我估计成功的可能勿大,但我努力,如果真讲成了你再谢我,这五十大洋就暂时留在魏老板这儿,你看阿好?"

魏金森心里想:"咯只婊子的嘴巴真会讲。"但心里又想,既然咯只婊子这么说了,也勿必再强求,让她去说说再讲,看来刘绣娟咯个女人也勿是那么好弄到手的,慢慢再想办法哦。于是他说:"好,那这铜钿就先留在我这儿,但姜小姐,我的咯个忙你一定要帮。如真能成功,我一定重重酬谢!"

姜丽文站起来说:"谢谢魏老板的咖啡。"

魏金森说:"阿振,门口叫辆黄包车送姜小姐回去。"

姜丽文没想到的是,黄包车刚拉到聚德里弄堂门口,沈老板的雪佛兰轿车也开进了弄堂,停在了36号的门前。姜丽文下了车,她没有让车夫拉进36号的院内,因为她不想让车夫看到她穿着那么摩登样时髦的人竟住在棚户房内,所以她一般都是在弄堂口下车,让人感觉到她就住在这条弄堂里。姜

第七章

丽文朝弄堂里面走,看到沈老板下了车,亲自拿着两包红纸贴面的礼品与两条白锡包香烟,只让跟班站在门口,他自己拿着东西,去按门铃。刘绣娟开的门,她也有点吃惊说:"沈老板,你哪能来了呀。"

沈老板说:"特地来看看你呀。"

刘绣娟把沈老板让进门,姜丽文看到刘绣娟把门关上了。本来姜丽文想喊一声沈老板,但刚想喊就把嘴关住了,她觉得她这么一喊会让沈老板感到十分尴尬。按理讲,她与沈老板在舞厅里认识,沈老板经常让她陪着吃了十几次花酒,刘绣娟也是她姜丽文介绍进这个陪酒陪唱的行当的,现在沈老板跳过她直接与刘绣娟来往了,似乎有些不太仗义,但后来一想她没有必要计较这个,自己无论从长相上本事上都比勿上刘绣娟。她心里也很明白,刘绣娟现在可是真正遇上麻烦了,从魏老板到沈老板,女人的美貌就是祸水,这是一点都不假的。

姜丽文走进36号的院子时,看到南庄俊已经拿着一包白锡包香烟,在分送给别人抽。这时南庄俊房子的后门突然打开,刘绣娟站在了门口,对南庄俊喊:"庄俊,回来,你哪能把客人刚送来的香烟就打开送人了呀。"沈老板跟在屁股后面说:"没关系,没关系,本来就是送给南先生抽的嘛。"沈老板的面色有点尴尬,刘绣娟看到了刚走进院子的姜丽文,忙像寻到了救星一样地说:"姜小姐,你快来,沈先生请我们去吃中午的饭局。"然后又大声冲着对面喊:"干爸,你也快点,我们坐沈老板的车子走。"

富贵大爷在6号门口摆摆手说:"马上来,马上来。"

后来刘绣娟同姜丽文说,沈老板一进门就打开一条烟,塞了一包给南庄俊,把南庄俊推出门说:"南先生,出去请大家抽烟去。"南庄俊刚出门,沈老板就开始对她动手动脚,刘绣娟说:"丽文阿妹,男人哪能都这么下作的呀?"姜丽文摇着头说:"没有办法,男人都这个样,女人只有自己当心点,防着点就是了。"刘绣娟叹口气说:"可是2号的吴先生也是个相貌堂堂的男人,但他在我们跟前从来不这样动手动脚,而是规规矩矩的。"

姜丽文说:"人家吴先生是个有学问有知识的人,哪像沈老板魏老板,都是些勿二勿三发大财的土豪。唉!这个世界真是太勿公平了!"姜丽文又说:"绣娟姐,晚上我还有话要对你说,你要当心点魏老板,他想娶你做三姨太呢。"

那天中午魏老板请的那顿饭局倒还平和,魏金森还请了正在雅培大戏院演戏的戏班班头贾先生作陪,让贾先生鉴定鉴定刘绣娟的唱功。贾先生听了刘绣娟的一段自拉自唱,大呼着说:"刘女士一定是走过戏班的人,拉唱得比我们有些戏班出身的人都好,过几天我一定邀请刘女士在我们的戏中串个角色。"

魏金森说:"要是刘绣娟女士上角色,我一定去捧场!"沈老板说:"我也肯定去!"三点多钟他们就散席回家了,平安无事,但平静往往是风暴到来的前奏。

10号油漆坊的老板刘广明是个长得十分俊气的男人,一米七六的个子,当时有这样的个头算是比较高的。刘广明的老婆叫王桂莲,长得不怎么漂亮,但人很和善,那张脸似乎永远含着微笑,她是苏州人,说起话来那声音糯糯的十分好听。他们有一对儿女,就在附近的小学上学,王桂莲每天都要亲自接送,把两个孩子收拾得干干净净的,可以说她把整个身心都放在这对儿女身上了。她不像宋云霞,爱插手老公作坊里的事,她认为管好她的这对儿女,让老公吃好穿好生意做好,就是她的责任,相夫教子,这是中国妇女的妻道。

刘广明喜欢搓麻将,油漆作坊的事情一安排好,他就钻进粟海仙的房子里去搓麻将。粟海仙的老公一出海就是几个月甚至半年,而刘广明又长得那么英俊帅气。他们又天天在一桌上搓麻将。搓麻将的四个人中,其他两个人不时地更替,粟海仙与刘广明基本勿动,时间勿长,两个人就勾搭上了。一般的人都认为是粟海仙先勾引的刘广明,因为刘广明长得俊气,但也有人认为是刘广明勾引的粟海仙,粟海仙的那双眼睛也特别勾人。总而言之,反正是两个人勾搭上了,只有王桂莲蒙在鼓里。

两个人勾搭上的消息自然是陆家禾听墙根听来的。那天下午雨下得很大,刘广明按时去了粟海仙家,但另两个人不知是因雨太大还是家中有事没到。刘广明进粟海仙的家后很久没有出来,陆家禾就冒着大雨蹲到墙根下去偷听,第二天陆勾氏就在水池边上咬着一个人一个人的耳朵传话说:"你勿要看粟海仙平时一本正经,其实是浪得勿得了的呀。刘广明在上面动,她就在下面叫,叫得一天世界,真勿得了。"有人就回她话说:"陆家姆妈,你看到啦?"陆勾氏说:"我们家家禾听得清清爽爽。"有人就说:"咯有啥好听的啦,人家就是出破天,也勿关你的事体!"但说这话的人却也跟着一起传,天下似乎所有的人对一件事是最关心的,那就是性。

此事当然传得满院子的人包括聚德里弄堂里的人似乎都知道了,后来也同样传到了粟海仙的耳朵里,粟海仙当然矢口否认,说:"那天雨太大了,所以刘广明暂时在屋里厢躲躲雨呀,我哪能同刘广明做出咯种事体啦,这个陆家禾最勿要面孔了。"粟海仙甚至想拎把菜刀去杀了他!还有这个跟着老公一起传话的胖女人!袁根发出海快要回来了,粟海仙虽然发誓说她同刘广明没有这种事,但她还是很心慌,要是让袁根发晓得了,这还了得啊?

那天晚上吴耕夫先生很忙,刘绣娟与姜丽文来找他,说起魏金森要娶刘绣娟当三姨太的事。

刘绣娟说:"吴先生,你倒帮我出出主意,咯桩事体哪能办好?"

吴先生笑了笑,很平静地说:"绣娟,生活是实实在在的事体,每个人都有每个人想要过咯生活,有些人想过着那样的生活,有些人想过这样的生活。关键问题是想过哪样一种生活?现在你跟着南先生,南先生又是这样一种状况,现在院子里的人,包括聚德里的一些人都看到了,你为了能养活南先生,还要满足南先生抽白锡包香烟的面子,情愿出去卖唱,这也是一种生活,说明你刘绣娟是个很有良心又很仗义的女人。当然去当魏老板的三姨太自然也是一种生活,你也勿能讲勿对,也勿见得你就是个坏女人,在这世上做姨太太的女人有的是,东北的张作霖就有好几房姨太太,最后一个姨太太是个还勿到二十岁的女学生,听说还很情愿做张大帅的姨太太,你也勿能讲她一定怎么怎么的,人活得是自己而不是别人,所以绣娟,你要问我的意见,我只能这样说,这件事只有你自己定。"

刘绣娟说:"吴先生,我绝对勿会抛下南庄俊去做魏老板的三姨太,南庄俊为了我,娘跳井死了,他又因此疯了,我要撂下他去做别人的姨太太我还是个人吗？难道我的良知让狗吃了,我咯个女人真也是勿值啥铜钿了。我只想讨吴先生一个主意,魏老板这么逼我,我该怎么办?"

姜丽文说:"是呀,我是很佩服绣娟姐这么做的,关键是她该怎么对付魏老板。"

吴先生说:"按理讲,三十六计走为上计,但你的情况,我也晓得你带着有病的南先生又往哪儿可以逃?你的这栋房子和这个院子又哪能办?既然勿肯做魏老板的三姨太,那也只能硬顶了。火来水挡兵来将挡,挡成啥样算啥样。我勿相信魏金森能把你吃掉,现在是民国了,国总还有个国法,过去强抢民女都要法办,何况现在呢?只要你下定决心勿从,我吴耕夫,我想还有富贵大爷还有丽文小姐也勿会袖手旁观,一定都会助你一臂之力,来维护你的良知与仗义,如果这个世界连正义感都没有了,那么这个世界也就完蛋了。"

刘绣娟含着泪说:"吴先生,谢谢你的点拨。"她又对姜丽文说:"丽文妹,你还是帮我一把,我卖我的艺,只要我勿从,他还能把我怎么样?"

从吴先生家中出来,姜丽文陪刘绣娟回到了自己的家中,而这时粟海仙却轻轻地敲开了吴先生家的门。

第八章

那夜天空黑蓝黑蓝的,没有一块云朵,满空的星星在眨着大大小小的眼睛,粟海仙在夜深人静时才去敲开吴先生的门,吴先生因为要备课、批改作业总是要忙碌到深夜十一二点后才能安歇,吴先生是个干什么事都很认真的人,甚至包括搓麻将,虽然他每次赢钱都归还给输家,但打的时候却丁是丁卯是卯的,很较真,粟海仙一进门就哭了,吴先生说:"啥事体啦,勿要哭呀。"

粟海仙说:"吴先生,我同刘广明的谣言你听到了哦?"

吴先生略思考了一下说:"我只把它当谣言来听的,所以咯只耳朵听进去,那只耳朵就跑出来了。我想,你粟海仙勿可能有咯种事体咯,何况刘广明又是有老婆的人,都住在同一个院子里,兔子都勿吃窝边草呢,何况是人呢。"

粟海仙说:"就是呀!我们只不过是搓搓麻将,解解闷气,哪能会去做咯种龌龊的事体呢!"

吴先生说:"我想也是。"

粟海仙说:"可是过两天袁根发就要回来了,他要是听到这个谣言就会出人命的,吴先生,你是勿晓得根发的脾气,狂暴得勿得了,听风就是雨,我真担心煞了,现在是饭吃勿落,觉睡勿着。"

吴先生说:"没有的事情你怕啥,我相信袁根发也是个见过大世面、懂道理的人,勿会无缘无故闹出啥人命。"

粟海仙说:"可我还是担心啊!你没有听人说人言可畏吗?"

吴先生说:"你勿是讲同刘广明没有这种事,你同根发讲清爽勿就可以了,袁根发勿会把没有的事硬要栽到你头上哦?"

粟海仙说:"我就是怕他勿相信我讲咯,我是当事人呀,自己证明自己清白,恐怕没有多少力道。"

吴先生说:"可别人也勿可能帮你来证明呀,尤其是这种隐私,更勿可能有人肯出来证明。"

粟海仙哭得很伤心,说:"所以我才来找吴先生咯,吴先生是个很有学问的人,根发对吴先生也很敬服,只要吴先生肯出面帮我说几句话,这场苦难我就可以化解了。吴先生,求你帮帮我。"

吴先生点上一支烟,慢吞吞地呼了两口,其实他心里很清楚,有个星期六的晚上他与粟海仙,刘广明,还有林家姆妈一起搓麻将,他就发觉刘广明偷偷地伸出手去摸了粟海仙的私处,粟海仙劈开腿,也让他偷摸,虽然大家似乎都把注意力集中在麻将桌上,精细的吴先生却在无意中看到了,但吴先生从来认为这是两个人之间的私事,与己无干。

吴先生抽完半支烟,说:"那就这样吧,袁根发如果没有听到这样的谣言,那更好,如果听到了要跟你计较,你就让他来找我,我当然为你证明勿了啥,但我可以劝劝他,尽量勿要把事情闹大。这种谣言闹大了,反而把没有的事情变成真的了。你看阿好?"

粟海仙抹去眼泪说:"那就谢谢吴先生了。"

吴先生送走粟海仙只是摇摇头,叹口气自语着说:"若要人不知,除非己莫为啊!"就又上楼批改他的作业去了。李月桂这时沏了杯茶送了上来,吴先生问她:"粟海仙和刘广明的事你也听说了?"李月桂说:"水池边天天都在

第八章

说这件事,我在水池边洗衣服洗菜,耳边闪到了几句。"吴先生说:"你不要去传,这事与我们无关。"李月桂说:"吴先生,我晓得的。"吴先生说:"那你就早点下楼休息吧。"

第二天早上,陆勾氏又传话说:"昨夜粟海仙去了吴先生家,只听到粟海仙在哭,吴先生在劝她,吴先生当然勿会同粟海仙有啥关系,但李月桂绝对勿是吴先生的女人。昨天晚上李月桂上了楼,吴先生就把她赶下去睡的。吴先生不近女色,肯定身上有病,男人勿白相女人,勿是生理有病就是心理有病。"在一边洗菜的宋云霞讲:"陆家姆妈,你们家的那个男人,天天听人家的墙根,是生理有病还是心理有病啊?"陆勾氏把洗的衣服往木盆里一摔骂道:"出呐娘逼,是你有毛病!"

第二天早上袁根发就回来了,果然,当天夜里他就来找吴先生了。

那天天空晴朗了一天,但气温太高,据说到了37摄氏度,闷热闷热的。但傍晚时天空就变得阴沉沉的,下起了毛毛细雨。据院子里的人说,袁根发是天刚亮就从码头上坐着一辆黄包车回来的,还大包小包地带着勿少海外的东西给自己的老婆与儿子,但进了弄堂还没到院子门口,就被陆勾氏挡住了,这是个"唯恐天下勿乱"的女人,有声有色地说起了粟海仙与刘广明的事,还说:"袁先生,这样的女人你再勿管管也太有伤风化了,会弄得弄堂里跟院子里的女人都跟着学坏咯呀。"袁根发对陆勾氏这样的女人也很厌恶,听完她的话后就冷冷地说:"好了,陆家姆妈,只要你勿跟着学坏就可以了。"陆勾氏以为袁根发勿相信,就再次强调说:"是真咯,阿拉老公听得清清爽爽咯。"粟海仙知道这事后,恨不得把咯只胖女人掐死。

毛毛雨就这么轻轻地飘散在大地上,雨勿大,但却很有湿度,不一会儿,院子里的泥地就黏湿黏湿的了。小坑里积起一摊摊的烂泥浆,吃过夜饭,袁根发踩着烂污泥浆水来到吴先生家,一个是2号,一个是4号,两间门面,几步路。吴先生很客气地把袁根发引进门。袁根发说:"去了一趟欧洲码头,又拉了一批货从欧洲回来,海上面还遇了场风暴,能活着回来就勿容易了。"

"辛苦,辛苦。"吴先生说。

袁根发说:"嘿,都是为了咯个家啊,老婆,孩子,谋生勿容易啊。吴先生,今朝来打搅你,实在是勿得已。海仙同对面油漆作坊刘老板的事在院子里传得一天世界。我问海仙,海仙当然勿承认,我的心也是七落八落的,心想,要是真咯,咯个老婆我肯定勿会要了。但要是造谣,我又冤枉了老婆,那也勿妥当,我想吴先生是当中学教师的,又住在院子里,我只想听吴先生的一句真话。"

"请坐。"吴先生说,"月桂,沏茶。"

吴先生为袁根发递上支烟,袁根发忙掏出自己的烟说:"吴先生抽我的吧,正宗的英国三五牌香烟。"吴先生也勿客气,从袁根发手中接过烟,烟瘾大的人对什么烟都会感兴趣的,外国烟他也很少抽。月桂沏上茶后,吴先生说:"请喝茶。"

袁根发忙接过杯子说了声谢谢,然后眼睛盯着吴先生,他要知道的是他老婆与刘广明刘老板的事。

吴先生抽了两口烟后说:"根发啊,咯种事体在人世间勿要发生的太多噢,但有的是真,大多数却是谣传。尤其在咱们这儿,只要有钞票,就可以娶一个接一个的姨太太,还有妓女,高档的低档的都有。但有夫之妇或者有妇之夫相互偷情,你也勿能讲没有,像西门庆与潘金莲,不过毕竟有严格的道德约束,这种事也勿是随随便便就能发生咯。"

"那吴先生的意思是……"

"你听我讲完。既然你来问我了,我就得把我的看法全讲给你听,你要晓得,跟海仙一起搓麻将咯勿只有刘老板,我礼拜六夜里也是勿请自到咯,上了一个星期的课,我也想搓搓麻将放松放松,虽然要小来来,赌点输赢,但赌的钱我从来勿要,还给输家。我每月九块大洋的薪水够花了。"

袁根发说:"这海仙跟我说了。"

袁根发刚进来时那有点紧张恼怒的情绪似乎有些放松了。于是吴先生继续说:"有辰光刘老板也同我们一起搓,要是男女之间有私情,眼睛是最会出卖自己的,眉来眼去是少勿了咯,更何况像现在传的那样。但我没有看到海仙同刘老板之间有咯种情况,当然,在麻将桌上说几句荤话,那都难免,对我吴某人来说,虽然是个教师,也勿能保证自己一句也勿讲。"

袁根发这时一笑说:"我们在船上也天天讲,讲得还要过分。"

吴先生说:"大概是因为经常在一起搓麻将,院子里闲言闲语也就多了起来。再说呢,捉贼抓赃,捉奸捉双,你又没有捉住,光听听墙脚就说人家有关系了,更何况那天陆家禾在听墙根时雨下得特别大,雨点打在木板上啪啪噼噼响得勿得了,哪能听得清爽?结果传得一天世界。根发啊,事情就是这样的,要我为你海仙作证说没有这件事,我实在也作勿了,我只能这么告诉你,你自己去分析。"

袁根发说:"我听懂吴先生的意思了。"

吴先生说:"家庭和睦比啥都重要,陆家禾与他老婆陆勾氏,你也应该晓得是什么样的人品,两个搬弄是非唯恐天下不乱的人。听墙根,传闲话,揭人家的隐私,这是种犯罪行为。"

袁根发谢过吴先生,天空上闪满星星,圆圆的月亮也悬在了当空。袁根发回家,抱着海仙说:"老婆,我冤枉你了。"

粟海仙说:"陆家这两只煨爪猫的话你也信!真吃你勿晓。"粟海仙也勿想大闹。嘴巴上强,心毕竟是虚的,袁根发说:"以后勿要再同对面油漆坊那个刘老板搓麻将了。搓的辰光长了,闲话就出来了。"

粟海仙在袁根发的脸上亲了一下说:"晓得。"

袁根发半年多没有同女人来了,干柴一般,同粟海仙大做起来。粟海仙说:"轻一点,说勿定陆家禾咯只瘪三又在听墙根了。"可隔着一层木板的袁志强却被吵醒了,喊:"阿爸,姆妈,你们做啥啦,声音响得都把我吵醒了。"

两个人只好悄悄地闷起来……

第九章

一想到魏金森魏老板要娶她当三姨太的事，刘绣娟就会感到心惊肉跳。在上海要谋生赚点钞票，也真是要担风险的，虽然吴先生、富贵大爷、姜丽文劝慰她，让她勿要怕，但她心里还是感到有点勿踏实，所以那天她就有点勿想出门。因为昨天中午沈老板与魏老板刚开过饭局，也再没事先预约，姜丽文就说："绣娟姐，要勿阿拉再去找一家别的饭店？"

刘绣娟说："今朝我想歇一天，丽文阿妹，你自己去吧，这几天让你操这么大的心，也辛苦了。"

姜丽文一笑说："绣娟姐，这两天我是沾了你的大光了。赚的铜钿快比我之前一年的还多，靠了绣娟姐，我就是靠上贵人了啊，今朝绣娟姐勿去，我也放自己一天假，去海仙家搓麻将。"

那天在粟海仙家搓麻将的是四个女人，刘广明因为袁根发回来了，没敢去。而袁根发要出去见几位老朋友，中午勿回家吃饭。聚德里15号的林家姆妈也是个麻将迷，一天勿搓麻将，好像日脚就过勿下去了。早早就在粟海仙家等着了，姜丽文一

第九章

到,三缺一,刘广明老板勿能再去叫了,就把11号的宋云霞叫上了。一进门,宋云霞又是"穷瘪三,小赤佬"地骂。大家知道她自然是在骂她家隔壁12号的黄包车夫周家车家的人,因为周家车的两个小孩又把她家放在门口的痰盂罐踢翻脱了。

麻将一上手,搓麻将人的世界就只有这张麻将桌了。她们一搓就搓到天色变暗,天空竟又下起了毛毛细雨,姜丽文耳朵尖,突然放下牌说:"勿好,36号出事体了。"说着就站起来往屋外走。

弄堂里已经是湿漉漉的一片了,而那时吴耕夫穿着长衫打着雨伞也急匆匆地踩着雨水往弄堂里面走。一进弄堂口他就看到36号门口围着一堆人,肯定是出啥事体了。姜丽文这个时候也已放下了麻将牌走出了粟海仙家,姜丽文看到魏金森那两个身高马大的家丁阿振与阿荣正在对着站在家门口的刘绣娟和南庄俊骂。

阿振长着一双大眼睛,却是一副凶相,他对刘绣娟说:"刘绣娟,我告诉你,魏老板讲了,今朝夜里阿拉魏老板设了个饭局,请的是市政府的要人,你要卖个面子,就跟我走一趟,你要勿给面子,那我们就勿客气了。"

阿荣有一双绿豆似的小眼睛,在一边也卷着袖子说:"魏老板讲了,你去也得去,勿去也得去,就只请你一个人去,姜小姐与那个你叫干爸的老头勿能陪着去。"

刘绣娟说:"你们总勿能牛勿喝水强按头哦?"

阿振讲:"你就是只老虎,也得摁着你去喝水。"

刘绣娟说:"夜里相的酒席我勿会去咯,这一点我跟魏老板已经讲清爽咯。"

阿荣说:"你去勿去?"

刘绣娟说:"绝对勿去!"

阿振冲上去抓住刘绣娟的手说:"出呐娘逼,你是敬酒勿吃吃罚酒啊!走!"阿振把刘绣娟一把拉下了门前的台阶,正被雨淋得湿漉漉的台阶很滑,刘绣娟差点摔倒。南庄俊就一下冲了上去,一拳打在阿振的脸上,说:"出呐!你敢欺辱我老婆。"

站在边上的阿荣冲上去给了南庄俊一拳,南庄俊也不示弱与阿振阿荣打了起来,但南庄俊哪里是这两个人的对手,阿振抓住南庄俊的头发就往地上摁,阿荣用拳头像敲鼓的棒子一样在南庄俊背上一顿狂捶。刘绣娟扑在南庄俊的身上喊:"勿好打的呀!你们勿好打的呀,他是个病人呀!"为了挡住南庄俊,刘绣娟的身上也挨了一顿猛拳。吴先生赶到,奋不顾身地冲了上去,想拉开阿振与阿荣,但也挨了阿振阿荣十几拳,打得鼻子流血,右眼青肿,额头也划破一块皮,还被踢了一个嘴啃泥趴在了地上。

阿振与阿荣突然被人猛地拉开了,是富贵大爷。阿振阿荣想与富贵大爷对打,富贵大爷也摆出了对决的架势。突然有个人把富贵大爷拉开说:"阿爸,我们来。"朱成功、朱成雄两兄弟背着大刀出镖回来了。院子里的袁根发、刘广明、齐鲁江也都拿着棍子上来了,阿振阿荣知道他俩勿是这些人的对手,阿振于是转身,作了个揖说:"后会有期!"阿荣却说:"出呐娘逼,你们都等着,会有让你们哭爹喊娘的一天咯!"

这时吴先生从地上爬起来,突然眼前一黑,身子晃了晃,便又晕倒在了地上。阿振、阿荣有几拳全都打在了他的头上,头上鼓起了几个包。阿振、阿荣看到情况不妙,拔腿就往弄堂口跑。朱成功与朱成雄要追上去,富贵大爷喊住成功成雄兄弟俩说:"勿要去追了,他们勿来便罢,要是再来,就让他们尝尝红辣椒是啥味道!"(意思是让他们晓得出出血是个啥滋味。)

袁根发把吴先生背进吴先生家,让他躺在一楼的床上,李月桂用湿毛巾揩去吴先生脸上的血迹,所有刚才围观的人都挤进了屋子里,关切地看着吴先生。吴先生很快就醒过来了,他的第一句话就是:"流氓当政,恶霸横行,这是个什么世道!"

南庄俊挤到吴先生床前,他的鼻子也被打出血了,面孔上还有血迹,他抽出一支白锡包香烟递给吴先生说:"吴先生,抽烟。"

吴先生接过烟说:"谢谢!"

那几天刘绣娟与院子里的人都有些紧张,怕魏老板又会派人来闹。本来,按规矩朱成功朱成雄兄弟出镖回来可以在家休息几天,以往兄弟俩清早练好功后,就会外出会会武林中的朋友,在江湖上走动走动。但那几天两兄

第九章

弟也不外出，陪着富贵大爷在家里，怕魏老板派人来闹，光靠富贵大爷一个人与院子里那几个没有武林功夫的男人恐怕有些挡勿牢。但那几天魏老板却再也没有派人来，姜丽文在家陪着刘绣娟两天，见没有什么状况，当天晚上又收到一位姓杨的老板派人送来的帖子，第二天又去陪酒卖艺了。

院内14号是盖得最晚也是36号院内最后一间棚户房。院门口左边是南庄俊刘绣娟的那栋二层楼的砖房，而院门的右边就是这栋棚户房了。这间棚户房紧挨着13号潘阿珍的房子，房子盖得还算可以，青砖一直砌到窗户跟前，然后才用木板拼起来墙，屋顶用的也是青瓦。里面住着一位老太婆，大家都叫她闵家阿婆，广东人，讲上海话总是掺着浓浓的广东口音，有时有些让人听勿大懂。

其实她的家就在聚德里17号，那房子还是她男人到上海买的，她男人在外国商行做了几年的买办，用几根条子买下了聚德里17号这栋房子，老头子死了，儿子也结了婚，儿子在一家公司里当科长，钞票也蛮赚得动。按理应该过得很好，但闵家阿婆跟儿媳妇不和，儿媳妇叫殷菜香，天天吵架，从早上起床吵到夜里睡觉。半夜里甚至也会起来吵。

有人讲闵家阿婆看勿得儿媳妇一直缠着她儿子闵自清，礼拜天两个人一睡就睡到吃中饭，吃过中饭还要在床上抱着再睡，她说儿媳妇这样缠自己的儿子，要把儿子的一点精血全吸光，身体要垮塌咯呀。这种天天吵架的日子当然过勿下去，闵家阿婆的儿子闵自清夹在中间也实在难做人。

那时36号的院子里正在租地盖房，于是闵自清找到刘绣娟，租了院内这最后挨着院门的一方十几平方米的地，盖起了闵家阿婆现在住的这棚户房。这棚户房比勿得2号、4号、6号这些比较好的房子，但比边上13号潘阿珍房子要好得多了。闵家阿婆搬过来住的时候，面黄肌瘦，两只小脚走起路来晃晃悠悠的，好像身上没有一点力气。

闵家阿婆搬来住后，大家才知道天天吵架的事是有，但勿是儿媳妇像妖精一样缠着闵自清，抽闵自清的精血，而是儿媳妇给闵家阿婆一天只吃两顿饭，早上开水冲冲一碗白泡饭，里面撒点盐，中午勿供应饭，晚上儿子回来才有点菜吃，而且只能在灶片间自己吃，拨一小碗蔬菜，一小碗米饭，儿子有时看勿下去，弄点鱼肉过去，儿媳妇双眼瞪得像灯笼一样。所以闵家阿婆才同儿媳妇吵，说："我是吃我儿子的，又勿是吃你的。"儿媳妇则说："是我做给你吃的，我勿做，你就没得吃！"这当然也是闵家阿婆的一面之词。

  闵家阿婆搬过来住后，有一件事大家都看在眼里了，儿子闵自清每个月只给闵家阿婆一点点生活费，说是儿媳妇勿让多给，那一点点钱闵家阿婆根本勿够用，所以基本上天天吃白饭，有时候到聚德里后面的小菜场去拾点烂菜叶子煮煮吃，营养勿良才这么面黄肌瘦，两腿走路发软，但她的生命力却依然顽强。

  潘阿珍一清早趁人家还没有上班前，把洗好熨好的衣服要给人家送去，尤其是那些年纪轻的上班族，穷得没几件替换的衣服，但又要穿着干净时髦，派头十足。要是早上勿及时送到，就没有衣服穿了，如果把昨天的衣服皱皱巴巴的再穿上，面子就全掼脱了，说勿定还会丢饭碗。如果潘阿珍把熨烫好的这些衣服晚上或者一清早送勿到，那他们就"派"勿起来了，所以潘阿珍的这份工作对这些人真的很重要。而这些人虽然口袋里与瘪三们差勿多少，但心肠都蛮好，勿会欺辱像潘阿珍这样的洗衣女。尤其在冬天的时候，看到阿珍那双鼓满冻疮的手，也会心生同情，情愿自己克扣点，也要稍稍多给阿珍一点钱。所以阿珍的生活上并勿是很苦，尤其是为了这个阿弟，在吃方面也勿是太抠门，每天除蔬菜豆制品以外，隔上两三天还总有些荤腥，勿是小黄鱼，就是一点炒肉丝。一个月还会吃顿红烧肉，在有荤腥的时候，阿珍会往闵家阿婆碗里拨上点，说："阿婆，要吃一点荤咯，一点勿吃，身体要抗勿牢咯呀。"

  院子里的人看到连阿珍这样的洗衣女都能去照顾一下闵家阿婆，于是吴先生就对李月桂说："晚上的菜多烧一点，给闵家阿婆送去。"李月桂点头说："好唉，闵家阿婆也太可怜了。"人的同情心都是引领激发出来的，大家看到吴先生让李月桂送，粟海仙的烹调手艺好，也送。南庄俊也让刘绣娟送，富贵大爷也送，油漆坊的两个老板的老婆也送，宋云霞也勿骂"穷人勿穷人"了。

  每天院子里送给闵家阿婆的菜，闵家阿婆都吃勿光。不到一个多月的

第九章

时间,闵家阿婆长得白白胖胖的,走起路来也有劲了,她儿子闵自清来看她,她就说:"白养你这个儿子了,娶个老婆还比勿上这些住棚户房里的人!"闵自清也很无奈,于是在院子里各家各户作揖拜谢!又偷偷地把自己买香烟的钞票克扣点下来给闵家阿婆。

闵家阿婆身体好起来也是个闲不住的人,不但帮阿珍洗衣服,熨衣服,送衣服,闲下来还用一把竹扫把打扫院子里的卫生。吃得好,又干活,心情愉快了,身体与精神都显得越来越好。潘阿珍与闵家阿婆的房子紧挨着,一到下雨天,雨水一大,阿珍的油毛毡屋顶的房子多少还有些漏,闵家阿婆就让潘阿珍姐弟俩到她的屋里来睡,像一家人一样。

四季转换,院子中那棵梧桐树的叶子又开始黄了。那个过去顶着箩筐,走街串巷卖大饼油条的杜丰林似乎越来越发了,派头也越摆越大。陆家禾问他,杜丰林,你现在在哪儿高就啊?杜丰林说:"阿拉老板勿让我讲,要是讲出来,吓煞脱你们。"既然杜丰林勿肯讲,大家也不便多问,反正在上海滩上,啥人都有啥人投靠的码头,勿去投靠码头或者投靠勿上码头的,就得凭自己的一点小本事或者卖苦力吃饭,像吴先生、潘阿珍那样,靠教教书、洗洗衣服,也可以有饭吃。

勿要以为杜丰林说的你潘阿珍的裤裆我摸定了的话只是嘴巴上说说,其实他早就在动潘阿珍的脑筋了。潘阿珍长得好,修长的身材也十分柔和匀称。姜丽文说,阿珍只要稍稍一打扮,绝对是个美人坯子。刘绣娟说,勿打扮也是个美人坯子。杜丰林似乎发起来后,穿着打扮神色做派也勿一样了。他似乎投靠了一个什么大靠山,狐假虎威起来,把院子里的人都勿放在眼里了,说富贵大爷"只会一套拳脚,有啥稀奇啦。只勿过是一个跟着神经病的女人吃软饭的人"。有时候,走过潘阿珍的跟前时,突然摸一下阿珍的脸或屁股,潘阿珍就骂他,他嬉皮笑脸地说:"阿珍妹子,你阿哥我喜欢你,是你咯福气,哪能?做我阿哥的二房,保证你勿用再做洗衣女,跟着阿哥吃香的喝辣的。"阿珍就骂:"你不配!你只癞痢头!"但杜丰林对刘绣娟却不敢那么放肆,说:"刘绣娟总有一天是魏老板的人,碰勿得咯。"

有段时间陆家禾也不时地向杜丰林献媚,杜丰林就对他说:"老阿哥,水果摊勿要摆,一天下来弄勿了几个钱,跟我做哦。"陆家禾真的跟着杜丰林做了几天,但很快就勿做了,说:"出呐,我以为做啥好生活呢,原来是拉皮条,给鸡介绍一个人,就抽几层铜钿。剥削人家女人卖肉的钞票,这也太缺德了! 我还是摆我的水果摊哦。"院子里的人这才知道,杜丰林原来是个皮条客,却还这么神气活现。

有一天傍晚,吴先生下班回来,发现刘绣娟着急地在弄堂门口等他,忙问:"刘绣娟,出啥事体啦?"

刘绣娟含着泪说:"南庄俊寻勿到了,这是从来没有过的事,他一般勿是在院子里,就是在弄堂里,很少出弄堂咯。"

吴先生沉思一会说:"就是因为他很少走出弄堂,弄堂周围的路就勿熟,弄堂门口的小街错综复杂,边上又是小菜场。迷路的情况很有可能,勿要急,我们动员动员院子里的男人都帮忙去寻寻看。"

吃过晚饭后,吴先生就动员了院子里的几个男人,富贵大爷当然去,袁根发还没有出海,也说要去,杜丰林夜里要出去拉皮条,不在家,吴先生也勿会找他,因为这种人靠勿牢。12号的周家车夜里本来想再出去拉几趟生意,但一听到这件事,马上说,做生意事小,寻南先生的事大,也要去。还说:"吴先生,你坐我的车,我们一起去找。"吴先生说:"勿可以咯,勿可以咯。"陆家禾虽在家,但摇头说:"这么大的一个上海,到哪儿去找,大海捞针,给我钱我也勿去咯。"

吃过夜饭,吴先生先到附近警署去报了个警。周家车非要拉着吴先生一起去找,说:"吴先生,我又勿要你的钞票,作啥勿肯坐我车啦? 你一个文弱书生,走那么多路勿吃力啊。吴先生一定是看勿起我,勿给我面子。"吴先生那天在学校,上楼时脚崴了一下,刚好也走勿大动路,周家车又这么热情,只好上了他的车。他俩一面找一面在路上说说话,周家车说:"吴先生,我听讲粟海仙与她老公的事是你给化解的是哦?"吴先生说:"本来就没有事,谈勿上化解。"周家车笑着说:"吴先生是心眼好,勿想看到袁根发和粟海仙闹翻,活生生地拆散一个家庭是罪过的。其实粟海仙与刘广明的事哪里会是没有的事呀,有一天我半夜里回来,就看到刘广明和粟海仙在油漆作坊大房

第九章

间的角角里办事体,我咳嗽了一声,两个人才分开。这种事看在眼里,烂在肚里,多一事不如少一事,吴先生,你讲对哦?所以11号的宋云霞天天对着我老婆骂穷人长穷人短咯,我也勿同她计较。我是个穷拉车的,可她骂我穷但勿见得她就能富到哪儿去,吴先生你讲对哦?"

他们走街串巷,一直找到半夜回来,毫无讯息,去警署打听,也说是暂无消息。刘绣娟急得直落泪,说:"是我害了他,是我害了他呀!"但她还要到弄堂口的馄饨摊上去定夜宵,说是大家找了快整整一个夜里了,肯定都累了也饿了,吃碗馄饨或者阳春面解解乏填填肚皮,但大家都说勿吃了,累了,想回去睡觉。刘绣娟感到很过意不去,一再地同大家点头说:"谢谢,谢谢!"夜里,吴先生让李月桂去陪刘绣娟睡。南庄俊勿在,刘绣娟只有一个人,怕她想勿开会出啥事体。

第十章

有桩事体是陆家禾后来才讲给院子里的人听的。他说,那天中午,他在菜场摆水果摊卖水果时,看到杜瘌痢领着南庄俊穿过小菜场,往北四川路上走去。杜丰林面孔的表情显得十分热情,一脸媚笑,南庄俊还请他抽白锡包香烟,南庄俊手上一直捏着一包白锡包香烟,好像这就是他的身份象征。但南先生真的神经有毛病,都勿知杜丰林对他这么热情是为了啥。陆家禾说他俩出了小菜场后,就再也没有见到南先生回来。吴先生说:"那你那时候为啥勿讲?"陆家禾讲:"我勿敢讲的啊,你们勿晓得,杜丰林同他的那帮兄弟现在厉害得勿得了,弄得勿好,你就吃勿了兜着走。"吴先生说:"你勿是讲他是个皮条客吗?"陆家禾说:"哪有这么简单啊!他是一帮流氓团伙的小头目了,在我们这儿横冲直撞的啥人都勿怕,听说他们背后的靠山硬得勿得了。"吴先生说:"靠山再硬,也总有政府管,有法律管!我就勿相信法律管勿了他们!"

当然这是南庄俊被找回来以后的几天陆家禾

第十章

才同吴先生讲的。在南庄俊失踪的第二天早上,刘绣娟一夜未睡,两只眼睛哭得像桃子一样红肿。吴先生去学校请了假,请校方找一个代课教师代上几课,说是有急事要办,又同周家车一起去找。他们先到警署去问,说是有消息了,在黄浦英租界的巡捕房有个叫南庄俊的人,但看上去神经有点勿大正常。吴先生说:"就是他了。"他坐上周家车的黄包车又赶往大马路的巡捕房。一个印度的红头阿三很热情地接待了他们,南庄俊一见吴先生,就喜笑颜开地讲:"喔哟,吴先生你好,你好。"他摸摸口袋,白锡包香烟已经没有了。吴先生忙递上一支老刀牌香烟,南庄俊摇摇手,意思是这种低档香烟他是勿抽咯。吴先生只好笑笑。红头阿三告诉吴先生,是他们巡捕房的巡警在黄浦江边岸上巡视时,看到一个人陪着这位南先生在河边上走,这位南先生在河边抽烟,巡警发现陪他的那个人好像要把南先生往河里推,巡捕一看勿对,就大声地喊了起来,并且吹响了警笛。那个人想把南先生推下江里去的,看苗头勿对拔腿就跑得不见了。吴先生后来问南庄俊,那个人是勿是杜丰林?南庄俊说:"勿是咯,杜瘌痢陪我逛马路,陪着陪着就不见了。天黑了,我也勿晓得回家,后来有个人说,他可以送我回家,他说沿着黄浦江边就可以回家。我就跟他走了,后来警笛响了,他们就把我带到警署里来了。"

出了巡捕房,吴先生又雇了辆黄包车,说回学校还可以赶上第四节课,让周家车先拉南庄俊回去,刘绣娟一定急坏了。南庄俊说:"吴先生,勿好意思,给我买包白锡包香烟哦,瘾头上来了。"

吴先生赶忙到胭脂店给南庄俊买了包白锡包,南庄俊接过烟,一个劲地说:"谢谢!"吴先生就跳上一辆黄包车往学校赶。

自然不用说,有人想害死南庄俊,而杜丰林肯定是帮凶之一。从那以后,刘绣娟再也不让南庄俊出弄堂口。自从这件事发生以后,院子里的人都对杜丰林警觉起来,看到杜丰林往南庄俊身边靠时,就会喊:"南先生,给我一支白锡包烟抽好哦?"然后对走到身边的南庄俊说:"当心点,杜瘌痢勿是好东西,想害死你,你晓得哦?"南庄俊就点头说:"晓得,晓得。"

而那以后魏老板与沈老板竟也没有再来请刘绣娟去陪他们的饭局。刘绣娟觉得艺还得去卖,饭局还得去陪,勿然坐在家里,依然会坐吃山空,她还是请姜丽文为她拉场子。当然姜丽文为她拉场子时,也要看看人头,觉得适合刘绣娟去的饭局才让她去,而且由姜丽文与富贵大爷一起陪着去。

那些天杜丰林也是白天睡大觉,晚上去拉皮条,院子里也很少见到他的人影。所以那几天院子里可以说是平安无事。刘绣娟中午出去卖艺陪唱,让潘阿珍的弟弟看着南庄俊,潘阿福也很尽职,虽然瘸着腿,但却是在南庄俊的身边跟前跟后,不让他走出弄堂口。有一天南庄俊实在觉得太无聊,就搬只小竹椅,坐在油漆坊看漆匠们漆油漆,眼睛直直地看得发呆,觉得很好玩。原先是木头本色的木家具经过刷猪血,贴缝子,刮腻子,上油漆后,一件铮光贼亮的家具就展现在眼前了。

有一天他对刘广明老板说:"让我也试试哦?"刘老板就让一位油漆匠师傅教他,说:"你的工钱我照发。"那位叫阿州的师傅教得很认真,南庄俊学得也很认真。没几天南庄俊漆油漆就漆上了瘾,而且漆出来的家具竟也合格过关。于是南庄俊每天都到油漆作坊来上班,比那些油漆匠上班还早,还勤快。晚上吃了晚饭还要到作坊里去做一阵子。刘广明要给南庄俊工钱,把钱送到刘绣娟手上时,刘绣娟怎么也勿肯要,说:"刘老板,他只要勿乱走就得谢谢你们了。"于是刘老板只要南庄俊做的生活合格,他都会去买几包白锡包香烟作为犒劳。

秋已深了,天气凉了下来后,马路上的风呼呼地扫进弄堂里,有些冷飕飕的。只要夜里没有啥要紧事体要做的,就都早早地钻进了被窝里。吴耕夫也备好课改好作业睡下了。36号这方院子在深秋的夜晚显得特别寂静,甚至老鼠爬动的声音都能听得到。但到半夜里,院子里突然响起了尖叫声:"大家快来帮我忙,打这只畜生啊——杜瘌痢要强奸我呀——"大家都听出就是13号潘阿珍的叫声。院子里各家的门都打了开来,不少人从家里冲了出来,院门口的电线杆上都挂着盏路灯,虽然勿明亮,但还是照得见人。

大家都看到阿珍的衣服被撕烂了,露着雪白的肉,用一把竹扫把在打杜丰林,而潘阿福只穿着条短裤头,瘸着腿也用一根木棍在打杜丰林,而杜丰林双手提着裤子勿敢松手,因为很可能一松手,裤子掉下来就会光屁股,他也只好听凭潘阿珍同潘阿福打。

第十章

吴先生拦住潘阿珍和潘阿福说:"阿珍,阿福,勿要打了,强奸良家妇女是犯法!送警署!"然后他愤怒地转身对杜丰林说:"杜丰林,大家说你是个地痞流氓,我看一点都勿假,也勿冤枉你。但我还是要忠告你一句,人活在世上,勿可以这样做人的呀,你自己哪能活,别人管勿住,但伤害人的事情,那人人都得管。我听有人讲,南先生就是被你骗出去差点死在黄浦江里咯是哦?"

"瞎讲!没有这事体,肯定有人栽我赃……"杜丰林话还没有说完,富贵大爷就一拳甩了上去。把他打倒在地上,说:"一个姑娘养着一个残疾的阿弟,你勿但勿同情,还要几次三番地欺辱人家,你出呐还是个人哦?"说着,又一脚踢了上去。

吴先生说:"富贵大爷,走,我们把他送到警署去!"

富贵大爷又踢了杜丰林一脚说:"起来!跟我们去警署去!"

杜丰林爬起来说:"去就去,我又没有强奸上她,我勿怕!你们以为我后台没有人啊!"接着又冲着潘阿珍喊:"潘阿珍你走着瞧,我一定要娶你当小老婆,勿娶上你我就勿是人!你等好了,哼!"

"滚!"富贵大爷又在他屁股上狠狠地踢了一脚。

吴先生与富贵大爷还没有回来,姜丽文就领着一个长相文气又很有艺术气质的穿着绸长衫的中年人来找到刘绣娟家。刘绣娟一见那人就认出来了,是在魏金森魏老板的饭局上认识的言芳戏班的老板贾言芳。姜丽文对刘绣娟说:"绣娟姐,贾老板想请你去出席个饭局。"贾言芳忙接着说:"那天在魏金森老板设的饭局上,听了刘女士的一段自拉自唱,真是有幸得很,听得我这个戏班的老板都如醉如痴。今朝我设了饭局请雅培大戏院的董事长王雅培王老板来吃饭,想请刘女士、姜小姐去作个陪。勿晓得刘女士这个面子肯勿肯给我。"

刘绣娟说:"魏老板、沈老板请了哦?"

贾言芳说:"没有,但如果刘女士要我请,我立马就去请。"

刘绣娟说:"勿,如果贾老板请了他们我倒反而勿想去了。"

姜丽文说:"绣娟姐,刚才贾老板告诉我,今朝请的都是些热爱戏曲的士绅。勿是像魏老板、沈老板那样的土鳖。"

刘绣娟说:"不过我还是要等我干爸回来了我才能去。"

贾言芳说:"那好,那好。"

杜丰林被扣押在警署,吴先生上班去了,富贵大爷也回来了。贾言芳是坐着王雅培老板的小车来接刘绣娟她们的。刘绣娟关照了一声月桂与阿珍让她俩看好南庄俊,其实南庄俊也已勿需怎么关照了,他做油漆生活已经做到了痴迷的程度。于是富贵大爷拿上刘绣娟的京胡,同贾老板与姜丽文一起坐上小车去饭局。饭局设在靠近市中心的都城大饭店。

其实王雅培老板主要做的是海鲜生意,他在舟山有好几十艘机动打鱼船,可以说占了上海滩小菜场将近一半的海鲜生意,也是上海滩上钞票多得可以呼风唤雨的人物。可他本人却偏偏喜好京戏,自己也学花旦,唱得一口的梅派腔。刘绣娟在都城大饭店大厅里就见到了恭候在那里的王雅培王老板,想勿到王雅培中等身材,长着一张女性的脸,标致得勿得了。由于热爱戏剧,自从做海鲜生意发了财以后,他就盖起了一座很壮观的雅培大戏院。贾老板的班子现在就在雅培大戏院唱戏,里面有两个角儿,在当时的上海滩上已是蛮有名气也蛮叫座了。

王雅培老板对人很热情也很和气,当他听说富贵大爷是刘绣娟的干爸后,非要叫富贵大爷同时入座,但富贵大爷死活勿肯。王老板是个在江湖上混了多年的人,一眼就看出富贵大爷只是名义上的"干爸",其实只是个保镖,而且一眼就看出是个武行出身的人,于是他也勿再强求,然而他这姿态却让富贵大爷与刘绣娟都很满意。

见到刘绣娟后,王老板也很吃惊,他也知道苏杭一带美女多,但像刘绣娟这样漂亮的女人却真的不曾见过。酒席中,刘绣娟自拉自唱了一段戏,让王老板也是汗毛里直往外渗汗,惊愕不已,听得如醉如痴。他对贾老板说:"此人此曲只有天上有,人间哪能见得到听得到啊!"贾老板把此话讲给刘绣娟听,刘绣娟说:"王老板也太过奖了,我刘绣娟怎么敢当呀。"

王老板提议,让刘绣娟作为票友在贾言芳班子的戏中也演个角色。贾言芳说:"我也有这个想法,不知绣娟女士肯勿肯赏脸。"

第十章

　　刘绣娟摇头说:"我男人有病,我要照顾我的男人,夜里我是绝对勿出门咯。"

　　姜丽文说:"王老板,贾老板,最好勿要难为绣娟姐,她的男人真的有病。"

　　王老板沉思了一会儿突然说:"绣娟女士,你阿会搓麻将。"

　　刘绣娟说:"会是会一点儿,但打勿好。"

　　王老板说:"今晚我去你们家搓麻将可以哦?这你就勿用出家门了。"

　　刘绣娟说:"那也太委屈王老板了。"

　　贾言芳说:"我陪王老板一起去。"

　　姜丽文说:"贾老板勿唱戏啦?"

　　贾言芳:"我已经多年勿上台唱戏了,班子里的事有我大徒弟管,夜里唱戏的事体用勿着我操心咯。"

　　这时刘绣娟倒感到为难了。

　　王老板说:"请绣娟女士委屈一下,今晚我们到你家去搓搓麻将,但实在是很想再听听绣娟女士的唱。以后的事以后再商量,今晚如能允纳,我王雅培也很感到满足了。"这时王老板从长褂的腰间掏出一张银票,递给刘绣娟,刘绣娟一看,吓了一跳,竟是一千大洋。可见王老板的诚意,刘绣娟脸也有些黄,想了想便讷讷地说:"那好吧,但这银票我勿可以收咯。"

　　贾老板在一边说:"没事的,收下吧。"后来贾老板对刘绣娟说:"这点钱,对王老板来说只是九牛一毛的小钱。"

　　原来王老板也有一个嗜好,就是赌,有时也赌得昏天黑地的,但他赌运好得很,赢多输少,这更激发了他的赌性。他是一个能克制自己赌性的人。不像有些赌徒,一钻进赌场里就出勿来了,他只是赌上几天,过过赌瘾后又做他的海鲜生意,更多的时间则花在听戏唱戏包括对戏曲的研究上。

　　刘绣娟回家,已是下午四点多钟了,姜丽文又去她的舞厅了。刘绣娟一直在门口等到吴先生下班,一见吴耕夫夹着皮包回来,就把这事同吴先生说了,还说:"吴先生,你今朝夜里也陪我一起同他们搓麻将哦,我晓得你麻将搓得好。"但吴先生说:"可明朝我要上课,今晚要备课咯呀。"

刘绣娟苦着脸说:"可我勿晓得王老板贾老板他们葫芦里到底是卖咯啥咯药?请吴先生帮我搭搭脉好哦啦?"

吴先生想了想说:"好哦,但我勿能陪得太晚。"

刘绣娟说:"我也勿会让他们打得太晚,庄俊也是从来勿肯熬夜的。吴先生那就太谢谢你了。到时我来叫你,我现在要给干爸打酒买热菜去。我给他钱,他总是勿肯收。"

吴先生一笑说:"富贵大爷就是这么个脾气,我是很佩服武林中像他这样的人的,把仗义看得比什么都重!俗话说,仗义每多屠狗辈,负心多是读书人。"

刘绣娟一笑说:"我看你吴先生这个读书人就勿是!"

似乎天刚有点擦黑,王老板与贾老板就用过晚饭赶来了。他俩先是找到姜丽文,然后又由姜丽文领着到刘绣娟的家。贾言芳老板很知根知底似的来时带了两条白锡包香烟,进了刘绣娟的家门,就把两条白锡包香烟递给了南庄俊,南庄俊很知足地笑着说了声谢谢。如果勿是有病,南庄俊就成了一个标准的吃软饭的男人了。

刘绣娟看了一眼姜丽文:"丽文,你帮我去看看吴先生下班回来了哦?今朝夜里我还请了吴先生一道来搓麻将。"

姜丽文一笑说:"绣娟姐,你请对人了,像王老板、贾老板这样麻将桌上的老手,我们两个女流可是应付勿了。强对强才有味道,强对弱那就煞风景会无趣得很的。"

王老板说:"绣娟女士,你还请了位搓麻将的高手?"

刘绣娟说:"隔壁邻居,一位中学语文教师,也称勿上啥高手,只是比我和丽文稍微强点罢了。"

姜丽文去了吴耕夫的家又转回来说:"吴先生正在吃夜饭,他说马上就过来。"

王雅培看看刘绣娟的房间说:"小了点,但拾掇得很干净。"然后看了一眼贾言芳说:"贾老板你看这样好哦,既然现在还搓勿成麻将,那就由我来拉京胡,让绣娟女士唱上两曲怎样?"

第十章

贾言芳说:"很好。"

王雅培说:"绣娟女士,你看唱啥好?"

刘绣娟说:"等一歇哦,吴先生马上就到。"

这时吴耕夫也来了,刘绣娟忙介绍说:"这位就是吴先生,这位是雅培大戏院的董事长王雅培王老板,这位是言芳戏班的贾言芳贾老板。"

双方都作了揖,恭维了对方几句。

王雅培就看看刘绣娟,刘绣娟就说:"既然王老板要我唱几段,那我就恭敬勿如从命,唱上几段。王老板,贾老板,你看这样好哦。"她看了吴先生一眼说:"你们勿晓得吴先生戏也唱得相当好,尤其是老生,我看我跟吴先生唱上《打渔杀家》中的一段哦。"

这时李月桂也过来帮忙了,李月桂来刘绣娟家帮忙也熟门熟路了,为所有的人都沏了杯茶,屋子里顿时飘散着一股淡淡的龙井茶的清香。南庄俊口袋里塞上两包白锡包香烟,又去刘广明的作坊里,在电灯下细细地做起漆油匠的生活来。

王雅培拉起了京胡,吴先生唱老生萧恩,刘绣娟唱花旦萧桂英。两人唱了"打渔"中的一段唱,吴先生唱得如醉如痴,刘绣娟也唱得声情并茂,王雅培也拉得投入,贾言芳与姜丽文在一边击掌喊:"好!"

王雅培收起琴弓说:"过瘾啊,比在戏院里看戏还要过瘾啊!你们再来一段怎么样?"

刘绣娟说:"王老板,贾老板,你们不是说好来搓麻将的吗?我已经把麻将桌都铺好了。"

王雅培说:"好,那就搓麻将。"

第十一章

　　麻将桌上铺上了一块绿色的金丝绒布,在灯光下有点闪闪发光,五个人坐了下来。姜丽文坐在刘绣娟的身边,给刘绣娟当参谋,在叠牌时,刘绣娟说:"王老板,贾老板,搓麻将我是个生手,出错牌你们就多包涵点。"

　　王老板说:"姜小姐给你当参谋呢,你们是两对一。"

　　贾老板说:"刚上麻将桌的生手,手气好！摸起的牌只只有用。"

　　这几个人搓麻将都显得很文明,搓咯辰光手都很轻,勿像粟海仙他们,搓起来恨勿得把麻将碾碎,搓得哗啦啦响。

　　王雅培特意坐在刘绣娟的上家,吴先生坐在刘绣娟的对面,于是刘绣娟想要的牌,王雅培就放,姜丽文心中很清楚,王老板是有意想送钱给刘绣娟,但奇怪的是每次总还是吴先生和牌。

　　在牌桌上,王雅培就说起了他为什么这么热衷于京剧这项事业。他说,他在西欧的德法留过洋,学的是经济学,因为他是宁波人,所以回国后就在舟山做起了渔业上的买卖,但他本人却十分喜欢京剧这门艺术,更主要的是,他说:"你们看到了哦,现在上海滩上的年轻人,对京剧这门国粹越来越冷漠。搞洋派的话剧,大戏台变成了电影院,里面放的都是外国片,尤其是美国电影,我的雅培大戏院,白天也放美国电影,但晚上勿管生意好坏,一定请戏班子演京戏,但看电影的人还是比看戏的人要多得多,尤其是年轻人好像对京戏没有兴趣。其实他们没有体味到京剧里那唱腔中的韵味,那里面蕴含着中国文化,真的要比那电影里的对白要有味道得多。"他说着,就随口唱起了"打渔"一折中萧桂英西皮摇板的"不幸我的母早年亡过……"的那一段。

刘绣娟在一边笑着说:"王老板的花旦唱得比我还要好。"

贾言芳在一旁说:"王老板也演过萧桂英,上台后啥人也勿相信王老板是个男人,扮相勿要讲有多标致了。"

王雅培说:"贾老板言重了,只要绣娟女士一上台,绝对会晕倒整个剧场的男人。"

姜丽文说:"王老板,你又在吃我绣娟姐的豆腐了。"

王雅培说:"所以呀,我想请绣娟女士也上上台,也为振兴我们中华戏剧出份力呢。"

刘绣娟说:"阿爸喜欢唱戏,从小他经常带我上县剧场去跑跑龙套,哼上几句,过过戏瘾,哪能说得上为振兴中华戏剧出什么力呢。"

王雅培突然对吴先生说:"吴先生,你是个学者,你觉得我的意向如何?"吴先生说:"打牌,打牌,我已经停牌了,弄得勿好,我可能会自摸。"王雅培说:"想勿到吴先生是个教师,牌却打得这么好。"

吴先生说:"那是王老板,贾老板手下留情,我才赢了几把的。"

贾言芳说:"我是看出来了,吴先生打牌相当顶真啊。"

刘绣娟说:"吴先生做事认真是我们这个院子里所有的人都公认的。"

吴先生说:"绣娟又取笑我了。"

姜丽文说:"绣娟姐讲得勿错。"

吴先生摸上牌,大拇指一搓,脸上绽出笑容说:"自摸!"然后把赢的一堆钞票、银圆、银票往刘绣娟那儿一推说:"好了,不能玩了,我还得备课去,再玩下去我就要误人子弟了。"

吴先生走到门口,向王雅培、贾言芳作了个揖说:"真的很失礼,但只能失陪了。"

刘绣娟说:"吴先生,这是你赢咯钞票呀。"吴先生说:"这是王老板、贾老板给你的赏钱,绣娟,你收下吧,给南先生买香烟抽好了。"

王雅培、贾言芳一脸的惊讶,吴先生作了揖出了门,姜丽文解释说:"吴先生搓麻将赢的钱从来勿要。"

王雅培说:"做啥?"

刘绣娟说:"赌桌上赢来的钱他从来勿要,是因为他说他是教师,要为人师表。他搓麻将只是为了陪大家开开心,他自己也只是为了消遣一下,在阿拉院子里的人都晓得的。"

王雅培说:"绣娟女士,我和贾老板勿光是来同你搓麻将的,还是来请你出山的。"

刘绣娟摇头说:"这勿可能,请王老板贾老板见谅。"然后对姜丽文说:"丽文请你帮我把泡在油漆坊里的男人叫回来,我送送王老板和贾老板。"

刘绣娟一直把王雅培与贾言芳送到弄堂口。让他们坐上小车,因为小车勿让在弄堂里停得辰光太长,所以就开到弄堂口边上的空地上停。

天气变化很大,忽冷忽热,上海深秋的天气就是这样,夏天仿佛还不肯走,冬天却不急着进场。但一场绵绵的秋雨后,天气忽地凉了下来,冬天也就真正进场了。人们都穿上厚厚的衣服,那西北风也横扫过马路,飕飕地在马路上示威起来。一个星期六吃过夜饭,突然有人开着小车来找吴耕夫,说:"吴先生,我们家王雅培老板想请你去一下,王老板再三关照我,请吴先生一定去。千万请吴先生给王老板一个面子。"来人的态度很谦卑也很诚恳,吴耕夫就说:"那好,我就走一趟。"

那是一家中式建筑的茶楼的一间小巧的包间,王雅培与贾言芳正等在那儿。一见吴先生进来,忙起身作揖,说:"吴先生,给鄙人面子了。"

吴耕夫也还礼说:"区区一个小教书匠,却惊动了两位老板,实在勿敢

第十一章

当啊！"

王雅培说："吴先生喝什么茶？"

吴耕夫说："我是浙江人，爱喝龙井。"

伙计送上茶后，贾言芳亲自为吴先生倒茶。吴先生说："我自己来，我自己来。"然后坐下，呷了一口茶说："两位老板请我来，恐怕又是为刘绣娟的事吧？"

王雅培说："吴先生猜到了。"

贾言芳说："吴先生，我和王老板那天都看到了，刘绣娟对吴先生特别敬重。只要吴先生帮我们说句话，比我们给她磕十个头还要管用。"

吴先生又喝了口茶，从腰间掏出包老刀牌香烟，王雅培是抽雪茄，贾言芳抽烟斗，但贾言芳看到在搓麻将时吴耕夫的烟瘾也很大，刘绣娟特地在吴先生身边放了包白锡包香烟，他便以为吴先生也只抽白锡包。王雅培一看吴先生抽的是"老刀牌"香烟，赶忙打开自己的雪茄烟盒，说："吴先生，请抽雪茄。"吴先生也勿客气说："那好，我也尝尝雪茄烟的味道。"于是从烟盒里挖出一支雪茄，咬掉烟头后点上抽了口说："勿是刘绣娟敬服我，而是我敬服她！你们晓得勿晓得她为什么要出来卖艺？是为了让精神有毛病的男人能抽上白锡包香烟。"接着吴先生把他所知道的有关南庄俊与刘绣娟的故事讲了一遍，还讲了为了保护南先生而被魏老板两个家丁打得脖子上，手臂上，脸上都是青一块紫一块的。吴先生慨叹地说："这样的女人，守住了自己的身子，更是守住了自己的良心！我是由衷地感到敬服啊！"

王雅培与贾言芳听得也是唏嘘不已。

王雅培说："吴先生，但在我看来，让刘绣娟出山唱戏，跟服侍她的男人并不矛盾。我们可以把南先生同刘绣娟一起接过来，我可以雇上一个小厮和一个丫头，两个人来照顾南先生和刘绣娟。振兴京剧这个国粹是要靠人才的，无论什么戏种，只有人才辈出的戏才能发扬光大，才能振兴，任何事都是要靠人才来振兴的。人才旺，事业才旺。一个国家也是这样，比如像俄罗斯，比如像法兰西，文化大师辈出，所以他们的文化也让世界刮目相看。刘绣娟这么好一个唱戏的人才，埋没了实在可惜！"

贾言芳说:"我与王老板的看法是一样的,我是搞戏班子的。戏班子里能出那么一两个名角,我这戏班子就不愁没有饭吃。我是真心实意地想请刘绣娟女士来为我们的戏班添点色彩。所以我也求吴先生能帮我们游说游说刘绣娟。吴先生,王老板和我请你来这儿是来求你帮忙的。"

吴先生说:"我可做勿了她的主,我只是她的邻居,只是邻里间相处得和睦点罢了。王老板、贾老板的意思我懂,对你们这种崇高的用意我也深表敬佩。好吧,我去说说看,关键在南先生,只要南先生能妥善安排好,我想刘绣娟也可能肯出山的。我知道她自己就爱戏剧,父亲是个佃户,但却是个戏迷,而他的东家,也就是南先生的父亲也是个戏迷。南先生的父亲就是过年时同他们到镇上唱戏,回来的路上跌在一条河浜里去世的。"

王雅培作了个揖说:"那就全拜托在吴先生的身上了。"

喝茶聊天的辰光真是走得飞快,不知不觉中已是深夜了,王老板坚持要用他的小车送吴先生回去。

前两天,在警署关了几天的杜丰林也放回来了。警署曾派人到院子里来做了些调查。结果就是拘留了这么两天,放出来了。放出来的那天,他第一件事就是做自己的老婆,大白天的那哇哇的尖叫声传得满院子都听得到。11号的宋云霞就说:"咯个男人也真是太下作了!天下少见。"

但全院的人都没有想到,这个"天下少见"的下作男人,却变得越来越张扬。第二天傍晚,他就带着他那一帮七个兄弟在他们家的门口,先摆上了一只借来的大圆桌,上面布满了饭店里叫来的菜,吆五喝六地吃开了。说是庆贺他杜丰林平安回家的接风酒。那时大家都穿上了比较厚的衣服,梧桐树上也都已光秃秃的没有叶子了。但有的人却喝得浑身热得只穿了一件汗背心,光着膀子在那儿一伸一收地狂叫:"五魁首呀,六六顺呀!"

天黑了,杜丰林就从家里拉出一只电灯泡用根竹竿挂在了桌子上面。其中有一个个子矮,但长得很壮实的二十出头叫阿山的人举起酒杯说:"我敬你一杯,当初勿是你当脱你女人的金耳环,把自己所有的钱又都掏给我,让我给姆妈治病,我姆妈就活不到现在。"说着,他涕泪横流。"今朝你又平平安安地回来了,那只臭逼。"他回头看了13号潘阿珍的房子一眼接着说,"她

第十一章

的阴谋没有得逞,老天有眼呀,丰林哥,你是好人有好报啊,来,丰林哥,咯杯酒你一定要喝!"

杜丰林接过酒说:"好,我喝!但世上啥叫朋友啥叫异姓兄弟,有人在危难之际,能去拉一把帮一把的才叫朋友,才叫异姓兄弟,今天在场的都是我杜丰林的结拜兄弟,一人有难,大家相帮,这才能看出啥人是兄弟啥人才是真朋友,对哦?"

"对!"

阿山又举起酒杯说:"丰林哥,我阿山从今以后就一定会为了你丰林哥两肋插刀咯!勿信,你以后看!"

杜丰林这帮人在深秋的夜里的寒风中就这么赤着膊喝着酒,说的那些话,院子里的人都听到了,大家不寒而栗。而杜风林后面的话,刘绣娟与姜丽文听到了,因为吴先生不在,更是感到心惊胆战。

后来刘绣娟把这事告诉给吴先生听,吴先生说:"杜癞痢这是在向院子里所有的人在示威,也在给你和我以及姜丽文、富贵大爷示威。但勿要怕,这社会并勿是杜丰林这种人的天下,如果是这些人坐了天下,那么中国就要完蛋了,中华民族也要灭亡了,孙中山先生讲了,我们是个讲法治咯国家!"

第十二章

　　王雅培用小车把吴先生送到了弄堂口,已是深夜,杜丰林的酒席才散,杜丰林那帮狐朋狗友勾肩搭背、摇摇晃晃地走出弄堂,有一个不知是有意还是无意,还撞了吴先生一下,吴先生也不计较,只是匆匆回家,看点书后想早点休息。

　　第二天是礼拜天,吴先生睡了个懒觉,起床后已快中午了。酒好不怕巷子深,而绝代美女卖艺的名气也同样会传布得像闪电一样迅速,刘绣娟在上海几家高档饭店陪酒陪唱以后,没多久她的名气就传开了,尤其是在她去卖过艺的几家豪华酒店。有些人虽然知道她价钿昂贵,但请她的人还是不少。一个如此漂亮的女人又唱得一口好戏,能请来这样一位女人一起来喝喝花酒,那比酒桌上所有的佳肴更有味道。

　　陪酒陪唱,而且她的身世也让越来越多的人知晓了,那些能请得起请得动她的人都是腰缠万贯的人,但这些商贾大家、公子哥儿毕竟与魏金森这样的粗人不同,大多都知书达理,对她的身世为人都

第十二章

很同情,只要能坐在一个酒桌上见见她的容貌,听听她的金嗓音,欣赏欣赏她拉的那一手好京胡,也就很满足了。有些人多次请她,但已很少有人再动她的脑筋,想吃她豆腐,大家也都知道她那个坐在底楼的干爸保镖。而那些有身份的人也都把自己看成士绅,不敢也不想造次。

那天,刘绣娟下午三点多钟就回来了,回来的第一件事就是为富贵大爷买酒和下酒菜,然后又到刘广明的油漆作坊给南庄俊送白锡包香烟。南庄俊的白锡包香烟的消耗量大增,因为他再也不缺送别人和自己抽的烟了,刘绣娟现在的收入一天几包白锡包香烟算什么?真的只能是一点点的毛毛雨啦,姜丽文同刘绣娟一起陪完酒就又去跳舞厅了。姜丽文是个聪明女人,搭上刘绣娟这条船,她的收入比去舞厅收到的钞票要多得多,但她还是坚持再去舞厅,陪人跳舞有陪人跳舞的味道,习惯成自然,跳惯舞了,勿跳就会脚痒痒。

刘绣娟做完她要做的,回到家里,吴先生也下班回来了,吴先生就敲门进去说:"绣娟,我有几句话想同你谈,可以哦?"

刘绣娟说:"喔哟,吴先生你这么客气做啥啦,有啥事体尽管讲,快进来坐呀!"

吴先生走进客堂间,坐在一把竹椅上。刘绣娟知道吴先生是个烟筒子,忙打开一包白锡包香烟,吴先生摇着手说:"勿要开,勿要开,我这里有。"说着从口袋掏出一包已抽了一大半的"老刀牌"香烟,刘绣娟笑着把一支白锡包香烟递给吴先生说:"吴先生,你到现在还这么见外。"吴先生一笑,只好接过刘绣娟递上来的香烟。

"绣娟啊,昨天夜里王老板和贾老板请我到茶楼去吃茶,是让我来做说客的。"吴先生点上烟说。

"还是想让我上台演戏啊?我勿去,我夜里一出去,庄俊哪能办?"刘绣娟说。

"南先生的事情倒好办,关键是你自己想勿想出山?"

刘绣娟说:"关键是我担心的是南庄俊。"

"绣娟啊,"吴先生说,"我也前前后后为你想过,我也跟王老板贾老板说,请绣娟女士出来上台唱戏这件事真的很难办。主要是南先生勿好安排,他们说,让南先生跟你一起过来,由他们请个小厮和一个丫头服侍。只要你想上台演戏,总比现在这样卖艺要好得多,我要讲一句勿大好听的话,青楼女子大多陪着公子老爷们喝花酒,也卖唱,所以你这样去卖唱对你名声勿大好,有些像魏老板与沈老板这样的人就把你看成青楼女子了,以后也勿见得就没有这样的人,与其去酒肆饭店陪酒卖艺,还不如索性做演戏这个行当,做个戏子总比做青楼女子要强些。还有人跟人是勿一样的,我看王老板和贾老板都是正经人,王老板留过洋,贾老板从小也是科班出身,在我们中国的科班里,虽是卖艺,但规矩也是很严的,我看他们两个是真心诚意地想让你上台唱戏,何况你从小就跟着你阿爸唱过戏。"

"那只是当个票友,串串场子的。"

"那也是在舞台上历练过的,何况你又唱得这么好。"吴先生猛抽了两口香烟,沉默了很长时间。

"吴先生,你哪能啦?"

"我是在想,"吴先生说,"雁过留声,人过留名。你刘绣娟这样一个人才,死守南先生这么一辈子也真的是太可惜了,绣娟你勿要误会,我勿是让你离开南先生,你对南先生的这份忠贞,既难得又可贵,但人生勿是只有一条路,而每一条路又可以有勿同的走法,如果你能死守住这份忠贞又能让自己的才艺得到很好的发挥,又有什么不可以的呢?"

刘绣娟显然动心了,看着吴先生不说话。这次是吴先生发问了:"刘绣娟,你怎么啦?"

刘绣娟说:"如果有吴先生同富贵大爷能陪我一起去,那就好了,当然这勿大可能。"

吴先生突然站起来说:"刘绣娟,辰光勿早了,我告辞了,你自己再想想好哦? 这毕竟也是人生中的一件大事。"

夜已很深了—,星星在黑蓝黑蓝的天空上闪着光。吴先生站在自家的门口抽着烟,仰望着天空,一直把手中的烟抽得烫着了手指。

第二天清晨,李月桂从小菜场买来豆浆油条,吴先生吃好早点,就夹着

第十二章

皮包出门去上班,但刘绣娟却在院门口等着他,刘绣娟说:"吴先生,我只说两句话,我勿耽误你上班。"

"讲。"

刘绣娟说:"这件事我想了好几天了,在王老板贾老板找过我后,给我提出这件事时我就想了,那天晚上搓麻将时,我听了吴先生的唱后,我差点讲出来,如果要我上台演戏,只要你吴先生肯跟我搭档我就去,如果你勿能跟我搭档,我还是像现在这样卖我的艺吧。"

吴先生说:"我昨天也想了一夜,再讲好哦? 我得上班去,不然就要迟到了。"

吴先生匆匆走出了弄堂。

后来刘绣娟就对吴先生说:"吴先生你虽然没有像富贵大爷那样有一身武功,可是我觉得有你在我身边,我就感到最安全也最放心。"

刮了一夜的西北风,上海真正进入了冬天,其实上海的冬天真的也是很难过,有些大公司的房间里有热水,很暖和,但大多数的百姓家尤其在四面都通风的棚户房里,日脚就更难过了。潘阿珍手上又鼓满了冻疮,但依然在冰冷的水中洗呀洗的。杜丰林就走过来说:"阿珍,做我咯小老婆哦,我保证能养活你和你咯阿弟。"阿珍就端起一盆洗衣水喊:"出呐娘逼,滚!"一盆水全泼在了杜丰林的身上了,而这时潘阿福拿着根木棍冲了上来,浑身湿透了的杜丰林冻得打着哆嗦逃回家里,头探出窗户喊:"潘阿珍,你等着,总有一天有你好看咯!"

潘阿珍也不示弱骂:"你咯只下作坯,你勿要以为你的小兄弟多,我潘阿珍就怕,让我做你小老婆,你也勿看看你咯只面孔配哦?"

由于天气冷,天色早早地就黑透了,院子里也就空空荡荡没有人了。那时南庄俊从油漆作坊出来,干了一天他想做咯事体,心里就很高兴,头脑也比较清醒,他抽着烟往家里走,发现陆家禾在听他们家的墙根,背朝外,屁股翘得老高。南庄俊就走上去一把抓起他说:"姓陆咯你在偷听什么? 你摆水果摊哪能摆到我家墙下面来啦?"说着,一个耳光扇了上去。

陆家禾捂着脸说:"吴先生在偷你咯老婆!"

南庄俊接着一脚踹了上去说:"吴先生是咯好人,勿像杜丰林这样的下作坯,吴先生这样的人,哪能会偷我老婆。"

陆家禾说:"现在吴先生就在你们家,天都这么晚了。"

南庄俊这时脑子似乎格外清爽,说:"天这么晚到我家里就是偷我老婆,你把吴先生看成这样的人,把我老婆也看成这样的人? 你辱没了吴先生也辱没了我老婆。"说着又一个耳光扇了上去。

这时,吴先生刘绣娟听到外面的响声,都走了出来,陆家禾捂着脸一转身就闪回家里,因为他家就在吴先生家的隔壁。

南庄俊得意地说:"他在听你们俩的房,叫我一拳一脚就踢回去了。"这时他的脑子似乎又糊涂了,说:"吴先生,走,再到家里坐。"

吴先生显然是在刘绣娟那儿商量事情,于是又转回到南庄俊的家,刘绣娟为南庄俊沏了一杯红茶,南庄俊给吴先生递上一支白锡包香烟。

刘绣娟说:"庄俊,雅培大戏院的王老板和言芳戏班的贾老板想请我去唱戏,你看阿好?"

南庄俊说:"这有什么勿好的? 你本来就是唱戏的,勿是你戏文唱得好,我还看勿上你呢。"

刘绣娟看看吴先生然后对南庄俊说:"庄俊,那你每天晚上就要陪我去戏院,好哦?"

南庄俊说:"油漆工勿做啦? 我现在喜欢做油漆工,让吴先生陪你去哦。"

刘绣娟说:"首先你要陪我去,勿然我勿放心,当然吴先生也跟我们一道去。"

南庄俊说:"天天夜里让我看戏?"

刘绣娟说:"是呀,你要勿是经常跟你阿爸到镇上去看戏,你也勿会认识我呀。"

南庄俊说:"好哦,看戏要比做油漆工有劲,做油漆工,油漆味道也太重了,你去唱戏有钞票哦?"

"有! 而且比现在还要多。"

第十二章

南庄俊笑了笑说:"好!只要让我有白锡包香烟抽就可以了。那你就去唱戏哦,我跟你去呀!又有戏看又有香烟抽,咯勿就是神仙过咯日脚啊!好!"说着就嘻嘻地笑起来,他这时恐怕脑子又搭错了,勿大正常了。

吴先生站起来说:"刘绣娟,那就这样了,我就去回王老板和贾老板的话。等我放寒假后,就辞去中学的教职,陪你去唱戏。"

刘绣娟说:"吴先生,真对你勿起,让你降了身价了。"

在那时,中学教师的身价是要比戏子高的,虽然钱勿一定比戏子赚得多,戏子往往有人看勿起,但中学教师是没有人敢看勿起的,包括那些有钱有势的人。

吴先生说:"勿可以这样讲的,当教师也好,演戏也好,都是社会分工勿同,没有高低之分。王老板贾老板这么看重你,就是让我降点身价,那也是值得的。再说塞翁失马焉知非福,好了,就这样吧,我告辞了。"

第十三章

　　半夜闵家阿婆睡勿着,到半夜里她听到有嘎嘎的挠门声。她赶忙警觉地起来,拎了一根很粗的竹棍,偷偷开开门。发觉杜丰林正在用一根铁棒撬阿珍家的门,大概潘阿珍由于白天洗衣服洗得太吃力了,睡死过去,没有察觉。杜丰林撬门时背对着院门口,没有看到闵家阿婆,继续撬阿珍家的门。闵家阿婆举起竹棍狠狠地砸了下去,杜丰林尖叫一声,砰地摔在了地上晕过去了。这时阿珍也嗖地拉开门,手里也捏着根棍子。杜丰林躺在地上好像勿动了,闵家阿婆没有想到自己六十几岁了,还有这么大的力气,大约是院子里各家的好饭菜把她养得这么有力气。

　　闵家阿婆说:"阿珍,他撬你家门你没有听到啊?"

　　阿珍说:"我听到了呀,所以我跟阿弟就在门口拿着棍子等着他呢。"

　　院子里的各户人家听到响声,也都纷纷开门走了过来,吴先生还打着个手电筒。

第十三章

"血！血！"南庄俊指着杜丰林的头说。

吴先生用手电一照，果然杜丰林的头部周围流了一摊血，而且还在不断地往外冒。

粟海仙家备有一只医药箱，这是袁根发在船上用过的一只很旧的红十字药箱，大约是由于海上少勿了这种急救用的药箱，所以袁根发认为海上少勿了的东西家里也不能少，所以药箱里勿但有常用的药还有药棉、纱布、碘酒、红药水这些东西。粟海仙把药箱递给吴先生，认为吴先生是中学教师，应该啥都懂。吴先生自然懂得这些最起码的救治，他用药棉摁在头部冒血的伤口，然后又用纱布包起来，对12号的周家车说："家车，你跑一趟，把杜丰林送到医院去，阿林做的事虽然下作，但还勿至于死罪。"

周家车说："好咪。"周家车是院子里最听吴先生话的人。

杜丰林的婆娘阿芳也起来了，看着地上像一具僵尸一样躺着的阿林，就哭了，说："他每次跟我来，就喊你是阿珍，你是阿珍，得相思病了。阿珍，你赶快搬家搬走哦。勿然阿林就要死在你手里了。"

阿珍说："要搬你们搬！我凭啥要搬啦！"

大家把阿林抬上黄包车，周家车拉着就走，吴先生就说："阿芳，你跟着去。"

宋云霞愤愤然地说："阿林咯只瘪三，早就该这么教训他一回了！"

闵家阿婆倒吓得浑身发抖，以为她打死人了。阿珍说："阿婆，你勿要怕，要有啥事体，我去顶！你是保护我才这么下咯手！"

大家在路灯，在光秃秃的梧桐树下，在夜的寒风中又说了好一会的话，其实都在等消息。阿林会勿会被闵家阿婆一竹棍打死？周家车拉着空车回来了，说："没啥事体，有点轻微脑震荡，不过还要在医院里观察上几个钟头。"

大家这才散了。

一早，刘绣娟又在房门口等着吴先生，吴先生看到刘绣娟先开口说："绣娟，你要没有改变想法，我就按昨天说的同王老板贾老板回话？"

刘绣娟点头说："好的，吴先生，谢谢你。好人是会有好报的。你吴先生一定会有好报的。"说着眼里流出了两滴晶莹的泪花。

吴先生说:"绣娟,你这话说得有点过了,远亲不如近邻,而能当近邻也是一种缘分。像你这种状况,我应该帮的。说实话,在学校里当教师也是一份苦差事,一点自由都没有,钟点一到,你就得进教室,教课改作业一点也不能马虎,一个班几十名学生,就靠你去启蒙点拨学问呢。好了,我下午放学后就去找王老板、贾老板,晚上你听我消息。"

那天的西北风刮得很猛,尤其在马路上,马路两旁是高耸的楼房,风夹在楼房的中间滋溜溜地顺着马路挤着冲了过来,刮得男人的长衫、围巾啪啪地飘抖。

吴先生穿的是棉长袍,倒要好一点,他出了校门,招了辆黄包车,说:"去雅培大戏院。"

王老板与贾老板正在那儿等他,吴先生走进经理室,看到两位老板用期待的眼光看着他。吴先生感到这两位老板想请刘绣娟出来唱戏,确实是诚心诚意。双方作揖后王雅培急不可待地问:"哪能?"

吴先生把与昨晚刘绣娟的要求讲了一下,贾老板忙说:"那吴先生要做出牺牲了。"

王雅培说:"这事好办,堤内损失堤外补,吴先生,你尽管提要求,只要我王某人能办到的,我一定办。"

吴先生一笑说:"王老板勿是说要振兴我们的国粹吗?王老板爱国,有这样的想法,我吴某人也有。现在我们中华民族存在着许多的忧患,国家兴亡,匹夫有责。京剧是我们中华民族特有的文化,我们作为中华民族的一分子,有责任要保护好它,还要把它发扬光大。二位老板如果是出于这个目的,让刘绣娟出山,那我吴某只要有口饭吃就行了。"

贾言芳说:"吴先生,你这样一个态度,我贾某深为敬佩。"

王雅培说:"吴先生,我很欣赏你,无论从吴先生的学问还是为人,我都很敬服。这样,我雅培大戏院缺一个协理,你就来当我的协理吧,戏院的日常事务就托给你吴先生了。"

吴先生忙摆手说:"这怎么行?"

第十三章

王雅培说:"就怕委屈吴先生了,我也只有这点力量,酬金方面,当然比你当中学教师要多一些。如果吴先生肯屈就的话,我和你明天就可以签份协议。"

吴先生说:"还不急,我只有放寒假了才能提出辞呈,为了对学生和学校负责,我要把这一学期的课上完,不过好在再过几个星期就要放寒假了。"

贾言芳说:"那也好,在这段时间里,刘绣娟可以到我戏班里练练功,走走场子。毕竟许多年没有上过台了,恢复一下是需要的,王老板你看哪能?"

王老板说:"吴先生,我们的协议还是先签了吧,这样我和贾老板都可放心了。"

吴先生说:"你怕我赖账啊,我吴某也是个君子出口,驷马难追的人。"

王老板说:"明天同吴先生签协议,酬金就从协议签字那天算。"

贾言芳说:"吴先生,这可是王老板的诚意啊。"

吴先生想了想,便点头说:"那好吧。"

王先生高兴地一拍手说:"吴先生,不忙走,我已经在杏花楼订好酒了,把刘绣娟、南先生,还有那个富贵大爷、姜丽文小姐都请过来,你的夫人也一起来,如何?这事能这样定下来,我们一定要庆贺一下的。"

贾言芳说:"好!"

王雅培走出门口,对他的贴身跟班说:"阿银,用我的车去聚德里36号接南先生、刘绣娟,还有那个富贵大爷、姜丽文小姐也一起请过来。吴先生的夫人也要叫上。"

吴先生说:"我的那一位就不必了,你就是跪下去请,她也不会来的,千万不要强求。"

王雅培说:"请还是要请一请的,真不来就算了。不过吴先生,我还要请几位在这块地段上的一些我们用得上的头面人物。你要晓得在上海滩无论做什么事,都是需要有人关照的。要让刘绣娟出来上台演戏,这样一个尤物,请各方面都给些关照真的也是不可或缺的。"吴先生点头说:"应该,应该。"

王雅培掏出金怀表一看,说:"辰光勿早了,我们直接去杏花楼哦。"

贾言芳说:"那就坐我的车去。"

吴先生、王雅培坐贾言芳的车到了杏花楼,阿银也扶着刘绣娟、南庄俊、富贵大爷、姜丽文下了车。不久王雅培请的那几位也到了。相互作了揖,互道"久仰""幸会"后都上了二楼一间较大的雅座入了席。但富贵大爷却不管怎么劝怎么拉怎么也勿肯入席,说:"我还是单独在下面吃哦,这样我反而觉得自在。"吴先生倒觉得富贵大爷武功在身,也算是有一技之长的人,但对人的社会地位都很懂得,每个人在社会上的身份是勿一样的,人应该知道自己的身份行事处世,那才能融入这个社会,才勿会讨人嫌,你也就能获得你的自在。这倒反而越发得到了吴先生的敬重。

刘绣娟已经晓得富贵大爷的口味,就自己为富贵大爷点了几样菜。王雅培对饭店的"BOY"说:"好好服侍这位老人,我会给你赏钱的。"

南庄俊一坐下,就给大家发白锡包香烟。一个个都很有礼貌地接过南庄俊递过来的香烟。

王雅培请来的几位,不但都是戏迷,而且也都是用得着的人。后来吴先生作为协理正式上任后知道了这几位每晚都是需要把戏票送上门的人,就是一些虽然白看戏但却能保护剧场的平安,是起得到镇石作用的人——巡捕房的副官,市政府的幕僚,帮会里"悟"字辈的人物。其中市政府的幕僚方德行,戴着副金丝边的眼镜,鼻子尖尖的,很有点戏文上那"绍兴师爷"的模样,但却能唱一口声音极其嘹亮浑厚的铜锤花脸,而那位"悟"字辈的帮会头目,长得高大结实,方脸大耳,却会唱一口很到位的"青衣",那嘴唇、手势也真有点娘娘腔。有人说他的动作有点像"程老板程砚秋先生"。戏助酒兴,酒助戏胆,大家又唱又喝,但一到刘绣娟自拉自唱时,这些戏迷们才知道,自己与这位刘女士相比都自愧弗如了啊!

第十四章

　　王老板请吴先生、刘绣娟、南庄俊等人在杏花楼吃饭的那个晚上,吴先生刚要走进家门,蹲缩在他家门口的袁志强一见吴耕夫就说:"吴老师,阿拉姆妈请你到阿拉屋里去一趟。"
　　"哪能啦?"
　　袁志强哭了,说:"吴老师,真的是很丢脸的事,我也讲勿出口。"
　　袁志强十三岁了,上中学了,许多事他都懂了。后来宋云霞就把这事详详细细地告诉给吴先生听了。而那时吴耕夫听袁志强那么一说,也已猜到了几分。肯定是粟海仙与刘广明又出事了!
　　那天中午,天气很冷,西北风又刮得比较猛,院子中间那棵光秃秃的梧桐树也在风中瑟瑟地抖,潘阿珍晾在了绳子上的衣服也在风中哗啦啦地飘抖。院子里已经基本上看勿到人了,粟海仙就朝正在门口抽烟,盯着她房门看的刘广明招了招手。两个人已经好几个月没有上过床了,尤其是粟海仙,那欲火烧得真是熬勿下去了。刘广明看院里没人,偷偷地溜进了粟海仙的房子,两个人啥也顾勿上了,一堆干柴烈火地拼了起来。他们当然勿会想到,袁根发拎上只旅行包回来了,门一开,两个人还在床上做得正向高峰上冲。刘广明连裤头也来勿及穿,屁股上裹着件衣服,在寒风中奔回家,而粟海仙就被袁根发拉下床来,拳打脚踢了一番,然后袁根发在桌子上放下二十几只大洋,重新拿上旅行包,出门走了。

袁志强领着吴耕夫走进粟海仙的屋里厢,脸被打得青肿的粟海仙还在抹着眼泪哭。粟海仙看到吴耕夫,忙站起来说:"吴先生请坐。"

粟海仙抹着泪哭诉着说:"吴先生,你也替我想一想,嫁给了这么个海员,几个月勿回来。一回来就像饿狼一样一次次趴在我身上勿下来,他弄我时那种痛苦我都忍了,还要做饭给他吃,买酒给他喝,还给他养了个儿子。我就做了这么一点对勿起他的事呀,他就这样地打我。女人守活寡的辰光长了,也有熬勿牢咯辰光的呀!你讲是哦?"

吴先生听了也只能长叹口气,点上烟深深地吸了一口说:"海仙,你做的这事呢我也勿能讲你做得对。"

粟海仙说:"我又没有说我这事做得对呀,我是说他勿该这么打我。"

吴先生只好说:"当然根发这么打你也勿对,现在你让志强叫我来是想让我帮你,是哦?"

粟海仙点点头说:"其实根发这么打我,我勿恨他,我是错了,希望他原谅我,希望他能回家,我再也勿会同刘广明咯只乌龟往来了。"

吴先生掏怀表看了看说:"那好,等根发回来,我同他说说,好哦?你也勿要伤心了,自己的身体要紧,早点休息哦,志强明天一早还要去上学。"

那几天36号院子里的人窃窃私语的当然是这件事,也包括聚德里弄堂里的一些人,不过刘广明的老婆王桂莲却很泰然,说:"阿拉老公有魅力呀,粟海仙能勾引上阿拉老公,真咯是蛮有本事咯。有些女人想勾也勾勿上,阿拉老公也勿是随便会同啥模子的女人都上床的。出呐!阿拉老公也太倒霉了,会被袁根发活捉!"

在学校寒假前的那些天,吴先生照常去学校上课。刘绣娟由富贵大爷陪着到言芳戏班排戏,刘绣娟是有过演戏底子的,又是个极其有灵气有悟性

第十四章

的女人,不出几天,她就进入了状态,王雅培与贾言芳都很满意。

王雅培王老板对每天陪刘绣娟来排戏的富贵大爷说:"富贵大爷,你陪刘绣娟来排戏也是工作,所以每个月的酬金你一定要拿,让你做事体勿给钞票,这有损于阿拉戏院的声誉。酬金虽然勿多,但你一定要拿。"

每天从早上八点钟到傍晚五点钟,刘绣娟就由富贵大爷陪着用王老板的小汽车送回家,南庄俊的中午饭由吴先生家的女人李月桂做给他吃,而南庄俊每天还是去刘广明的油漆作坊做他的油漆生活。那些天大家都在传刘广明与粟海仙的事时,南庄俊也听到了。南庄俊看到刘广明,就递上一支白锡包香烟说:"刘老板,自己有老婆的男人,勿可以再去偷别的女人的。勿道德有伤风化你晓得哦?"

"晓得,晓得。"刘广明笑着点头说,他知道南庄俊讲这话并无恶意,神经病讲的话勿好当真的,更勿应该计较。

"以后勿可以再做了。"南庄俊一本正经地说,"真要想做,到妓院去呀,那里面政府是允许男人去做的,人家也勿会讲,你晓得哦。"

"晓得,晓得。"刘广明仍笑着点头说,"今后我一定听你南先生的教导。"

整个院子里的人,真的都很喜欢这位已快30岁的南庄俊先生,既善良又天真。但有一天,南庄俊却遇到了一件麻烦事。那天天气已变得越来越寒冷,到黄昏时,阴沉沉的天空中竟飘下了一粒粒像芝麻大小的雪粒子。南庄俊漆完一件家具,刘广明就对他说:"南先生,天气这么冷,快回家哦,师母肯定在家等着你呢。"南庄俊不慌不忙地用香蕉水把沾在手上的漆洗掉,又用香皂把手洗干净,然后又给刘广明递上烟,自己也点上一支,抽上半支烟就叼着烟卷出门了。外面西北风刮得正紧,雪粒也淅淅沥沥下得很欢,南庄俊感到有些冷,就缩着脖子往回走,在快走过闵家阿婆的房门口时,看到杜丰林从房子里嗖地跑出来,窜回了自己家,南庄俊想了想,但他也真想勿到啥,把快烧到嘴唇的烟扔在地上,用脚踩灭就回到了家。

第二天似乎一切如常,吴耕夫去上班的学校正在期末考试。年关也正在逼近,学校也快放寒假了。刘绣娟照例由富贵大爷陪着去戏院,姜丽文依然半夜从舞厅回来,早晨睡懒觉到中午。粟海仙由于与刘广明的事被袁根发捉奸捉双挨了一顿打,袁根发离家出走后也是房门勿出,只有在天蒙蒙亮时到小菜场去买回一天的吃食,勿再同院里的人打照面。由于天气太冷,陆家禾也暂时停止了听墙根的工作,实在是吃勿消那哔哔刮过来的西北风,冻得人刺骨刺心地痛。但潘阿珍还得一清早起来洗她的衣服,天再冷风再大,她还得天天把接下来的生活做完,信誉掉了,她的饭碗也丢了,她一个人得喂两张嘴。10号与11号的油漆作坊依然在做他们的生活,因为"赤膊"家具源源勿断地往作坊里送。南庄俊还是做他的漆工生活,暂时勿肯跟刘绣娟去戏院,说:"跟去又没有戏文看,还勿如做我的油漆工。"生活就这样一天一天在周而复始地闪过。

就在这一天的临近中午时,潘阿珍在晾洗完的衣服,她感到有些奇怪,因为闵家阿婆这个时候已经会起床帮她来晾衣服的,但这个时候14号依然房门紧闭,潘阿珍晾完衣服后就走到门口,侧耳听听,一点响声也没有,于是就敲敲门喊:"闵家阿婆,闵家阿婆。"潘阿珍觉得勿对了,用力撞开门,吃惊地看到闵家阿婆已经直挺挺地像僵尸一样躺在床上了。潘阿珍上去一摸鼻息,人已经死了好一阵了,潘阿珍冲出房门喊:"快来人啊,闵家阿婆勿对了呀——"

宋云霞是个爱管闲事好凑热闹喜欢张扬的人,第一个冲出房门问:"闵家阿婆哪能啦?闵家阿婆哪能啦?"

潘阿珍说:"死脱了呀,死在床上了呀。"

死脱人肯定是天下最大的事,上海人是非常懂得人的性命重要性的,连不再敢露面的粟海仙也出来了,可惜吴先生上班去了,刘绣娟、富贵大爷陪着上戏班排戏去了,杜丰林出弄堂去遛那只脱了一块毛的哈巴狗阿丽了,凡是在家的院子里的人都出来了,所以杜丰林的老婆阿芳也出来了。大家挤进闵家阿婆的房子里一看,都确切地认为"死脱了"。正在睡懒觉的姜丽文一听外面喊闵家阿婆死脱的喊声,也急匆匆穿上衣服走出来。

像院子里出现这种情况,如果吴先生在的话,肯定有吴先生做主,该怎么办怎么做,可惜吴先生勿在。大家认为应该由姜丽文来做出决定,该哪能办,姜丽文说:"快去叫闵家阿婆咯儿媳妇呀。"宋云霞说:"我去叫。"姜丽文

第十四章

关照说:"弄堂里17号噢。"宋云霞说:"喔哟,我晓得咯呀。"

南庄俊也从油漆坊走出来,嘴上叼着一支白锡包香烟,手上粘着油漆,走进房子,看看死在床上的闵家阿婆,突然想起什么,脱口而出说:"是杜丰林杜癞痢弄死脱咯!昨天夜里我看见他从闵家阿婆的房间里出来的。"

阿芳喊:"南先生,你咯神经病勿可以瞎讲,弄死脱人是要偿命咯你晓得哦!"

3号的陆家姆妈陆勾氏说:"有可能!因为闵家阿婆一杠子把杜癞痢打昏过去过,杜癞痢咯种人肯定会报复的。"

阿芳一个耳光扇了过去,陆勾氏哪肯吃咯个亏啊,也一拳打了过去,两人扭打在了一起,王桂莲、粟海仙上去把两人拉开,王桂莲说:"你们家的男人听墙根听来咯呀!"

陆勾氏说:"咯几天天这么冷,啥人会喝着西北风去听墙根啊,我相信南先生讲的是真咯!"

这时宋云霞领着17号的闵家阿婆的儿媳妇殷菜香飞奔而来,殷菜香一奔进院子门,就冲进14号这间棚户房里,扑在闵家阿婆的尸体上大哭起来,那哭声叫声响彻了整个院子:"姆妈呀,你哪能可以死咯啦!你是被人害死的呀,我一定要查出害死脱你咯人,同他拼命,给你报仇。"哭喊得人人鼻子都发酸,只南庄俊在一边抽着烟说:"平时勿孝顺,现在哭什么哭。肯定是杜癞痢害死脱咯,你现在就跟杜癞痢去算账去拼命呀!"

阿芳在一边说:"南庄俊,你再瞎讲,我就同你拼了!"

南庄俊说:"你男人杀人跟你女人有啥关系,你急啥么子啦,一人做事一人当,咯点你都勿懂,来抽支香烟。"

阿芳一掌把南庄俊递过来的烟敲在了地上,南庄俊从地上拾起烟说:"勿识好人心,狗咬吕洞宾。"说着又像世上什么事也没有发生过似的进了油漆作坊做他的油漆生活去了。

刘广明到底是个男人,又是在场面上走动过的人,他出弄堂把巡警叫了进来,巡警看过后说:"请诸位一定要保护好现场,我马上去警署报告。"

第十五章

警署很快就派了三个人来了,还有一个能讲一口"洋泾浜"上海话的红头阿三。那位红头阿三可能还是警署里的一个什么长,他反复地看躺在床上的闵家阿婆,还拨开她的眼皮看看眼睛,然后叫其他人都出去,只留下他们三个警署的人在房子里,大家也只好在外面等。等了将近一个时辰,警署的一个人才出来,对南庄俊说:"能勿能同我们一起到警署去一下。"姜丽文说:"要去我跟着去。"红头阿三用上海话说:"做啥?"姜丽文说:"他神经有点那个。"

红头阿三说:"啥么事?"姜丽文在阿三的耳边说:"神经有点毛病。"红头阿三轻声地说:"神经病?"姜丽文点点头。但红头阿三思考了一阵说:"那你同他一起去吧。"说来也巧,杜痢痢这时牵着那条叫阿丽的哈巴狗刚走进弄堂,姜丽文对红头阿三说:"南先生讲的就是他。"她指着刚进弄堂的杜丰林,阿三警长下令说:"铐走。"那两个警员把杜丰林铐上了,杜丰林喊:"你们做啥?你们做啥?"红头

第十五章

阿三说:"到警署去了再说。"

到了傍晚时分,南庄俊、姜丽文、杜丰林都回来了,宋云霞问姜丽文说:"哪能桩事体?"大家也围了上来竖起耳朵听。

姜丽文说:"南先生神经有毛病,他的证词在法律上是勿作数咯。"

宋云霞说:"咯闵家阿婆就白死脱了?"所有的人都感到很失望。

杜丰林牵着阿丽走回家门时回头骂:"出呐娘逼,南庄俊你咯只神经病,你等着瞧,有你好看咯!"

这时富贵大爷陪着刘绣娟也回来了,刘绣娟也听到杜丰林那句骂人的话,顿时紧张地问姜丽文说:"庄俊又出啥事体啦?"

在院子里人人都知道闵家阿婆的事肯定同杜丰林有关系,可惜南庄俊看见了又白看见,他的证词不作数。每天夜里,7号房子里照旧传出一阵阵尖叫声,院里的人似乎都对杜丰林恨之入骨,但又都无能为力,因为除了南庄俊以外,院里再也没有一个人看见杜丰林从闵家阿婆的房里出来这个事实。吴先生也相信闵家阿婆的死与杜丰林有关,南庄俊虽有神经病,但看见杜丰林从闵家阿婆房里出来这件事是他南庄俊编造勿出来的,而且南庄俊厚道的性格也勿会让他恶意去造杜丰林的谣,诬陷杜丰林。吴先生说:"人在做,天在看,弄死脱人的人,绝对勿会有好下场。"

闵家阿婆的事发生后,刘绣娟再也勿放心把南庄俊单独留在家里,好在学校放寒假了,吴先生也辞去了学校的教职,本来吴耕夫想在家休整上几天。但发生了这样的事,他也只好陪着南庄俊、刘绣娟与富贵大爷一起去雅培大戏院上班,出任雅培大戏院协理一职。

王雅培果然雇了一男一女两个仆人,男仆照顾南庄俊女仆服侍刘绣娟,男的叫阿庚,女的叫翠玲。贾家班正在排京剧《春闺梦》这出程派的戏,因为刘绣娟的程派唱腔真的可以以假乱真,再说刘绣娟的扮相,要多漂亮有多漂亮,那走的几步戏步也十分到位,让人享受到了那种审美上的满足。

春节即将临近,中国人过年是十分隆重的,似乎年过得好坏直接关系到来年的时运,就是再穷的人也要倾其所有把年过好。一到年三十的前两天,36号院子中央的水池周围就挤满了人,鸡杀了,鹅宰了,一条条大鲤鱼,大块大块的猪羊肉,都在水池边洗啊洗的。油漆作坊的漆匠们都在上海买好年货回到乡下家中过年了。袁根发还是没有回来,但粟海仙认为,男人勿回来勿能年也不过,她也勿想让人家看勿起,照样买了不少年货,在水池边洗呀洗的。因为要过年,阿珍也暂时勿接衣服洗了,而是也在水池边洗那些过年的东西。周家车的女人李凤英也领着那两个双胞胎光浪头在水池边洗年货,不晓得啥辰光光浪头中的一个把宋云霞洗好放在一边的大鲤鱼搬到自己姆妈李凤英那里,而李凤英洗好的花鲢鱼被搬到了宋云霞的身边。宋云霞洗好鸡一回头,发现自己的大鲤鱼变成一条小花鲢了,就大叫起来:"出呐娘逼,啥人把我的大鲤鱼换脱啦?"然后她见到李凤英身边刚好有一条大鲤鱼,就骂起来:"你家穷疯脱啦,这么小的一条小花鲢就想换我这大的一条鲤鱼!"

李凤英说:"勿是我换了咯!"

宋云霞说:"勿是你换咯,这条已经死脱咯鱼会自己游到你身边?你这条小花鲢会游到我身边啊!你拜菩萨拜错地方了哦?"

李凤英说:"勿是我换了咯就勿是我换咯,这跟拜菩萨有啥关系啦!"

宋云霞一个耳光扇了过去,李凤英挡了她打过来的手,接着她也上去扇了一巴掌,宋云霞没有防备,因为她勿相信李凤英敢打她,结果这一耳光结结实实地甩在了她的脸上,于是两人彼此拉扯头发扭打成一团,结果地上的那两条鱼被踩得稀巴烂,拜菩萨也拜勿成了。宋云霞第一次坐在地上大哭起来,李凤英头发上渗着血,但却没有哭,看来要比宋云霞坚强得多。

那天宋云霞的老公齐鲁江把回乡下的漆匠们送到船码头上回来时,天快暗了,宋云霞非要齐鲁江给她报仇,齐鲁江说:"省省好哦,都快过年了,闹啥闹?贴隔壁邻居,有啥好闹的啦。"周家车也出车回来了,吃了夜饭到宋云霞家对齐鲁江说:"鱼是小赤佬白相搬过去搬过来弄错咯,大人不计小人过,老板娘对勿起啊,对勿起。"说完他又出车走了。快过年了,上海回乡下过年的人多,所以黄包车咯个辰光的生意也特别好,周家车每天都要到深更半夜才肯回家,"能赚得动的辰光就要多赚点",这就是他这个拉黄包车夫的想法。

第十五章

年三十,大家都要回家团团圆圆过除夕,有的还要守夜等到天明,小把戏们还要逛城隍庙,大爆竹嗵叭地蹿上天,小鞭炮啪啪噼噼啪啪在地上转。院子里家家灯火辉煌,就连周家车也搁下黄包车,同两个光浪头儿子与老婆李凤英一起吃年夜饭。陆家禾也在这一晚上放了自己的假,不去听墙根。唯独粟海仙家虽说年夜饭做得也很丰盛,但她与袁志强在饭桌上大眼瞪小眼,勿想动筷子,一点胃口也没有,粟海仙顿时泪流满面说:"志强,到院子里去放放炮哦,冲冲霉气。"袁志强嘟着嘴说:"鞭炮等到十二点钟再去放,现在六点钟刚过,放啥!"

袁志强已经十四岁了,是个初二的学生了,许多事他也懂了。他年夜饭勿吃放下竹筷,走进里屋闷头去睡了。此时的粟海仙真是恨死自己了,这个时候她想到自己是个女人,但自己也是个母亲啊,作为一个女人做出那种事尚可理解,但作为一个母亲做出那种事,如何能得到儿子的理解呢?作为一个儿子,确实很难理解母亲的这种行为。粟海仙看看满桌的菜肴,再也没有想去吃的欲望,她走到外面,看看天空天气很晴朗,星星在闪烁着或大或亮或暗的光亮。

这些天,吴先生在雅培大戏院做协理,上任没几天把个大戏院倒是管理得井井有条。临近过年这几天剧院里就挂起了彩条,门厅的四周墙上也挂上了彩色的贾家班几位名角的大照片。刘绣娟虽然还没有正式上戏,但她那大照片也挂上了,那美丽诱人的面容吸引了许多的戏迷。贾家班排练的《春闺梦》这出戏将在年初一开演,即所谓雅培大戏院的"开年大戏"。戏票在三天前就抢售一空。大家首先都想看看刘绣娟的"咯只面孔",有人说:"从照片上看,咯只面孔真的是太漂亮了。"有人说,光面孔漂亮没有用,关键是要看戏唱得哪能。

贾言芳戏班排的是程派戏《春闺梦》,刘绣娟平时学的也是程派,刘绣娟主演戏中的"张氏",戏排完后贾言芳对这出戏充满了信心。吴先生与贾言芳都没有想到,这场戏的戏票其实是叫魏金森买走了一半,沈老板也买走了上百张。

魏金森是真喜欢刘绣娟,但他勿想强来,他知道刘绣娟的为人后,对刘绣娟也有了几分敬重,他就敬服那些有气节的人,再说强扭的瓜也勿甜,但心里对刘绣娟却实在是很欣赏,巴不得能得到她,但他也懂得有些事情需要慢慢来,心急是吃勿了热豆腐的,他听到刘绣娟进了贾言芳的戏班子,要在雅培大戏院演《春闺梦》的"张氏",他很想念这位心中人,平时勿可能看到她,而现在有了机会,刘绣娟要上台演戏,他正大光明地买票看戏,刘绣娟的那个金铃般的嗓音与甜美的唱腔也让他心醉。魏金森对沈图民说:"沈老板啊,刘绣娟出呐勿肯赏我面子,勿肯做我的三姨太,给她福享她勿肯享,但她这个人我还是很欣赏的,既然她出山演戏了,她的场子我魏金森还是要去捧,做个男人气量要大,我魏金森勿去砸她的场子,而去捧她的场子,这就是我魏金森的为人。沈老板你也应该去捧,她还是你介绍给我的呢。"

沈图民说:"我当然去捧,不过魏老板,你晓得哦,刘绣娟是在吴先生的劝说下出的山,据说她最听吴先生的话。"

魏金森说:"两个人阿是在拼姘头啊,住在贴隔壁的,她男人又是个精神病。"

沈老板说:"吴先生好像勿是那样的人,据说他们36号院子里有个专门喜欢听人家墙根咯人叫陆家禾,只要他从墙根下听到的事,就会让他那个大胖子老婆到处传。但这个陆家禾从未传过吴先生与刘绣娟有什么出轨的事,但刘绣娟对吴先生的话言听计从,这倒是真咯。"

吃好年夜饭后,刘绣娟就邀吴先生、姜丽文一道来搓麻将,本来刘绣娟也要请刘广明,但吴先生说,请刘老板勿如让粟海仙过来搓,一是海仙本来就喜欢搓,二来袁根发一走,她也孤苦伶仃的很可怜。也让她过来热闹热闹。刘绣娟说:"咯也好,那吴先生你去请吧,我去请她勿一定肯来。"

"为啥?"

"你面子大呀!"刘绣娟一笑说。

刘绣娟并勿晓得,在吴耕夫同李月桂一起吃年夜饭时,他听到了轻轻的敲门声,李月桂去开的门,却吃了一惊,忙回头对吴耕夫说:"吴先生,是袁根发。"

门口果然站着袁根发,吴耕夫倒是一阵惊喜,说:"根发,你回来啦?快

第十五章

进来！"

袁根发说："吴先生，我还没有进家门呢，我是有话想先同你讲，耽误你吃年夜饭了，真是勿好意思。"

"勿碍事，勿碍事的。"吴先生说。

吴耕夫的一楼是饭厅兼客厅，因此靠窗也搁着两只单人沙发。吴耕夫请袁根发坐下后，自己坐下说："月桂，沏茶。"

袁根发坐下后说："唉！吴先生，娶女人实在太重要了，你看看，我娶了这么个水性杨花的女人，弄得自己是有家勿能回啊！"

吴耕夫说："根发，先吃口热茶，暖暖身子，刚从海上回来？"

袁根发说："前两天就回来了，年初五一过就又要出海了。今朝是年三十，想回家看看志强，给他点压岁钱。志强总还是自己的儿子嘛，但走到家门口，我怎么也进勿去了，想到女人做的那种事体，我就好揪心啊。"

吴耕夫说："根发，你还想勿想要这个家？"

袁根发无话。

吴耕夫说："根发，你是一年中有很多咯辰光都在海上漂泊咯人，我想问你一句勿该问的话。在各国的港口码头上了岸后，你是勿是从来勿去那个烟柳花巷的地方？"

袁根发看看吴先生，嘴巴嗫嚅了几下，没有说出话来。

吴先生说："你勿用讲，我晓得了。男人在这方面憋的辰光长了，也有实在憋勿牢咯辰光，当然，人与人勿一样，有些人是能做到这一点，当然也是很痛苦的，所以你要原谅海仙。你骂过了，也打过了，只要她保证再勿犯，为了一个家，原谅她一次。俗话说，百年修得同船渡，千年修得共枕席。姻缘是前世修了千年才修来的，只要她今后守妇道，为了志强，我看你还是回家哦。"

袁根发还是勿响，但他明显地表现出这除夕之夜，他确实想回家，他低着头，鼻尖上滴下一滴泪来，然后弱弱地点了点头。吴耕夫说："那你先在我家坐一坐，我来替你安排这件事，月桂，你给袁先生先弄点吃咯。"刚好这时姜丽文在房门口喊吴先生到刘绣娟家搓麻将。所以刘绣娟这么一说后吴耕夫就去请粟海仙,说:"海仙啊,刘绣娟想请你到她屋里厢去搓麻将,说是年三十,大家聚在一起热闹热闹。"

海仙说:"我勿去。"

吴先生说:"做啥?"

海仙说:"我勿好意思去。"

吴先生说:"事体早就过去了,还有啥勿好意思咯,整天闷在屋里厢要闷出病来咯,过新年了,大家都快快乐乐的,你也快乐一点,走哦,走哦。"

吴先生的热情感染了粟海仙,海仙就跟着吴先生进了刘绣娟家的门。姜丽文、刘绣娟都热情地让了座,四个人围着八仙桌搓起麻将来。刘绣娟同姜丽文开起玩笑来,说:"丽文妹,那天在弄堂口我看见一个小白脸扶你上了三轮车,一起坐上就上了北四川路,啥人啊?"姜丽文经常陪着刘绣娟出去卖艺,已经很相熟了。

姜丽文说:"是领事馆路上一家五金商店的小开呀,在舞厅里认得咯,从此以后老是追在我屁股后面,开始我有点烦。"

刘绣娟说:"那现在呢?"

姜丽文说:"他爱这么追就让他追呗,我有啥办法?"

吴先生说:"男人追女人,那是很正常的事,诸位注意,我要自摸了噢。"

粟海仙说:"同吴先生打牌,要想赢一把,实在太难了。"

搓了两圈后,吴先生说:"海仙啊,袁先生走了那么几个月,你想勿想啊?"

粟海仙说:"是我老公呀,我当然想咯啰,但我想又有啥用啦?"

吴先生说:"是真想还是假想?"

粟海仙说:"吴先生,今朝是年三十,你让我来搓麻将是让我来开心咯,提这种伤心事体做啥?"

姜丽文说:"是呀,是呀,吴先生打牌,又在海仙跟前提咯种过去了的事情做啥?"

搓到第三圈后,粟海仙和了一把,说:"吴先生,有你在桌上,能和一把真勿容易啊!"

第十五章

吴先生说:"海仙,你到底想勿想见袁先生。"

粟海仙说:"吴先生,你只要能让他回来,我就给他跪下磕头,再给他认个错,你吴先生就是我的救命恩人了。"

吴耕夫冲着门口喊:"根发,进来。"

袁根发真的推门进来了,粟海仙傻了,噗地真跪在了地上,说:"根发,你再打我骂我哦,可你勿能再走了呀,我和志强勿能没有你啊。"说着顿时抱住袁根发的大腿痛哭流涕。

袁根发说:"起来吧,我肚皮饿了,回去做饭给我吃,迟到的年夜饭,总还是要一家团圆着一起吃呀!吃好后,让志强放放鞭炮,消消霉气哦。"

"好咯,好咯!"粟海仙说,这时她又激动得满眼流泪。

袁根发牵着粟海仙的手回家了。不久4号门口就响起了噼噼啪啪鞭炮声,而刘绣娟家依然搓起了麻将,顶粟海仙位子的是刘广明老板。南庄俊在一边给大家发白锡包香烟,一派和谐。

第十六章

　　刘绣娟在上台时开始有点紧张，因为好长时间没有上过台，况且以前是在县城的舞台上，现在是在大上海的舞台上。有人说，北京的角儿，只有在上海唱红，才算是真正的红。所以北京的角儿必定都要来上海唱一把，所以那时的上海不但是金融的中心，商业的中心，也是文化的中心。那时的电影演员都是在上海蹿红的，唱京戏的角儿也要过这道门槛，更不要说南方的越剧、黄梅戏了。所以能在上海的戏院，尤其是像雅培这样的大戏院里登台演出，那可真叫太勿容易了。

　　刘绣娟知道这件事的分量，不紧张是不可能的。上台前贾言芳老板一再叮咛刘绣娟"勿要慌，一定勿要紧张"。一阵锣鼓点以后，刘绣娟出场前要在幕后唱上一句："送征人眼见得身行万里。"然后再上场。她这句刚唱完，就听到台下响起一片叫好声，掌声雷动。刘绣娟走出几步，那台步就有些乱，然后一个亮相，下面又鼓掌叫好，她心更加慌了，那一句"正新婚不多日便要分离"，愣了一会儿

第十六章

才唱出来,下面又是一片叫好声,刘绣娟看前排中间坐着的魏金森与沈图民两位老板,还有那些她在陪酒卖唱时一起在饭局上喝过酒的人,她反而镇定了下来。后面那两句"料不想为新妇先做征衣,一霎时真个是沟水东西",唱得凄惨委婉,字正腔圆,一片叫好声响彻了整个剧场,似乎要把戏院的顶都要掀翻了。

坐在后台的吴耕夫开始时也为刘绣娟捏了一把汗,这时也松了口气,坐在台前看戏的南庄俊拼命地鼓掌叫好,还同他身边的人说:"咯个女人是我老婆。"旁边那个人斜白了他一眼说:"神经病。"其实那个人并勿晓得南庄俊是神经病,而是讲他说的那句话像"神经病说的话",意思是这么漂亮,戏唱得这么好的女人,怎么可能是你的"老婆"呢?勿是神经病是啥?

第二天,上海各报的娱乐版上,头条都是关于刘绣娟演出《春闺梦》大获成功的报道,称她为没有拜程砚秋为师的程派传人,甚至有人说她是第二个程砚秋,后来听说,连程砚秋程老板本人都关注起这位"刘绣娟"了。

连演了二十天,场场爆满,但二十天后戏院门口却贴出了告示,刘绣娟因身体不适暂停几天,由刘绣娟的B角暂时顶替几天,那时的戏院是讲规矩,不许欺骗观众的,不愿看B角戏的人可以退票。那天吴耕夫也很忙,要帮着售票处的窗口退票,雅培大戏院一下冷落了许多。

其实勿是刘绣娟身体不适,而是魏金森天天来看戏,看刘绣娟看得痴迷了,实在熬不住了。那天戏演完后,夜已深了,刘绣娟正在后台卸妆,魏金森领着几个人闯进来了,刘绣娟看到是魏金森,赶忙站起来说:"魏老板你好,我晓得魏老板每夜都来看我的戏,真是感谢得很。"

魏老板也干脆,说:"刘绣娟啊,你要晓得我为啥每天夜里都要来看你咯戏?"

刘绣娟说:"是抬举我刘绣娟呀,有你魏老板天天来捧场,我真是受宠若惊,实在是勿敢当。"

魏金森说:"刘绣娟,做我的姨太太哦!南先生的事体你讲哪能安排就哪能安排,哪怕我魏金森倾家荡产也行,只要你能做我的姨太太。"

这时吴耕夫、王雅培、贾言芳都知道魏金森带着几个人进了后台刘绣娟的化妆间,也都进来了,魏金森最后那句话他们听见了。

刘绣娟说:"魏老板,咯是绝勿可以咯!"

魏金森说:"刘绣娟,你难道要逼我魏金森动粗啊?"

刘绣娟说:"魏老板,你真要动粗,我也挡勿牢,但你要让我做你个姨太太,恐怕办勿到,我是个有男人的人,这个男人离勿开我,我也离勿开他。"

魏金森说:"就为了这么个神经病?"

刘绣娟说:"对!就因为他是个神经病,所以我才绝不能离开他!"

王雅培走上来说:"魏老板,你每天带一些人来我戏院捧场,我真的很感激,但你要晓得刘绣娟现在是我们戏院的台柱子,我戏院的摇钱树,你要挖去做你个姨太太,是挖我王雅培的墙脚,太勿仗义了吧?"

贾言芳说:"魏老板,刘绣娟现在是我们贾家班的顶梁柱,刘绣娟如果愿意,那我们没办法。但现在,人家刘绣娟勿肯做你个姨太太,人家是有男人的人,你非要这样做,恐怕不合适吧?"

王雅培说:"魏老板这样吧,每天我都留下你现在坐咯座位,勿要你买票,你哪天想来看都可以,你要娶刘绣娟做姨太太,要双方愿意才行,你魏金森在上海滩上也是场面上的人,这样闹恐怕会有失身份,传出去也实在勿好听,是哦?"

魏金森却仍然粗声粗气地说:"刘绣娟,我告诉你,你勿要敬酒勿吃吃罚酒!"

这时南庄俊也来到后台进了化妆间,看到那么多人围着他老婆,忙掏出白锡包烟分给大家说:"绣娟,哪能桩事体?"

吴耕夫说:"南先生咱们回家,富贵大爷在门口等着我们呢。"

魏金森也看到了,这样闹下去勿会有啥结果,于是就说:"王老板,你当心我明朝砸你咯场子!"

王雅培在上海滩上也是很走得动的人,说:"你尽管来,啥人怕啥人啊?你魏金森吃荤,我王雅培也勿是吃素咯!"

魏金森说:"那你王雅培就等着!"

王雅培说:"好,我就等着你!我就勿信,这个世界就没有王法了!"

第十六章

魏金森一挥手说:"走!"领着那几个人大摇大摆地走了。

第二天,吴耕夫同刘绣娟一起到了剧院,南庄俊与以前一样,由男仆人阿庚与富贵大爷跟着到公园里白相去了。

吴耕夫与刘绣娟一进剧院,王雅培就把他俩叫进了经理室,贾言芳也已在那儿了,王雅培说:"吴先生,魏金森今朝夜里肯定要来砸场子你看哪能办?"

刘绣娟说:"王老板,贾老板,算了,我勿演了。"说着哭了起来。

王雅培与贾言芳脸上都有难色,觉得让刘绣娟这样一位女士承担这样的压力,实在有些过意勿去。但勿再上台出演,实在也太可惜,何况他们为了让刘绣娟出山上台演出,也颇费了一番心血。

吴耕夫倒在一边镇定地说:"绣娟,用勿着这样的,王老板与贾老板为了让你能上台演戏费了那么大的力,我也为你辞去了中学的教职,如果被魏金森这样吓一吓,就吓趴下了,那真的太勿值得了。"

刘绣娟说:"这事不就是为我而引起的吗?"

吴耕夫说:"是因你引起的,他要娶你做姨太太,又勿是从昨天开始,早就闹过一阵了,南先生为此也差点丧命,但顶一顶,勿也安稳了一段辰光吗?人是个有感情的动物,当一个人的感情冲动时就会勿顾一切,但心静下来后,又会是另一个样子或者另一种想法。我的意思是,我们现在先避避风头再讲,等过一段辰光看看情况再讲,如果实在不行,再勿演也完全可以的,俗话说,船到桥头自会直,车到山前必有路。"

王雅培说:"那吴先生你讲,我们现在怎么办?说老实话,魏金森要硬来,我也勿怕他,最多是个鱼死网破!"

贾言芳说:"那我贾某人可无立足之地了。"

吴耕夫说:"现在还勿到这一地步,要说硬来,国家总还有个法律放在那儿,皇帝还有服软的时候,我看这样吧,我们今天就贴个告示出去,说绣娟身体不适,由殷玉芳演张氏,买了票的勿想看可以退票,想看的可以看,只要绣娟勿出场,他魏金森去砸谁的场子?砸殷玉芳的场子他就勿值得了,就是砸了,我们也可以理直气壮地同魏金森打官司,我就不相信这样的官司我们打勿赢。"

王雅培看看刘绣娟说："那绣娟你就回家休息上几天，润银一文勿会少你的。"

刘绣娟很佩服地看了吴先生一眼说："那也只能这样了。"

商量完后他们就把告示挂了出去，奇怪的是来退票的并不多。原来魏金森这一晚买了更多的票，他想砸场子时可以人多势众，不退票是怕王雅培、贾言芳他们有假，要是刘绣娟出场了呢，那他这个砸场子的事情，不是白组织白辛苦了，好在他为了达到目的，也勿在乎这几个钱。

那晚，魏金森带着一帮人上戏院看戏，当然刘绣娟没有出场，殷玉芳的戏虽然也勿错，但还是没法同刘绣娟比，尤其扮相上。相比之下，刘绣娟真可以说得上绝色美女了，那一嗓子唱得让你终生难忘，魏金森本想发作，但心却一下子凉了半截，他想要得到刘绣娟得另外想法子了，砸场子看来也勿是办法。因为砸场子你也得勿到刘绣娟的。

第二天上午，刘绣娟在家"养病"休息，刚吃罢早点，粟海仙看到南庄俊叼着香烟去了油漆作坊，知道刘绣娟说勿定这时也在家，就去敲刘绣娟家的门。

刘绣娟开了门说："喔哟，是海仙姐啊，快进来坐。"

粟海仙说："绣娟阿妹，今朝没有去排戏啊。"

刘绣娟说："身上有点勿适，老板让休息两天。"

粟海仙关切地说："生毛病啦？"

刘绣娟说："稍稍有点感冒，勿碍事咯，翠玲啊，沏茶，海仙姐，有啥事体哦？"

粟海仙说："你晓得哦，姜丽文出事体了呀。"

刘绣娟惊讶地说："姜丽文出事体啦？她会出啥事体啦。"

粟海仙说："你听我讲呀，昨天夜里你晓得哦，她突然来寻我，已经哭得两只眼红肿红肿的。"

刘绣娟关切地问："哪能啦？"

粟海仙说："前些日脚，她勿是一直有只小白脸跟在她屁股后面吗？"

第十六章

刘绣娟说:"是呀,不过咯只小白脸虽然长得蛮帅气咯,但我就勿喜欢,有点花嚓嚓咯,面孔上的表情也很虚伪,皮笑肉勿笑的样子。"

粟海仙说:"是呀,可偏偏有些女人就喜欢这种花嚓嚓的样子,就像平时有人说的那样,男人勿坏,女人勿爱。女人上当受骗,就上当受骗在这上头,我就弄勿懂,为啥男人勿坏女人就勿爱呢?"

刘绣娟说:"男女间的这种事体啥人也讲勿清爽。有人讲,好汉没好妻,赖汉找个花滴滴。姜丽文出了啥事体啦,阿是叫咯只小白脸掼脱啦?"

粟海仙用手心拍拍手背说:"光掼脱倒好了,把姜丽文辛辛苦苦赚来的钞票全卷走勿讲,人也被他弄得去咪。"

刘绣娟说:"姜丽文哪能上他这种当呢?"

粟海仙说:"就是呀,姜丽文讲那个男人叫金正杰,是领事馆路上盛大五金店的小开,舞厅上认得咯,还领着姜丽文到他们家在贝当路上的花园洋房去过,后来姜丽文也同他热络得勿得了,上当咪!真正是受骗上当咪。"

粟海仙又用手背拍着手心说:"姜丽文后来到盛大五金店去问,伙计说我们老板是姓金,但没有金正杰这个少爷,后来又去贝当路的花园洋房问,连门都勿让进,说我们家哪里有这样的少爷?姜丽文说,勿是他领我来过吗?看门的说,记勿得有这么个人来过我们这儿了。边上有个仆人说,阿是少爷的同学啊?看门的说,少爷有那么多同学,少爷又好客,我哪能记得牢着这么些人啊!姜丽文一听心就冷得像结了冰一样差点晕倒在院门口,姜丽文四处找那个金正杰,可这么个大上海她到哪去找呢?说勿定这个人已经离开上海了,姜丽文晓得自己上当受骗了,这么精明的一个女人也会上咯种当,本来她想去找找吴先生,可是吴先生是个男人,这样的事体哪能好去讲。再说吴先生当了雅培大戏院的协理,忙得整天见勿到他的人影,所以昨天姜丽文就来寻我,跟我讲了,让我出出主意,哪能办好?"

刘绣娟说:"海仙姐,你刚才讲姜丽文人也被咯只小白脸弄得去了是啥意思?"

粟海仙指指肚子说:"有了呀!这对姜丽文是最要命的,还没有结婚,肚皮就鼓起来,这脸往哪儿搁呀!"

刘绣娟听后呆呆地坐在那儿,一句话也说勿出来,应该说在这个院子里姜丽文同她最要好,刘绣娟现在这条谋生的路也是姜丽文领着她打开的。

刘绣娟说:"丽文现在在家吗?"

粟海仙说:"一早就出门了,可能还在苦苦地寻那个男人。姜丽文讲,她想去死的念头都有。"

刘绣娟突然站了起来,喊:"翠玲,去油漆坊叫南先生,再叫上富贵大爷,我们去戏院。"

翠玲点头说:"好嘞。"

刘绣娟换衣服时,粟海仙说:"你找吴先生去啊?"

刘绣娟说:"人命关天的事,姜丽文真要出事体了,哪能办啦?"

粟海仙说:"也只好去寻吴先生了,唉,吴先生真是个好人啊,不过绣娟妹你晓得哦,弄堂里还有人在讲你与吴先生的坏话呢。"

刘绣娟说:"吴先生和我有啥坏话好讲的?"

粟海仙说:"是呀,是呀,连老听人家墙根的陆家禾都讲,吴先生和你之间绝对没什么事,这点我可以肯定。"

刘绣娟说:"讲讲我的坏话倒没啥,可讲吴先生这样一个好人的坏话,死了也会被打进十八层地狱,永世投勿了人胎。只能当狗!当猪!当鼻涕虫!"刘绣娟咬牙切齿地骂。

"是呀,是呀!"粟海仙点头说。

第十七章

戏散场后，吴耕夫就匆匆回家，第一件事就是同刘绣娟一起到5号姜丽文住的房子，但门关得紧紧的，没有人。住在隔壁的粟海仙听到门口有响声，就披着件衣服出来，一看是吴先生就说："吴先生，她没有回来，今朝一天都没有回来，吴先生，我真担心她会勿会去寻短啊？"

吴耕夫摇头说："恐怕勿会，姜丽文勿是那种想不开的人，她是个很爽朗的女人，就因为太爽朗太大方，做事体交朋友就会欠思考。不过也很难讲，那个小白脸我在弄堂口见过一面，嘴巴很会讲，长得也蛮清秀咯，是一个能讨女人欢心咯男人，唉，这个社会啊，骗子也实在太多了点。"

刘绣娟说："那哪能办呢？"

吴耕夫说："那么大一个上海，你到哪儿去找她？过几天等等再说吧，海仙你操点心，她要回来了，就让她来找我，人活在这世上受骗也是常有的事，在上海滩上受骗上当的事体有的是，但恰恰也让姜丽文给碰上了。"

粟海仙说:"好咯,好咯,我晓得了。"

三天后,刘绣娟重新在雅培大戏院出牌上台,前几天戏院的生意是清淡了点,但用王老板的话来说,魏金森没有来闹事,那就算是最大的幸事了。刘绣娟出牌了,戏票又一抢而空。魏金森来找王雅培,他看起来勿是来闹事的样子,大概觉得这样闹也闹勿出啥名堂,他一拉袖子,说:"王老板,你讲话算数哦?"

王雅培马上明白了,说:"当然算数,你找吴协理,戏院的事体由他负责。"

魏金森就来找吴耕夫一说,吴耕夫就说:"阿有人作陪?"

魏金森说:"三只位置就可以了。"

吴耕夫知道他有两个贴身跟班,忙说:"那我就安排在三排的中间位置。"

魏金森说:"出呐,几天没有听刘绣娟的戏,日脚过得一点也没有味道,你要晓得,我魏金森是刘绣娟的超级戏迷。"

吴耕夫说:"我一定会为魏老板安排好,到戏开场前,你来就是了。"

那几天每夜魏金森带着阿振阿荣来看戏,看得很痴迷,还津津有味地拍手拍腿摇头晃脑。

有一天夜里散场后,吴耕夫与刘绣娟他们一行回家,刘绣娟也关心姜丽文,就同吴先生一道到粟海仙家问,粟海仙摇头说:"没有回来过,肯定是出事体了。"吴耕夫说:"她要寻短见肯定会有报纸登出来咯,报纸勿会漏掉这种抓人眼球的新闻的,跳楼自杀啦,跳河自杀啦,谁谁被人杀了呀,肯定会有响动咯。"

粟海仙说:"咯姜丽文会到哪儿去呢?我还从来没听说过她在上海有啥亲戚。"

吴先生说:"勿急,急也没有用,再想想办法哦。"

刘绣娟说:"要勿我们都去找?"

吴先生说:"你戏勿演啦?再说这么大个上海,找个人勿等于是海底捞针啊。"

第十七章

吴先生想了想,就朝12号周家车家走去,刘绣娟与粟海仙也跟在吴先生身后。富贵大爷也跟着走了过来。

周家车刚好收车回来,吴先生就对周家车把姜丽文失踪的事讲了一下,然后说:"家车啊,你是串巷走街的人,注意点,说勿定能碰到姜丽文,或者寻找到她的影迹。"

周家车忙点头说:"好咪,好咪,我注意着就可以了,有姜丽文的消息我一定来告诉吴先生。"

富贵大爷也在一边说:"我让成功、成雄在走镖时也注意着点。"

吴耕夫点头说:"这就更好了,都是一个院子里的人,大家都关照着点好。"

每年夏秋两季,上海经常会有台风过境,当遇到十到十二级的强台风时,那景象就有点惨了,尤其是那些棚户房,屋顶掀掉了,窗框刮坏了,碎玻璃散了一地,最惨的是搭房子的木板也会被吹得散了架子,屋子里的床啦、凳子啦都裸露在外面。聚德里36号院子里的状况还算可以,因为四周那些结实的石库门房,为它们挡了风雨,只有13号潘阿珍棚户房的屋顶上那两层油毛毡,又被吹落了两片,贴隔壁家的周家车清晨出车时看见的。他到刘广明老板家的油漆作坊借了把木梯子,帮阿珍把油毛毡又铺在了屋顶上。7号的杜癞痢看到了,也牵着他那只头上脱了块毛的哈巴狗阿丽想来帮忙,但潘阿珍说:"杜癞痢,用勿着过来轧闹猛,家车哥已经帮我弄好了。"

杜丰林感到很尴尬,说:"阿珍,你勿要好坏勿分好咪。"

阿珍说:"谢谢你咯好心,你是黄鼠狼给鸡拜年没安好心。"

杜丰林说:"阿珍,你当心点,我杜丰林绝勿会放过你,出呐娘逼,敬酒不吃吃罚酒。"

阿珍说:"要吃罚酒咯是你,是你把闵家阿婆弄死脱咯,虽然南先生作证在法律上勿算数,但在我心里算数,就是你弄死脱咯!"

杜丰林说:"当心我弄死脱你!"

阿珍说:"你来呀,你来呀!"

这时院子里的人全出来了,富贵大爷叉着腰,富贵大爷的两个儿子也出镖回来了,站在富贵大爷的后面,杜丰林知道好汉不吃眼前亏,狠狠地拉了一下哈巴狗阿丽脖子上的套绳,痛得阿丽哇哇哇地连叫了几声。

  一夜的台风也下了一夜的大雨,台风虽然小了,雨也停了,但空气依然很潮湿,路上的凹坑里蓄满了一摊摊积水,周家车拉着黄包车出了弄堂,脚踩在积水坑里,溅起了一片水花。宋云霞看到周家车隔过他们家到刘广明家去借木梯,心里就很不高兴,认为这是看不起他们家,同他们家有仇,因为她与周家车的老婆李凤英打过架,就是这么件不经意的小事,竟也让宋云霞怒火中烧,一股仇恨埋在了她心底。

  周家车是很敬重吴先生的,所以吴先生昨夜关照他的话,他一直记在心中,在拉黄包车时,时时在意能不能看到或者碰到姜丽文的身影。

  刘绣娟又回到戏院,贾言芳说再排一出程派戏《荒山泪》。这是个卖水袖功夫的戏,贾言芳看到刘绣娟在排《春闺梦》的戏时,看到刘绣娟的水袖功夫也相当好,于是就想再排程派的《荒山泪》这出戏。刘绣娟的身段好,再加上抛水袖的功夫,肯定会比《春闺梦》还要吸引人,女戏子的面孔、身段、唱腔就是吸引男戏迷的顶尖法宝。

  由于《春闺梦》的票依然很热销,所以刘绣娟在排新戏《荒山泪》时,晚上继续演《春闺梦》,而魏金森也每晚必来看,他确实是痴迷上了刘绣娟,人的那种痴迷的情感与爱慕,也是很难解释得清爽的。

  有一天,宋云霞家与周家车家终于爆发了战争,事情又出在周家车的两个孩子身上。周家车家两个小人,大的叫阿狸,小的叫阿猫,后面两个字加起来就是"狸猫",虽然俗,但却寄托着父母的希望,希望两个孩子像狸猫一样精明,但这两个小人,勿但像狸猫一样精明,而且像狸猫一样出奇顽皮,白相的名堂也很奇怪。

  天气冷了,两个小人就躲在一只刚油漆好的大柜里,用刨花点火取暖,但火一烧起来,又是刚漆过的柜子,漆本身就易燃,柜子也着火了,要勿是两只狸猫逃得快,就烧死在大立柜里了。勿是在院子里的人立即出动从水池上接了水管把燃烧的大柜及时浇灭,油漆作坊这栋两层楼的棚户房以及院内连在一起的木板房的后果真是不堪设想,事后大家一想起来也是非常

第十七章

害怕。

宋云霞气疯了,抓起根木棍朝老大阿狸狠狠地砸去,老二阿猫也挨了两棍,痛得阿狸与阿猫在地上打滚,又哭又喊,头上直冒冷汗。刘广明一看勿对,就对李凤英说:"赶快送医院!"刘广明立即抱起阿狸,李凤英抱着阿猫直奔北四川路的仁济医院而去。诊视与拍片的结果是阿狸被打断了腿,阿猫被打断了胳膊,心痛得李凤英泪水哗哗地流,怎么也止勿牢。

刘广明也长叹一口气说:"下手也太狠点了。"

从医院打了石膏回家,天也快黑了。李凤英把阿狸阿猫放回屋里,就冲进油漆作坊,抓住宋云霞就打。这次李凤英也疯狂了,把宋云霞这张还算得上漂亮的面孔抓烂了,宋云霞也把李凤英的鼻子嘴巴打得鲜血直流。在两个女人开架的时候,周家车也刚好拉着黄包车回来,看到阿狸阿猫竟被打断了胳膊与腿,也怒气冲天,拿着根平时挑水的扁担冲进油漆作坊,把油漆作坊里的东西砸得个稀巴烂。宋云霞的男人齐鲁江也拿起把斧头,要同周家车拼命。

齐鲁江冲着捏着扁担的周家车说:"你来呀,你来试试看,今朝你要勿死就我死,这就叫拼个你死我活!"周家车说:"你以为我吝惜我这条命啊!你勿怕死我怕死啊!用你老婆的话讲我是只穷逼,嗨嗨,你富逼勿怕死,我穷逼倒怕死,可笑,你来呀!你来呀!"

但两个人只是虎视眈眈地看着对方,都勿敢动手,都舍不得这条命。刘广明去叫来巡捕房的人,宋云霞、齐鲁江、周家车、李凤英都被带去了巡捕房,天黑透了才从巡捕房回来。周家车扇了老婆李凤英两记耳光说:"你在家里啥事体也勿做,我辛辛苦苦地在外面出车奔忙,养活这一家子,你连两个小人也管勿好,白吃饭咯啊!"李凤英说:"我不要做饭洗衣服啦,你每天回来一身汗臭味道的衣服,勿是全要由我来洗呀!"说着委屈得大哭起来。

而平时怕老婆的齐鲁江也在骂宋云霞说:"勿是我讲你,你下手也太狠了,打两下就可以了,结果一个被你敲断了腿,一个被你敲断了胳膊,现在巡捕房判下来我们赔人家的医药费,他们赔我们那些被打坏的家具的钱,你算过哦,医药费要比那几只打烂的家具多得多,你勿是在敲人,你是在敲钞票呀。你也晓得,我们做油漆作坊一年下来也赚勿了几个钱,好咪,现在一年的辛苦通通都被你敲光了。"宋云霞一听也心痛得大哭起来。

那天晚上散完戏,吴耕夫、刘绣娟、富贵大爷、南庄俊、翠玲都回来了,服侍南庄俊的阿庚住在戏院。而一直等在家门口的粟海仙看到吴耕夫进了家门,就赶忙过来,前脚后脚地跟着进了吴耕夫的家。

"吴先生,你晓得哦。宋云霞咯个女人的心也太歹毒了呀,拿棍子把12号的阿狸与阿猫的腿与胳膊骨打断脱咯啊,阿狸阿猫还只是个五六岁个小人呀。"

上海人讲话的语速特快,哒哒哒哒哒哒就像开机关枪一样,而粟海仙讲话的速度更快,但吴先生还是听清了粟海仙要讲的事。吴耕夫其实也有点疲倦,戏散场已深更半夜了,但吴耕夫还是同李月桂一起出了弄堂,到马路对面的食品水果店去买了一包话梅,一包橄榄,一篮水果。吴耕夫拿着水果和食品,到12号周家车家,周家车一听是吴先生忙去开了门,吴耕夫进门,睡熟了的阿狸阿猫也醒了过来,吴先生问了问情况后,看看两个孩子长叹了口气说:"李凤英啊,家车出车在外面,孩子又在最顽皮的年纪,你要多操点心,等明年孩子到上学的年龄,上了学就好了,你们要晓得,咯个社会上各色人都有,就我们这个院子也是一样咯。咯个世界是个勿公平咯世界,对于这个世界来说,坏人其实是联合起来在做坏事,那么好人就也要联合起来抗争,起来反对他们做坏事才对,但首先自己得先坚持做好事。咯种道理看上去只是说说而已,好像勿可能做到咯,可能我们没有这种力量,但对我们每个人来说,不去做坏事,保护好自己,为别人做好事,这对每个人来讲是可以做到的,你周家车就是个好人!"吴耕夫激动地说,然后摸摸两个孩子头说:"阿狸阿猫,好好养伤,勿要再调皮了,尤其是勿能玩火,这里都是棚户房,一着火救都没办法救。"

周家车对李凤英说:"你看,吴先生都这么说,你以后不把两个孩子看好,再出事体我就休了你!"李凤英说:"听到了,听到了呀,吴先生讲了,你还要讲一遍做啥啦?"吴耕夫说:"我也只是提个醒,注意点就行了,人生谁不犯点错,何况是这么小的孩子。好,我走了。"

第十七章

  周家车千谢万谢地一直把吴耕夫送到门口。
  第二天早上,吴耕夫遇到宋云霞时对她说:"宋云霞,你下手也太辣了点,人家是两个小人呀!"宋云霞说:"咯两个小赤佬又没有在你屋里放火,要是在你屋里厢放火你哪能办?"吴先生说:"但勿能把孩子的腿和胳膊敲断呀!"宋云霞说:"吴先生,你可勿可以少管闲事!"

第十八章

新戏《荒山泪》终于在雅培大戏院上演了,又是盛况空前。当戏台上的幕布徐徐拉开后,刘绣娟迈着那轻盈的台步走了出来,还没等亮相,台下已是掌声一片了。这是出"苦情戏",刘绣娟演的张慧珠,水袖也舞得让人眼花缭乱,身段也旋转得优美极了。当刘绣娟唱道:"我不怪二公差奉行命令,却因县太爷暴敛横征,恨只恨狗官施行苛政,众相生尽做了这乱世亡民……"叫好声在剧院里响成一片,就是像魏金森这样的人,对这种贪官酷吏们欺压的百姓也是充满了同情的,可他们自己往往又是施行者。他也欺压人,但他说他勿会无缘无故地欺压别人,像咯些贪官污吏一样。同情弱者,这是人类的普遍心理,但欺辱弱者又是某些人不由自主地在做着的事情,对不平大家都骂,但不平的事他自己也在做而且做得理所当然,心安理得。

《荒山泪》演出了七场,有一天中午,吴耕夫正在协理办公室,同账房先生在对票账,魏金森领着阿荣阿振进来了。魏金森是从王雅培与贾言芳的

第十八章

办公室过来的。

魏金森作了一个揖说:"吴先生,请问阁下可有空儿啊?"

吴耕夫也忙作揖说:"喔哟,魏老板有啥吩咐?"

这时王雅培、贾言芳看到魏金森领着人进了吴耕夫的办公室,怕会出什么事也就跟了进来。

魏金森说:"吴先生,自从这个戏院由你吴先生当了协理后,生意是越来越兴隆,昨天又是爆满,我对吴先生很是敬服啊!"

吴耕夫说:"哪里是我经营得好啊?大家都是来看刘绣娟的戏的,再加上魏老板天天带着人来捧场,戏院生意好,托的全是魏老板的福。"

魏金森说:"刘绣娟能出山演戏,听说全靠的是吴先生的说辞了。"

吴耕夫说:"那是刘绣娟从小爱好,我只是帮王老板、贾老板劝了几句。"

魏金森说:"你的那几句分量可是有千斤之力哦。"

吴耕夫说:"魏老板言重了,不知魏老板来寻我有啥事体?"

魏金森说:"我听说吴先生麻将也搓得相当勿错,不知能否光临寒舍陪魏某白相几圈。"

吴耕夫说:"魏老板,你这有点为难吴某了,吴某搓麻将只是白相,消磨辰光从来勿赌。"

王雅培说:"这我可以作证。"

魏金森说:"那就勿赌输赢,只请吴先生去白相,我魏金森就喜欢同高手白相,哪能?这点面子吴先生肯定会给我魏某的。"

吴耕夫想了想说:"真的勿赌?"

魏金森说:"我魏某讲话算数,肯定勿赌。"

吴耕夫说:"那好吧,真要赌我吴某人也没有资本能同你魏老板赌,看在魏老板天天来捧场的情分上,我就陪魏老板白相两圈。"

贾言芳有些勿放心地说:"吴先生,阿要叫个人陪你去?"

吴耕夫摇手说:"勿用,勿用。"

魏金森说:"哪能?贾老板你怕我吃了吴先生?"

吴耕夫说:"我又勿是刘绣娟,怕什么?"

魏金森说:"你就是刘绣娟也勿用怕,我魏金森从来勿会做强人所难的事。"

吴耕夫说:"啥辰光去?"

魏金森说:"就现在搓上几圈,然后请吴先生用了中午饭,就送吴先生回剧院。"

吴耕夫跟着魏金森走后,贾言芳还是有些勿放心,说:"王老板,我总觉得魏老板请吴先生去他公馆勿会只是为了搓搓麻将这么简单。"

王雅培说:"我同魏老板打过交道,魏老板还是个讲信用的人。再说,吴先生又勿是刘绣娟,他能拿吴先生哪能?他也只是想利用一下吴先生而已。我们根本用勿着杞人忧天的。"

说好让吴先生用好中饭就送回来的,但到了下午四点多钟还没有见吴先生回来,王雅培也有点不安起来。贾言芳说:"吴先生跟着魏老板走咯辰光,我就有种不祥的预兆。"

吴耕夫坐车去了魏金森的公馆,到晚上六点钟吃夜饭时还没有回来,刘绣娟知道后急了,对王雅培说:"王老板,吴先生勿会有啥事体哦?"

王雅培说:"应该勿会,魏金森答应勿会为难吴先生咯。"

那天晚上,魏金森没有带人来看戏。王老板也有些不放心了,派人去魏公馆找人,但去的人回来说是魏金森包括他的两个跟班和吴先生都勿在魏公馆里。刘绣娟听了就更急了,连戏都勿想演了。所以那晚的戏刘绣娟演得有些反常,虽然没有喝倒彩,但掌声却很冷落。

戏散场后,刘绣娟听说吴先生还没回来,急哭了。

王雅培亲自坐车去魏金森公馆"请回吴先生",但公馆里的人也说:"魏老板与吴先生都不在公馆。"王老板只好又回到雅培大戏院,魏老板的那两个贴身跟班阿振与阿荣也勿在。富贵大爷说:"要勿要我到魏公馆再去上一次?"南庄俊说:"对,干爸,我陪你再去一次,我请他们抽白锡包香烟。"

王雅培心情也很沉重,一口一口地抽着雪茄说:"刘绣娟,你们都回家吧,吴先生的事我与贾老板想办法。我王雅培在上海滩上也勿是个吃素的人。黄老板、杜老板,这两位上海滩上的老大我都认得。"

第十八章

刘绣娟哭着说:"明天的戏我演勿成了。"

王雅培说:"可以,就像上次那样,你在家歇两天吧。"

刘绣娟说:"魏金森找吴先生肯定又是为我咯事体!"

贾言芳说:"只是陪着去搓两圈麻将。"

刘绣娟说:"那怎么没有放他回来?"

王雅培说:"你们都先回家吧。"

其实,魏金森并没有请吴耕夫去他们魏公馆搓麻将,而是去了贝当路一栋样式精致的小花园洋房里。贝当路就是后来的衡山路,那儿地方幽静,当时是一片花园洋房,环境优美,是富人们住的地方。小车开进花园,一栋西式小洋房,很别致,有几棵法国梧桐树。洋房四周是碧绿的草地,魏金森特地为吴耕夫开车门说:"吴先生,请。"吴先生下来后,看到楼房门前还有一个小喷泉在喷着水,而小水池里还养着一群金鲤鱼,有红有白还有金黄色,拥在一起游动,看上去十分靓丽。

吴先生说:"好清静的地方啊!"

魏金森说:"吴先生阿喜欢哦?"

吴耕夫说:"在上海滩这么繁杂的地方有这么一所清静的住处,当然是很理想的地方。"

魏金森说:"如果吴先生喜欢,我就送给吴先生。"

吴耕夫说:"魏老板,勿要开这种玩笑,我吴耕夫怎么受用得了?"

魏金森说:"只要吴先生帮我办成一件事,这栋花园洋房就立马送给你吴先生。"

吴耕夫说:"准又是刘绣娟的事。"

魏金森说:"勿错。"

吴耕夫说:"魏老板,不要说这么一栋洋房,就是送我金山银山,我吴耕夫也勿敢应允你这件事啊,因为我跟刘绣娟什么关系也没有。"

魏金森说:"吴先生,你与刘绣娟之间很清白,这我很清楚,但刘绣娟很听你的话,这一点你吴先生也勿要否认。我只想请你吴先生帮我在刘绣娟跟前说上几句话,只要你肯说,无论成与勿成,房子就归你,房契地契我都带来了。"

吴耕夫说:"魏老板,请你原谅,此事我勿可能应允你,是我的良知勿允许我这样做。"

魏金森马上一笑说:"那好,再讲哦,再讲哦,我们先去搓麻将好哦?我在四马路香福楼还请来了两位姑娘,吴先生,来,请。"

这时香福楼的两位姑娘从楼房门口迎了出来。

踏上六级台阶,进入了楼房的客厅,客厅很宽敞,中间已经放好了一张麻将桌,四把红木靠椅,四周是一圈沙发,粉色的窗帘,绣花的羊毛地毯,一切都显得很温馨。吴耕夫感到,这位魏老板的品位勿低,不是那么俗气的一个人,从他对京戏的痴迷,你也可以感觉得到。香福楼的那两位姑娘也似乎有点品位,只是淡淡地化了一点妆,勿是浓妆艳抹的那种土里巴拉的,长得也蛮清秀,说话虽嗲声嗲气的,但并不做作,同男人是一种蛮大方蛮自然的交流,一个叫阿兰,一个叫阿秀。当吴耕夫往客厅里走的时候,他就有了某种预感,吴耕夫是个见过世面的聪明人,于是他对魏金森说:"喔哟,魏老板,你请两位姑娘陪着来搓麻将,你事先也勿打招呼,开始时我只当是搓搓白相,勿赌输赢咯。"

魏金森卷着袖子说:"是呀,我听你吴先生咯,如果吴先生真要赌输赢,我也奉陪呀。"

吴耕夫说:"我勿是想改变主意,我只看到有两位姑娘陪着白相,如果勿是稍稍来的输赢恐怕有点对勿起姑娘啰。"

魏金森说:"那就小来来?"

吴耕夫说:"定一只腊子哦(就是定一个输赢的最大限额)。"

魏金森说:"定多少?"

吴耕夫说:"五元大洋哪能?"

魏金森说:"你吴先生说了算。"

阿兰一笑说:"魏老板、吴老板,我和阿秀身上可没有那么大的油水让你们刮哦。"

魏金森哈哈大笑起来说:"阿兰啊阿兰,你真是个聪明面孔笨肚肠,吴先

第十八章

生的话你们就没有听懂?"

阿秀一笑说:"阿兰,陪两位老板白相哎,两位老板哪能会从我们这两个穷姑娘身上刮油水呢,要是传出去,两位老板哪还能到场面上去混啦。"

魏金森说:"哈哈,还是阿秀懂经。"

吴耕夫看看两位姑娘,在坐座位时,吴耕夫就特意坐在阿兰上家的位置上,让阿兰成为他的下家,魏金森搓着麻将说:"吴先生,我听说你搓麻将从来只是搓白相,勿赌输赢,为啥?"

吴耕夫说:"我在中学当教师,当教师的赌博怎么能为人师表呢?如果我现在还在中学当教师,那我就勿可以同这两位姑娘坐在一起搓麻将,阿秀、阿兰,请二位勿要生气,社会上有些职位是有一定的道德规范的,如果一个当教师的吃喝嫖赌,那他就没有资格当老师了,就像国外有些搞政治的人,在竞选中如果人们发现他有某些劣迹,人家就勿会投他的票。有些老百姓可以做的事,某些职位上的人就不能做,现在我勿当教师了,我又不想拂了魏先生的面子,更挡了两位姑娘的生意,所以我才来同大家搓搓麻将,消遣消遣。魏老板,两位姑娘,我说这些话,勿是我吴耕夫有多么清高,其实我也只是个凡夫俗子,同大家一样是脚碰乱脚的人。"

搓了两圈后,中午就到了,魏金森说:"吴先生,中午就吃点点心好哎,再陪我搓两圈?"

吴耕夫看到魏金森那劲头十足的样子,犹豫了一下,说:"好吧。"

送来的中饭点心有馄饨、汤包、虾饺,他们匆匆吃了一些后又兴致十足地搓了起来,前几盘吴先生每次都大把大把地赢。到四圈以后,吴先生特意放了下家阿兰的"和",阿兰知道这是吴耕夫的有意为之,很感谢吴耕夫。

吴耕夫掏出怀表看了一下后说:"魏老板,时间勿早了,戏院里我还有事,就到此结束哎。我也要告辞了。"

"勿可以咯。"魏老板有点板下脸说,然后对身后的阿振说:"阿振,到大华饭店去订一桌酒席,让他们送到这儿来,我同吴先生与两位姑娘吃夜饭。"

吴耕夫说:"夜饭是勿能吃了。"

魏金森说:"吴先生,今朝你进得来,最近几天你就出勿去了。"

"为啥?"吴耕夫说。

"请你在我这儿住上几天。"

当吴耕夫坐上魏金森的小车,一路开往不是西霞路的魏公馆,而是穿过大马路往西北路上开时,吴耕夫心里就有所思考了。而当走进贝当路这座小花园洋房,魏金森说只要吴先生肯帮忙,这栋小花园洋房就送给吴先生时,吴耕夫就更想到后面可能发生什么事了。所谓"来者不善,善者不来"的意思就在这上面了。因此,这时已经做好充分思想准备的吴耕夫,很镇定地说:"既然魏老板想让我在这儿住几天,那我就蒙魏老板的这番好意住上几天吧,不过烦魏老板你得通知王雅培老板一声,让他安排好这几天戏院的生意。"

魏金森说:"可以,我派人去王老板那儿说,但你在我这里,我可不能告诉他。这个王雅培老板在江湖上也是个叫得响的人。再说我魏金森也实在没有想对你吴先生过勿去的地方,你吴先生同我无冤无仇,我何必要这么为难你呢?问题是我对刘绣娟太倾心了。不怕你笑话,我可能为刘绣娟得相思病了,我堂堂一个男人会为这么个女人痴到这咯地步,连我自己都看勿起自己了。所以请吴先生千万帮帮我忙,可怜可怜我魏金森的这一片痴心。"

吴耕夫说:"魏老板,我勿但同情你也还有点敬佩你,把女人当一个人看了,而且能看得那么重,前两天在看《荒山泪》时,刘绣娟演张慧珠,唱了那么两句:'对孤灯思远心神不定,不知他在荒山何处?'你都流泪了,我知道魏老板也是个有菩萨心肠的人,但现在魏老板,我要告诉你,你让我办的事我再说一遍,我勿可能去办,刘绣娟是有老公的人,所以无论从道德上,从人的良知上,我都勿可能帮你这个忙,你就是砍了我的头我也不能帮你,你让我在这儿住几天,这可以,我就住上几天。"

魏金森说:"行,那就委屈你吴先生住几天,想通了就来告诉我魏某,还是那句话,我只要你在刘绣娟跟前说上几句话,这栋房子就归你了,要是你硬撑着勿肯讲,那我魏金森手辣起来也勿是吃素的,你吴先生到辰光,恐怕就求死不能求生勿得了。"

吴耕夫说:"魏老板你用勿着这么吓我,我砍头都不怕,还怕你动刑,但如果你对我吴耕夫动了刑,你魏金森就又罪加一等,非法拘禁与私自用刑!"
　　魏金森说:"那好,我就告辞了,我们走!"
　　吴耕夫说:"慢!"
　　魏金森说:"做啥?"
　　吴耕夫说:"把阿兰给我留下。"
　　魏金森吃惊地说:"我听讲你吴先生勿是勿近女色吗?"
　　吴耕夫说:"我是男人,又勿是太监,我啥时候勿近女色啦?"
　　魏金森说:"吴先生,你这个人真的是太懂经了,阿兰,那你就留下来陪陪吴先生,也帮我劝劝吴先生,到时我有重赏。"魏金森走到院门口,就对跟在他身后的阿振说:"阿振,你再叫上两个人,看牢吴先生。出呐,我就勿相信刘绣娟咯个女人我就搞勿到手!"

第十九章

这栋小花园洋房由一位老妈子与一位四十几岁的男用人照看着。魏金森很少来住,除非想清静几天,与朋友一起搓搓麻将,请四马路上妓院里相好的姑娘来吃吃花酒时才来住几天。最近迷上刘绣娟后,他每夜都去看戏,就没有再来住过,现在这儿却成了囚禁吴耕夫的地方。小花园收拾得很精致,又地处上海很幽静的地段,能听到那树上鸟儿委婉的歌声。然而这里毕竟是在大上海,那种繁华与闹猛你仍能从远处时不时传来的汽车声中感受到。

晚上阿振还是从大华饭店要了几样菜肴送过来。他对吴耕夫与阿兰说:"吴先生,魏老板有吩咐,想吃什么尽管说,我阿振尽量去办,阿兰姑娘,辛苦你好好陪吴先生喝几盅,魏老板讲过你阿兰姑娘服侍好吴先生,魏老板会有重赏的。"

阿兰姑娘长得很秀气,嘴角上还有两粒米粒似的小酒窝。阿兰的身世很简单,父亲早逝,母亲改嫁,十二岁的她就被人卖去当雏妓,好在她长得漂

第十九章

亮,也学了点琴棋书画,人也显得很讨人喜欢,很活络咯样子,但为人却蛮忠厚老实,没有那么多的花头劲,吴耕夫感觉到了,他觉得说勿定这个女人可以帮他忙,最起码也勿会坏他的事,这就是为什么吴耕夫在搓麻将时要坐在阿兰的上家,他有意帮阿兰"和"了几把。虽然魏金森也看出来了,只是以为吴先生喜欢上阿兰了,其他的并没有去多想。

那天晚上魏金森让阿荣带话给了王雅培、贾言芳说,吴先生同四马路香福楼上一个叫阿兰的姑娘好上了,勿回来了,要在魏老板安排的地方住几天,吴先生让他捎话过来,戏院的事由王老板自己安排,他忙了这么多日脚,也想清闲上几天。

王雅培一听,就知道阿荣是在胡编,忙说:"吴先生住在什么地方?他想清闲多少天都可以,但是戏院的事我还得去问他几句,因为这些事只有他一个人知道。"

阿荣说:"王老板,你就让吴先生好好休息几天吧,戏院的事你是老板你做主就是了,吴先生只是戏院的协理而已。"说完就转身大大咧咧地走了。

那晚魏金森也没有来看戏,王雅培与贾言芳商量,先不告诉刘绣娟,等今晚的戏演完后再告诉她,但演出前刘绣娟在后台化妆间就来问贾言芳吴先生回来没有,贾言芳只好如实相告,刘绣娟就哭了说:"这怎么是好啊?吴先生为了我辞去了中学教师的职务,现在又被魏老板弄了起来,要是吴先生有个三长两短,我刘绣娟怎么对得起他呀?"

王雅培知道了,就到后台来对刘绣娟说:"刘绣娟,你勿要急,吴先生勿会有啥事体咯,我已经派人去打听了,说勿定吴先生这两天就能回来的。"

当晚的戏演完后,刘绣娟坐在化妆台前也不卸妆,只是流泪,泪水流过那涂了色彩的脸,脸就成了红一块白一块的,那样子,实在是让人看了又可怜又心疼。

王雅培、贾言芳、富贵大爷、南庄俊、翠玲、阿庚都围在她身边,她抹着泪说:"庄俊,为了吴先生,我就嫁给魏老板吧。"

南庄俊这时倒很清醒说:"勿可以咯!你是我老婆,哪能可以嫁给那个魏老板,就是你勿要我,另外要嫁人,你也只能嫁给吴先生,也勿能嫁给魏金森咯只瘪三呀！"

王雅培说："刘绣娟这是讲的气话,你们都回吧,刘绣娟,你放心,我保证把吴先生找回来。"

刘绣娟想想自己是个女人,一个戏子,能有啥办法呢？丈夫又是个神经有毛病咯人。就是托富贵大爷也托勿成,他在上海也没有啥关系,只有一身的武功又有啥用？而且他又能到哪儿去寻吴先生呢？她也只好暗暗地落泪,把希望寄托在王雅培老板的身上。

在贝当路的花园洋房里,吴耕夫同阿兰一起吃过晚饭后,阿兰说："吴先生,你要留我下来了,勿是为了白相我哦？我觉得你勿是那样的人。"

"为啥？"

阿兰笑了笑说："我们做这一行当咯女人,别咯勿晓得的,但对你们男人真咯是晓得得太清爽了。畜生是知够不知羞,而人是知羞不知够,有些男人看到阿拉这种人,就像饿狼扑食一样,恨不得吃了阿拉。可我看你勿像,不要讲搓麻将咯辰光没有对我动手动脚,就连现在阿拉两个人单独在一起咯辰光,你也没有动我一下,你要是想白相我,早就撑勿牢了,所以我觉得你吴先生要我留下来勿是想白相我。"

吴耕夫一笑说："我是想让阿兰姑娘帮我做件事。"

阿兰说："吴先生,我感觉到你是个好人,我看你搓麻将搓得特别精,但你放了我几把和,我晓得吴先生是存心赏赐我的,所以要谢谢吴先生了。"

吴耕夫说："阿兰,我真的是有件事要求你,但这件事要夜里厢我才能同你讲,今夜你一定要同我住一间房间可以哦？"

阿兰一笑说："我就是做这种生意的人,有啥勿可以咯？要是我勿同你在一个房间里睡,人家反而觉得勿正常了。"

吴先生说："说的就是呀。"

这栋小花园洋房本来就很清静,一到夜里就更是寂静了。树上那夜莺的清脆的啼叫声更显得清晰,不过远处依然会时不时传来汽车的喇叭声。

吃好饭后,吴先生就同阿兰走进一间卧室,那房间也蛮宽敞,除一张大床外,还有两把藤椅与一只玻璃茶几。还有一只很大的玻璃柜,玻璃柜里放

第十九章

着咖啡与茶叶罐。

阿兰说:"吴先生是喝咖啡还是喝茶?"

吴耕夫说:"阿兰,我自己来,要说泡茶那也是有学问的,用行话来说就是茶道,阿兰姑娘你学过茶道哦?"

阿兰一笑说:"听说过,但没有学,据讲按茶道的规矩,泡一壶茶要花费好多功夫。"

吴耕夫说:"那是有闲有钱人的讲究,但泡杯茶也是有点讲究咯,同样的茶叶泡的方法勿一样,喝起来茶味道也就勿一样了。"吴先生发现卧室里没有热水瓶,就走到房门口对着院门口守着的阿振喊:"阿振,叫用人冲两壶开水来。"

阿振让老妈子烧了两热水瓶的开水送到吴耕夫的房间,老妈子用异样的眼光看看吴耕夫与阿兰,走出去了。她住在厨房边的一间下人住的房间里,那眼光的意思是按中国传统道德观,男人嫖女人是件很恶心的事,竟在她的眼皮底下发生了。

老妈子走后,吴耕夫就关上门,并且还上了锁,阿振与那个男佣自然觉得男人都不是什么好东西,就连吴先生这样当过教师的男人也在嫖女人,出呐,这个世界的男人都这样,没有一个好人,俗话说得勿错,世上哪有不偷腥的猫!

吴耕夫按自己的方法泡了两杯茶,阿兰喝了一口说:"吴先生,你泡的茶好香啊。"

吴耕夫笑着点点头,吴先生心里清爽,这是阿兰在给他献媚,啥人晓得她是真觉得香,还是并没有品出什么特殊的茶味来,两人就坐在藤椅上开始品茶。

阿兰说:"吴先生你真勿白相我啊?"

吴耕夫摇头说:"勿,有啥关系哦?"

阿兰说:"事体是没有啥事体,就是你要真白相,我们就得好好洗一洗。"

吴耕夫说:"洗澡肯定是要洗的,但你先听我把话讲完。"

阿兰很诧异地又问一遍说:"吴先生,你真勿白相啊?"

吴耕夫明白了阿兰的意思说:"阿兰姑娘,我吴耕夫从来没有做过嫖女人的事情,我是有老婆咯人,嫖女人的事体我勿会做,因为我咯内心在排斥我去做这种勿道德的事体。阿兰姑娘,请你勿要见怪,我懂的你咯意思,勿但今朝夜里,就是以后可能还要你陪我几天,所以勿管有多少天每天的钞票我一分也少不了你的,还会加倍给你,所以你放心好了。"

阿兰说:"按睡过觉的钞票给?"

吴先生说:"对!"

阿兰说:"吴先生,你说话算数哦?"

吴耕夫很诚恳地说:"算数!"

阿兰放心了。

夜深人静了,吴耕夫用很轻很轻的声音讲了与刘绣娟有关的几件事,说:"像这样一个又漂亮又会唱戏,又有良心的女人,我吴耕夫能去做这种丧尽天良的事吗?为了这样一个女人,我就是被魏老板打死,我也勿能去做这种缺德的事啊!"

阿兰听了吴先生讲的这些事,眼泪汪汪地说:"在打麻将时我就看出你吴先生是个好人,现在我感到吴先生,你真的是个好男人,勿赌勿嫖。那个叫刘绣娟的女人也是个好人,可惜呀,我这么个烟花巷里混日脚的女人真正是自愧勿如了,像吴先生这样正经的男人,肯定是勿会白相我这样的女人的,我们太龌龊了。"

"勿!"吴耕夫说,"阿兰,我吴耕夫并没有看不起你,也没有嫌你龌龊,一个人活在世上,做啥行当并勿能说明你是勿是龌龊,那些做官当老爷的人中龌龊的人是大有人在,那些富贵巨商中龌龊之人也不在少数,他们花钱玩你们难道勿龌龊?你们做这一行当也勿见得就一定龌龊,你们中有不少人是为了谋生才入这门行当的,只要勿骗勿偷勿贪勿抢,也说不上什么龌龊勿龌龊,你们同样可能做一个有良心的,有善心的好人,只要良心上勿龌龊就行。何况他们中有的钞票就是用很龌龊的手段赚来的,他们是在用龌龊的钱做他们龌龊的事!"

阿兰伸手摸了摸吴先生的袖子说:"吴先生,我明白你的意思了,吴先生

第十九章

留下我,一定是想让我帮你做件事。"

吴耕夫看着阿兰点点头说:"阿兰,谢谢你,我真的是想让你帮我做一桩事体,很可能是救人一命的事体。"

阿兰说:"吴先生你放心,我也会像你一样豁出命去做咯!"

那天晚上,王雅培还是用自己的车送刘绣娟回聚德里36号的。刘绣娟在车上同身边的人讲,吴先生失踪的事啥人也不要同院子里的人讲,那会把事情弄大的,反而会对吴先生勿利。富贵大爷毕竟年岁大了,对世道上的事也很有见识,他说:"绣娟讲得对,在院子里,有好些人很尊重吴先生,他们会很焦虑,也会到处去打听有关吴先生的消息,会把事情传得一天世界的,可能倒真咯会对吴先生勿利咯。吴先生我们是一定要去救的,但绣娟讲得对,得等两天看看情况再讲。"

刘绣娟说:"富贵大爷、翠玲,明天一早我们就去戏院,我有事同王老板、贾老板商量,是什么事,干爸明朝我再告诉你。"

在刘绣娟他们说这事时,南庄俊已弓在小车的角落里睡熟了。这是个天下已无心事的人,活得真的很自在很舒心,永远也勿会再有自己的什么心思,只要有白锡包香烟抽就行了。

刘绣娟对司机说:"阿兴,明朝一早就来接我们,好哦?"

阿兴说:"晓得。"

那晚,在贝当路的那栋花园洋房里,吴耕夫让阿兰姑娘睡床,自己搭个地铺睡。阿兰笑着说:"吴先生,用勿着,我在沙发上坐一夜哦,我们做这种行当的人,陪客人熬通宵是经常的事。"吴耕夫似乎有些勿好意思。阿兰就说:"吴先生,你真咯勿用客气,你在床上睡哦。"

吴耕夫又陪阿兰说了好长时间的话,这才上床去睡。阿兰就靠在沙发上也眯瞪到天蒙蒙亮。她醒了,吴耕夫也醒了。阿兰就说:"吴先生,我走了。你放心,我阿兰就是豁出命来,也要把你托我的事办好。"

一清早阿兰就从吴先生的房间里出来,走到院门口要出去,阿振讲:"勿可以咯,魏老板讲过,要走你得跟吴先生一道走,要勿走都不可以走。"

阿兰跺着脚说:"我要走,我一定要走。"

阿振问:"做啥?"

阿兰说:"我就是去死,也勿能再跟这种男人蹲在一起了。"

阿振说:"做啥啦?做啥啦?吴先生勿是蛮好吗?"

阿兰说:"好什么好呀,这种死男人,我一秒钟也勿想再同他蹲在一起了。"

阿振突然来了兴趣,阿振也是男人,男人总是对这种鸳鸯之事备感兴趣,说:"哪能啦?哪能啦?"

阿兰说:"还哪能啦?白相么要白相咯,进么又想要进咯,可就是硬勿起来,硬勿起来哪能进去啦,就叫我帮忙。唉,还有咯种男人咯,要女人帮他,我看着他可怜就帮他,但我勿管哪能帮,他就是硬勿起来,你讲这有啥办法,弄得我一夜天没有睡好,吃也吃力死了。让我回去!我还有生意要去做,勿能再同这样没用的男人蹲在一起了。"

阿兰一脸的沮丧,甚至眼里都流出了泪,说她一定要回去,男佣阿根挡住勿让她走,阿振叹口气说:"阿根,放她走,放她走哦,魏老板那儿我来交代。"

阿兰跑到马路上拦了辆黄包车说:"四马路香福楼。"

黄包车拉了一段路阿兰又说:"车夫,快去北四川路,雅培大戏院。"

黄包车夫立马转身改变了道。阿兰看看车后,发觉没有什么人跟着她,而这时马路上的人流与车流也闹猛了起来,她这才松了口气,心想吴先生真是个聪明人,吴先生告诉她说:"你要出去,一定要用你们女人的角度来讲我的坏话,哪能难听哪能讲,阿兰,这方面该怎么说我晓得你肯定比我懂经。"

在聚德里36号,太阳早早地升起了,阿兴已经把车开到了院门口。刘绣娟她们已在36号的院门口等着上了车,车开到了雅培大戏院,王雅培与贾言芳也已在那儿等着了。

刘绣娟一下车就问王雅培:"王老板,吴先生有啥消息哦?"

王雅培说:"派人去打听了,我还动用了杜老板的人。但目前还没有消息,勿要急,肯定很快会有消息了。"

贾言芳说:"今晚的戏还演勿演?"

第十九章

刘绣娟说:"演呀,为啥勿演,只有演了,魏金森才可能出现呀,只要他出现,我才能问他吴先生的事呀。"

王雅培说:"他要不来呢,就是来了你又哪能问他,他会告诉你吴先生的事吗?"

似乎已想好了的刘绣娟这时说:"只要他能把吴先生放出来,把我的南庄俊安排好,我就嫁给他当他的三姨太。但果子好吃勿好吃,到辰光我会让他后悔,让我当他的三姨太,我会搅得他家鸡犬勿宁咯!"

王雅培说:"绣娟不要说这种气话,你真要做他的三姨太,不如做我的二姨太,我一定会找到吴先生,也会安排好南先生咯。"

刘绣娟说:"王老板,这种时候你还开啥玩笑,我已经够烦的了,你还来这么搅,还让我活勿活啦?"

正在这么说的时候,戏院大厅值班的阿鱼头奔进来说有位女士要见刘绣娟,而这时阿兰也已跟了进来。她看了刘绣娟一眼,好漂亮的一个女人啊,肯定就是吴先生讲的刘绣娟无疑,就把一张纸条塞在刘绣娟手里说:"吴先生让我给你的。"说完,转身就走了。她怕会被人跟踪,上海滩就是这么个鬼地方,有钱有势的人的眼线到处都是。

刘绣娟打开纸条,吴先生写道:"我现在在贝当路28号。我一切均好,千万不要因为我而答应魏金森,气节有时比命还重要!吴耕夫。"

刘绣娟哭了,王雅培看了纸条说:"我去找人,我就勿相信我王雅培斗勿过你魏金森!"

贾言芳说:"那现在就去!"

王雅培说:"现在先勿忙,魏金森既然把吴先生关起来,那他肯定已经做好防备了。我们匆匆忙忙去肯定吃亏。你们等我一歇,用勿着太多辰光咯,我也要去见个人,然后再做些准备。刘绣娟,吴先生咯下落现在清爽了,你也可以放心了。"然后他对阿兴说:"阿兴,走!"

第二十章

　　阿振把阿兰放跑后,想了想,觉得好像有些勿对头,他觉得阿兰在他跟前说的话细想起来,似乎表演的成分比真实的情况要多得多,于是他奔到马路上去找,而那涌动的车流与人流已塞满了各条马路,他哪儿还看得到阿兰的人影。

　　他再奔回贝当路28号时,魏金森同阿荣已经站门口了。

　　魏金森一听说阿振把阿兰放跑了,就狠狠地扇了阿振一记耳光,怒不可遏地说:"阿振,你坏了我的事你晓得哦?我的计划全给你搅乱了!"

　　阿振还没能蒙过来说:"哪能啦?"

　　魏金森说:"阿兰去报信去了,出呐娘逼,你跟了我那么些年,能勿能学得懂经点。"

　　阿振捂着被打的面孔,知道自己上了阿兰的当了,吴先生哪能会是阿兰说的那样的人呢?

　　魏金森说:"阿荣,阿振,跟我来!"

　　吴耕夫坐在客厅的沙发上,抽着烟,等了一会儿,发现阿兰没有回来,知道阿兰出门了,这才松了

第二十章

一口气。他喝了口刚沏的龙井茶,心想,火来水灭,兵来将挡,天下没有过勿去的火焰山。只要勿怕死,那就什么也不在乎了。他知道魏金森勿会这么就此放过他的。只要刘绣娟勿落入魏金森设的陷阱,王雅培、贾言芳、刘绣娟知道他在什么地方,事情就可能会有转机。

魏金森气势汹汹推开门,带着阿荣、阿振进来了。魏金森笑着作了个揖说:"吴先生早上好,魏某怠慢你了。"

吴耕夫也还了个揖说:"魏老板,你也早上好。不过魏老板,你还是放我出去吧。你的目的达勿到咯。"

魏金森说:"吴先生,我的请求并勿苛刻,对你吴先生也勿是什么难事。我只要你吴先生常帮我在刘绣娟跟前劝上几句,成勿成全看天意了,哪能?"

吴耕夫说:"对我吴耕夫来说。这件事绝对也勿能做咯。士可杀不可辱。这种丧天理的事我吴耕夫宁死也不为的。"

魏金森说:"既然吴先生软勿吃,那就来点硬的让你吃吃。不过吴先生这皮肉之苦是你自己招来的。阿振,阿荣,给我按在地上打,打屁股,一直打到他讨饶为止。"

阿振、阿荣,还有那个男佣阿根把吴耕夫按在了地上,阿荣举起棍子就狠狠地在吴耕夫的屁股上像捣肉瘤一样雨点般往下落。但吴耕夫却咬着嘴唇,只是闷闷地轻轻地哼,连一点叫声都没有。屁股的血从裤子里渗了出来。阿荣也已打得满头大汗。

魏金森用手向阿荣示意了一下,阿荣停了手。吴耕夫撑着抬起上身,跪在地上,他站不起来了。

魏金森说:"哪能?"

吴耕夫说:"勿哪能。不过你已经是罪加一等了。"

魏金森一个耳光上去,说:"嘴巴还要老。"

突然间吴耕夫起身一头撞向魏金森的身子,把魏金森撞倒在地,跌了个仰天大跟头。阿荣举棒又要打,魏金森突然举起手说:"慢!勿要打了。"在撞魏金森的同时吴耕夫也又摔在了地上,一时爬不起来了。

魏金森站起来说:"阿振,阿荣,把吴先生扶起来,让他坐到沙发上。"阿振、阿荣一时弄勿懂了。

魏金森说:"阿振,为吴先生沏杯茶。"

魏金森给吴耕夫作了个揖说:"好吧,吴先生,我放你走。像吴先生这样为人的人,兄弟佩服。像你这样仁义之士,兄弟再伤害你,那我魏金森就勿要活在人间了。刘绣娟我也勿再逼她做我姨太太了。有像吴先生这样的人护着她我也不忍心再伤着她了。"

吴耕夫没有坐,因为他的屁股已皮开肉绽,无法坐了。

魏金森说:"阿振,阿荣,送吴先生去医院。贝当路口就有家华仁医院,为吴先生治伤。吴先生,对勿起了。"

魏金森转身要往外走,但走到门口,就又回头说:"吴先生,过几天,我一定到你府上负荆请罪。让刘绣娟继续唱她的戏。我求你,我的座位也请继续给我留着。"吴耕夫发现,魏金森在说这些话时,眼睛里竟含着泪。

魏金森一挥手,好像要把一样东西彻底抛弃一样,走出院子。

阿振叫了辆三轮车把吴先生送去医院。吴耕夫本来以为除了吃皮肉之苦外,性命可能会丢在这儿。但他发现魏金森可能并勿是恶到底的人。吴耕夫相信人都是有人性、有良知的。但有些人的良知可能要经过某些人某些事的触动才会萌动出来的。吴耕夫想,要不就勿会有浪子回头金不换这样的话了。

阿振送吴先生去了医院,魏金森领着阿荣到酒楼吃了一客早点,又回到了贝当路28号,发现王雅培的汽车也停在门口,从车上下来的除了王雅培和他的跟班外。还有一身长衫马褂很有气势也很有派头五十岁出头的人。魏金森一看是杜老板手下的门客陈君立。魏金森马上作了个揖说:"王老板想勿到竟然惊动了陈老先生,晚辈真是失礼得很啊!"

王雅培说:"魏老板,放人吧。"

魏金森很真诚地说:"王老板,陈老先生,魏某在这件事上做错了。我已给吴先生道歉了。过两天我还要到吴先生府上负荆请罪,赔偿损失。我误伤了吴先生,我已让手下送吴先生去医院治疗了。医药费、误工费都由我魏某出。王老板,对勿起,耽误了你两天的生意,我会设法为你补上的。刘绣

第二十章

娟继续唱她的戏。我还是照旧去捧场。我想,你王老板要的就是咯个结果哦?"

王雅培一时也有些弄勿懂,他本来以为会有一场舌战,甚至于到以后动武,但现在却是这样一个结果,很出乎他的意料。

陈君立看着王雅培说:"既然这样了,我看就化干戈为玉帛吧。"

王雅培说:"那就谢谢魏老板的关照了,告辞!"

王雅培扶陈君立上车,魏金森就说:"陈老先生,过两天我在大华饭店请老先生吃饭,请一定要赏脸啊。"

陈君立说:"只要你下帖子我就去。让王老板作陪吧。不过今晚刘绣娟的戏,我是一定要去看哟。你魏老板这么吃她的戏,那肯定勿会错。"

魏金森说:"今晚我也去捧场,再去向刘绣娟女士赔个不是。天下的事就是这样,勿该是你咯,你就得放手,否则事体就会越来越勿可收拾,所谓识时务者为俊杰,要想做俊杰,就要识时务,否则就会粉身碎骨。好了,夜里戏院里见。"

王雅培回到戏院把情况一讲,刘绣娟这才松了口气。让南庄俊、富贵大爷、翠玲陪着,坐上王雅培的车,去华仁医院看吴先生。医生说,吴先生伤了皮肉,但没有伤着筋骨,养几天就会好的。刘绣娟又一次松了口气。含着泪说:"吴先生,你又为我吃苦了。我哪能报答你啦,真正是对勿起。"

吴先生说:"阿兰的十块大洋你给她了哦?"

刘绣娟说:"哪个阿兰?"

吴先生说:"来给你送信的那个女人呀。我勿是在纸条上写着的吗?请给送信人十块大洋。"

刘绣娟说:"啊呀!"说着又从怀里掏出纸条看,"当时我没仔细看。那个阿兰送了信就急急忙忙地跑脱了。咯哪能办呢?"

吴先生说:"这钱一定得给人家,这样吧,我写个地址,让阿兴开车送去哦。她是做那种生意的女人,勿要亏了她。"

经过治疗,吴耕夫屁股上的伤很快就好了。但那三天魏金森却并没来看戏,倒是陈君立先生每天必到,连看三夜,对刘绣娟是绝口称赞。但他不迷,三天后就没有再来。做什么事人都要有节制。没有节制地着迷,那也是一种精神上的病。王雅培一定要让吴耕夫伤好透了再去上班,在家养伤的那几天里李月桂照顾得也很尽心。

天气又阴沉了下来,院子里那棵粗大的梧桐树的叶子也开始变黄了,好像秋天又要匆匆地过去了。不一会儿,毛毛细雨又从空中飘落了下来。魏金森带着阿振、阿荣坐着车,在36号院门口下了车。魏金森敲门走进吴耕夫的房间,作了个揖说:"吴先生,我魏某来向你负荆请罪了。如果吴先生宽宏大量,就请认下我这个朋友,如果吴先生还勿肯原谅我,那我魏某会遗憾终身的。"说着往桌子上放了一张一千大洋的银票。

吴耕夫看了一眼银票说:"这我勿能收。"

魏金森说:"这点银子真的很不成敬意,但这是我魏某的一点诚意,是想表明我的一片诚心。吴先生要是勿肯收下,就是还勿肯原谅我魏某了。"

吴耕夫看到魏金森那副诚心诚意的样子,觉得原先感到很可恶的这么个家伙反而是有些可爱了。

魏金森说:"吴先生,勿叫你见笑。在上海滩上我跑了勿晓得有多少码头,也结识过勿少人等。但能像你吴先生这样的人,我却还没见识过。当然,听是听说过的,但却是从来没有碰到过。出呐娘逼,有些人只是嘴巴上的功夫,但一到要来真格的,就成了稀湿鸭子,缩头乌龟了。所以我很佩服先生的气节与良知。今后先生有什么要让我出力咯,尽管盼咐。你勿要看我是个粗人,生意人,但我很愿意结交像吴先生这样的人。"

吴先生一笑说:"魏老板,那我们这也叫勿打勿相识了。"

魏金森说:"吴先生痛快,那我就告辞了。"

雨正下得越来越大,吴耕夫冒着雨把魏金森他们送上车。吴耕夫长长地吐了口气,冤家宜解不宜结。人活在这世上,少一个冤家多一个朋友也是好事体。细雨绵绵很烦人。上海的秋雨有时一下起来就一连好几天,天上的云层很平很阴很静。这样的云层就在告诉你,雨会不紧不慢地下好些天呢。

吃了中午饭,吴耕夫想躺下歇一会儿。周家车披着水淋淋的雨披敲门

第二十章

进来了,他高兴地说:"吴先生,我看到姜丽文了。"

"在哪儿?"

"就在火车铁路两边的棚户区里。"

"她是路过那儿还是住在那儿?"

"好像是住在那儿。院子和门牌号我都记住了。吴先生我拉你去吧。她都咯个样子了。"周家车在肚子比画了一下,意思是肚子已经很大了。

吴耕夫说:"那好,我们走一趟。"

周家车走街串巷,在棚户房与棚户房之间窄小的石子路上拐弯抹角地来到一间很小的棚户房前停了车,抹着额上的汗说:"吴先生,到了。"

房子里的人可能听到了声音,忙打开了门。腆着大肚子的姜丽文吃了一惊说:"吴先生,你哪能晓得我住在这儿呀?"

吴耕夫说:"家车找到你的。姜丽文你让我们好找啊,搬走也勿告诉我们一声。"

姜丽文说:"吴先生,我没有搬家。我只是在我表姑家暂住几天。等我把小人生下来后再搬回去。"

吴耕夫说:"姜丽文,这里条件太差了,又勿卫生。将来对小人对你都勿好。女人生产勿注意,会染上各种病痛咯。"

姜丽文说:"吴先生,我也晓得咯。"

这时有人喊:"对勿起,让让路好哦?"周家车的黄包车在小路上一停,把路面基本上都占满了,行人只好侧着身子从车子与木板之间挤过去。周家车抬起车说:"吴先生,那我在大马路上等你。等一歇我来接你好了。"

吴耕夫说:"家车,你去做你的生意哦。等一会我自己到马路上去叫车。"

周家车说:"咯哪能可以啦,我就在马路上等先生。"

姜丽文说:"那家车就在大马路上等,吴先生你进来坐一歇哦。"

那间房子很小,中间还挂了一条床单,一边是一张较大一点的床,另一边是张小床。姜丽文很不好意思地说:"那大一点的床挤了三个人,表姑表姑夫还有一个已上两年学的表弟。我睡那张小床。"房子里面很脏,还有股霉臭味。

　　吴耕夫说:"姜丽文,你还是回去住吧。你住在这里,是在给你表姑添麻烦。"

　　姜丽文含着泪说:"吴先生,我勿想回去住。你也晓得,院子里那些人的嘴,不要说骂闲话,就是那看你的眼光,也会把你射死脱咯。"

　　吴耕夫说:"那就租间房子住。"

　　姜丽文说:"我也想啊。可我的钞票还有一些值钞票的首饰,统统都被那个瘪三卷跑了。我已是身无分文了,我拿什么钱去租房子呀。"

　　吴耕夫说:"姜丽文,你在这儿还有什么东西哦?"

　　姜丽文说:"就几件替换的衣裳。"

　　吴耕夫说:"那就跟我走吧。"

　　姜丽文说:"去哪儿?"

　　吴耕夫说:"你勿可以再住在这儿,为了你那即将要出生的小人,为了你自己,也为了你表姑,你一定要跟我走!"

　　姜丽文说:"吴先生,我勿想麻烦你。"

　　吴耕夫说:"远亲不如近邻。我是你的隔壁邻居,我要是没有看到你咯种情况,眼不见为净那也就算了。但我看到你现在这种情况,我再勿帮你一把,那我吴耕夫就白读了几年书,白识那么几个字了。姜丽文,听我话,现在就跟我走。"

　　姜丽文说:"那也得跟我表姑讲一声。"

　　吴耕夫说:"把你安顿好了,你回来再讲哦。"

　　姜丽文看吴耕夫这么热心也这么诚心诚意,再拒绝也勿好意思了。而且住在表姑这么一间棚户房里也实在是太挤,也太勿方便了。于是把带过来的替换的衣服打了个包,跟着吴耕夫一起走出狭窄的石子路,来到大马路上。周家车正坐在拐角的马路与人行道的台阶上抽着烟。看到吴耕夫与姜丽文从路上拐了出来,他忙扔掉烟站起来。吴耕夫和姜丽文坐上车,吴耕夫就对周家车说:"去雅培大戏院。"

　　周家车奔得很快,虽是秋天,但依然是满头大汗。到了雅培大戏院,吴

第二十章

耕夫说:"家车,谢谢你。耽误了你的生意。"

周家车说:"吴先生,你讲这话就太见外了。大家都住在一只院子里。相邻相亲的,我只是做了我分内的事。我两个小人被打伤了,你吴先生还勿是带来礼品半夜里来探望我们。"这时刚好有人要找车,周家车说着朝吴先生点点头就去接客人了。

吴耕夫把姜丽文带到二楼的协理办公室说:"姜丽文,你先坐一歇,我马上就回来。"

果然,只有大约十几分钟辰光,吴耕夫就领着刘绣娟、翠玲来了。

刘绣娟说:"丽文,你咯事体吴先生全告诉我了。唉,以后遇到啥事体,同我或者吴先生商量商量再讲呀。你看你,这几个月吃的那个苦。"

姜丽文说:"绣娟姐,以后我再也勿可能遇到咯事体了。被人这么骗一次还勿够啊!"

刘绣娟说:"丽文,对勿起,我说走嘴了。那时我在为难的辰光是你丽文帮了我一把,今后你有啥困难也跟我说一下,如果你还把我看成阿姐的话。"

吴耕夫说:"勿说这些了,姜丽文,我们走吧!"

刘绣娟说:"慢!"然后从自己的钱包里抓出一把大洋,起码有十几元,塞给姜丽文说:"丽文,你要看得起我就收下。我记得你的钱都被那个流氓骗走了,再过个把月正是你用钱的辰光。你要勿肯要,就算我借给你的。其实这点钱,只是一把小麻将的输赢,你就收下吧。"

姜丽文接过大洋说:"绣娟姐,以后我一定还你。"

吴耕夫领着姜丽文下楼时,姜丽文问:"吴先生,我们去哪儿?"

吴耕夫说:"刚才在排练间,我把你的情况同王老板、贾老板一讲,王老板说,他在禾稼路联珠里有栋石库门房,东厢房的一位房客刚好搬走。现在空着还没有租出去,那间东厢房还比较宽敞,可以住两个人。绣娟让翠玲先服侍你几天。等找到好的娘姨,再接回来。"

姜丽文的心头一热,鼻子一酸就想哭。

吴耕夫要了辆三轮车,到了禾稼路联珠里23号。吴耕夫把王雅培写的条子给了二房东,二房东柴家姆妈五十多岁。胖胖的圆鼻头,小眼睛挺和善的,看过王雅培的条子后说:"既然是王老板安排咯,那我领你们去看看房间。"那间天井边上的东厢房果然很宽敞,里面有两张床,一只脸盆架,都是空的。柴家姆妈讲:"只有这几样东西,其他的东西你们自己添。"

不一会儿,翠玲也来了,带来了床单、被子、毯子。吴耕夫又到旧货市场上买了两把椅子,一只折叠的吃饭桌子。一切都布置好后,就很像一个温馨的家了。比她表姑的那间棚户房不知要好多少了。

吴耕夫对姜丽文说:"姜丽文,你就安心住下吧,有什么事情,让翠玲来通知我或者通知刘绣娟都行,我走了。"

姜丽文扑地跪下泪流满面地说:"吴先生,谢谢你!"

吴耕夫说:"姜丽文,快起来,别这样。刚才家车勿是讲了吗?我们都住在一个院子里,我只是做了我分内的事。"

第二十一章

　　勿要看聚德里36号是在弄堂底的一只小院子,里面住着包括南庄俊、刘绣娟在内的十四户人家,但每天一清早起,以水池为中心就热闹起来了。因为水池边是大家都要集中起来用水咯辰光,人离勿开水跟鱼儿离不开水一样。虽然鱼在水中游,离开水就要死,但人离开水试试？一样要死。所以水池是院子里的人集中的地方,也是人们传递各家信息最多最快最集中的地方。

　　"姜丽文,到哪里去了呀？姜丽文到哪里去了？哪能这么长时间没看到她了啦！"宋云霞假模假式地在院子里到处问。姜丽文暂时在院子里消失的原因已经是公开的秘密了,粟海仙早就贴着人的耳朵一家一家地告诉给别人听了。但大家还是装着勿晓得,到姜丽文消失有一个多月后,院子里才公开地谈论起这件事来。粟海仙洗着一条鱼,摇着头感慨地说:"唉,女人啦！心肠就是软,被男人哄哄,啥么是心肝宝贝啦,啥么是没有你我就会死啦。啥么是天下的女人我只爱你一个啦,就这么上钩了。

所以天下的男人都是骗子,想方设法就是要哄女人跟他上床,出了事体呢?屁股一拍,溜之大吉,好像跟他啥事体都勿搭界,担子全落在了阿拉女人身上。"这话显然是说给院子里的人听的。意思是她与刘广明的事情也是那样,是刘广明哄着她上床的。其实院子里的人,啥人勿晓得是她粟海仙熬勿牢女人那种需要去勾引刘广明这个高大英俊虽然表面上和和气气但骨子里却很刚硬的男人的。但大家听了也勿同粟海仙辩。刘广明老婆王桂莲听到了也只当没听见,事情都过去了,还提它做啥?

　　院子里的人也都知道姜丽文被一个冒充五金店老板家的小开骗了,勿但骗了色,而且还骗走了全部的家当,并且还怀上了那个骗子的小人。但院子里的人还是同情姜丽文的居多。一是姜丽文在院子里人缘还勿错,二是姜丽文与吴先生的关系勿错,吴先生在院子里是个受人尊敬的人,与受人尊敬的人关系勿错,自然大家也觉得这个人勿错。所谓近墨者黑近朱者赤是也。

　　那天傍晚周家车兴冲冲地推着黄包车回来吃晚饭,对粟海仙等人说:"姜丽文寻到了,姜丽文寻到了。"热心的人都走过来听,只有宋云霞站得远远地竖着耳朵听。"我把这件事告诉吴先生,你们勿晓得哦?吴先生为了保护刘绣娟勿受魏老板欺辱,被魏老板打了一顿,屁股打得皮开肉绽的,要让吴先生劝刘绣娟嫁给魏老板当三姨太。吴先生说,'人家是有老公的人,我吴耕夫绝对勿做那种缺德的事体。'结果魏老板发现吴先生软硬勿吃,做人铮铮铁骨,反而觉得吴先生是个值得敬佩的人,提出要跟吴先生做朋友,还向吴先生负荆请罪,还给予身体与精神上的赔偿金。"

　　陆家禾说:"有多少钞票啊?"

　　周家车说:"钞票上的事体你好随便打听咯啊?其实吴先生的屁股伤还没有好透,我就拉着吴先生到姜丽文住咯地方。铁路边上的棚户房呀,比阿拉咯搭的差远了呀。姜丽文住在她表姑的房子里。房子里轧进两张床,就连站的地方都没有了,中间用床单当帘子拉了拉。唉,姜丽文肚子也已经好大了,可能快要生了。以前,姜丽文每次外出,穿得有多鲜亮啊!蛮像个太太、小姐咯,可现在看看,就像个讨饭的叫花子。没办法同以前比咯。唉,所

第二十一章

以讲啊,人勿能失足咯啦,有人讲一失足成千古恨啊!现在好了,吴先生找到她,还帮她在禾稼路联珠里23号找了间东厢房住下来了,还让陪刘绣娟的翠玲去服侍她。我刚才路过联珠里时去看了她。她也刚从她表姑那儿回来,还说要谢谢吴先生,也要谢谢我,因为是我看到她才去告诉吴先生咯。"

大家听了都满心喜欢,好像都放下了一块在心上压着好久的大石头似的。

院子里的梧桐树树叶又都飞到了地下。第二天一早,阿珍就把院子打扫干净了。因为她要在树干上绑绳子晾晒洗好的衣服。西北风也开始整天呜呜地叫了起来。阴冷的冬天,使上海似乎萧条了勿少。然而到过春节的前些日脚,大街小巷又都热闹了起来。宋云霞的姆妈宋周氏从乡下到上海来了,说是要跟女儿女婿在上海好好过个年,看看上海过年会有多热闹,而巧的是,周家车姆妈周杨氏也从乡下到了上海,也准备同儿子一起过个年。宋云霞的母亲宋周氏从乡下带来了两只鸡,而周家车的母亲却带来了两只鹅。宋云霞就有点勿高兴了。说:"姆妈,你哪能只带两只鸡来啦?你看看隔壁人家,带来两只鹅!穷人都比我们强,塌台哦!"

宋周氏说:"你老公在上海开油漆作坊发了财,可是钞票哪能一分钱都没有寄回去啦。现在觉得没有面子了,面子是要靠钞票撑起来的呀。乡下屋里穷,你又勿是勿晓得。"

再过几天就是年三十了。聚德里36号院子中间的水池周围就更热闹了,洗菜,洗肉,刮蹄骹上的毛,拔烫杀死了的鸡和鹅身上的毛。人声鼎沸,热闹非凡。

周杨氏在弄鹅毛时,一直盯着宋周氏看。而宋周氏也不时地看看周杨氏。两个人同时叫起来:"你勿是李杨村咯阿芳吗?"而周杨氏说:"你勿也是李杨村咯阿芸吗?"两人一下子热络起来了。大家都感到很惊奇,宋云霞与周家车这两家邻居可是水火不相容的呀。

周杨氏说:"咯我的女儿呢?"

宋周氏说:"宋云霞就是你女儿呀!你送给我的时候才刚断奶,名字还没有起呢。我们就给她起了个名字叫宋云霞。"

粟海仙在边上听到了,说:"咯么宋云霞与周家车是姐弟俩了?"周杨氏说:"是呀!而且是亲姐弟。都是我肚子里生下来的。"院子里顿时一片哗然了。

据周杨氏说事情是这样的:周杨氏生了四个女儿后,盼望第五个是儿子,结果生下来又是个女儿,家里又穷,可周杨氏的男人非要再生一个,说:"把这个女儿送人!"宋周氏婚后一直无子女,刚好又是同村的,于是周杨氏就把这个女儿送给了宋周氏家起名宋云霞。宋周氏家想养女同亲生父母生活在一个村一起总勿大好,于是就抱着一岁未到的宋云霞,搬到离他们村二百里地的远亲家去了。从此两家自然断了信息。谁想将近快三十年了。两个老太婆还认出了对方,都说老是老了,但大模样没啥变化。想勿到两家相认后,全院的人都无语了。大家大眼瞪小眼地相互对视着。周杨氏还算机敏,马上轧出了苗头,问粟海仙说:"阿姐,哪能桩事体啦?宋云霞是我的亲生女儿呀!你们都大眼瞪小眼的做啥?"

陆勾氏太胖,蹲着洗菜太吃力,这时站起来,抖了抖她那滚圆的肚子似乎不相信有这么巧的事说:"咯么,那周家车就是宋云霞的亲弟弟嘞?"

周杨氏说:"是咯呀,都是我生咯呀。哪能啦,你们做啥这么吃惊啦?"

粟海仙嘴皮子嗤了一声说:"咯你就去问问你咯亲生女儿宋云霞,再去问问你咯亲生儿子周家车去,啥都清爽了,天下会有这么巧的事,事隔三十年,送给人家咯阿姐就同自己的阿弟住在贴隔壁。阿姐还天天骂亲阿弟一口一个穷逼,还把自己的两个亲侄子一个敲断手臂,一个敲断腿骨。天下竟有这样的亲阿姐。真是出了鬼了,人在做,天在看。报应啊!"

粟海仙这么一说,宋云霞的养母宋周氏愣在那儿无语了。周杨氏呆傻了一会儿,索性鹅也不洗了,撂在水池边就跑回家。周家车出车去了,李凤英在屋守着孩子,怕孩子又会到水池边去惹事。周杨氏回来就问李凤英有关她孙子被打断手臂与腿的事。李凤英就一五一十地告诉给婆婆听。气得周杨氏从菜板上拿起把切菜刀,奔回到水池边上。宋云霞正在问宋周氏说:"那个女人是我亲姆妈吗?"

"是咯呀!"宋周氏说,"是她亲自送到我手上咯呀。那个周杨氏就是你

第二十一章

亲生姆妈呀！"

宋云霞张开嘴，半天说不出话来，而这时周杨氏已经拿着菜刀奔回水池边，站在她宋云霞身边了，吓得宋云霞看着周杨氏手中那把刃口明晃晃的切菜刀说："你咯个女人，想做啥？"

周杨氏说："我咯个女人？我咯个女人哪能会生下你这样一个蛇毒心肠的女儿啊？"

宋周氏一看苗头勿对，忙说："云霞，叫姆妈，她是你咯亲生姆妈呀！"

宋云霞抖着嘴唇说："姆……姆妈……你要做啥啦？"

周杨氏说："要做啥？"她把菜刀往宋云霞的身边一扔，刀碰到水泥地，咣当一下还蹦出了一星火花。周杨氏说："宋云霞，用刀剁脱你自己的两只手指头。你要勿剁，我来剁！"

宋云霞看着周杨氏，不知说什么好。忽然灵机一动说："姆妈，当时你为啥要拿我送人啦？"

周杨氏说："我把你送给宋家，但我并没有让你这样做人。竟打断我两个孙子的胳膊与腿。那两个是你亲侄子哎！"

宋云霞说："我又勿晓得是我阿弟咯小人啰。"

周杨氏说："对别人的小人就可以了？我还听凤英讲，你天天骂你阿弟家的人一口一个穷逼，一口一个穷逼。你可是在骂自己啦！剁，拿刀剁掉你的两个指头。"

宋云霞说："姆妈……"她求饶了，两行眼泪流了下来。她当然根本勿会想到事情竟会这咯样！

这时齐鲁江过来劝周杨氏说："姆妈，你回家去歇一歇，我相信云霞是你亲生女儿，你勿会忍心让她剁去两只手指头咯。"

宋周氏也过来劝说："亲家，是我没有教育好云霞，你先回去歇一歇，消消气。"

周杨氏回到家中，对李凤英说："凤英，你去洗鹅去，我来看咯两个小人。"

李凤英走到水池边继续洗鹅，突然12号里传出周杨氏伤心的大哭声。

原来周杨氏抱着两个孩子，痛哭流涕，大声地哭喊着："想勿到打断你们胳膊腿的是你们的亲姑妈呀！这是我造的孽呀！我咯菩萨哎——"

大家听了心里都感到一阵阵地发酸。

宋云霞的心被深深地触痛了，她精神上的压力使她感到自己已经连气都喘勿过来了。刘广明的女人王桂莲是个话语不多但很善良的女人，一口苏州话讲得是糯得勿得了。自己老公刘广明与粟海仙私通，说她一点勿吃醋也勿可能，但她却是个心里可以撑船的女人，在这个院子里，她从没同人吵过架斗过嘴。她老是说："哎哟吵啥吵吵啥，芝麻绿豆咯事体有啥好吵的啦。火头上避避开，过几天气消了，勿是就没有事体了啦。"还说："吃点亏就吃点亏了，吃点亏也穷勿死，没吃这点亏也勿见得就会发起来，只要勿出什么大事心平气和地过自己的日脚就好。"在院子里，大家很少看到王桂莲与刘广明脸红脖子粗的辰光。就连刘广明与粟海仙通奸的事，她都能勿放在心上，还说是自己的男人英俊有魅力。但有一点大家都很清爽，就是王桂莲自从老公与粟海仙私通后，就从来没有同粟海仙说过一句话。

宋云霞与王桂莲的男人都开着油漆作坊，又是邻居，但王桂莲很少同宋云霞有什么交往，也很少搭讪。王桂莲暗地里说宋云霞这个女人太凶，吵她勿过，要少惹是非就躲着她一点哦。但那天早上，漆匠们都来作坊上班，四下里弥漫着一股子猪血、油漆的味道。宋云霞就主动找王桂莲说话了，宋云霞说："桂莲啊，你看我哪能办？我那个亲妈非要让我剁掉自己两只手指谢罪。这我做勿到呀，勿管哪能讲，她毕竟是我亲生姆妈，我现在在她眼里就是只像恶狼一样的女人。"

王桂莲："你想认咯个亲生姆妈哦？"

宋云霞说："自己姆妈呀，哪能好勿认咯啊。自从我晓得我是个从小就送给人家的人，我就一直在找自己的亲生父母。啥人晓得会咯个样子咯，住在我隔壁的就是我阿弟，还出了这么大的事，我咯命真苦啊！"

王桂莲说："你要认咯个亲生姆妈，你就要想办法让她接受你。"

宋云霞说："啥办法啦。我勿能真咯剁掉我两只手指头哦。"

王桂莲说："宋云霞，我也是女人，头发长见识短，做这件事最好去请教

第二十一章

一下吴先生。"说着她就走了,说还要上街去办年货,她勿想与宋云霞说得太多。宋云霞知道王桂莲也勿愿意搅和这件事。

这个亲生姆妈就在眼前,就在自己隔壁,还有这个亲阿弟,认勿认?宋云霞心揪得真想大哭一场。吴先生曾对她说:"你的手也太狠点了。"她还说吴先生:"勿要多管闲事。"现在她越想越后悔啊!

阴沉沉的天空竟又撒下纷纷扬扬的雪花来了。开始是小小的雪粒,后来变成了雪花。在上海滩一年中能看到雪花的也没有几天。在路灯下,那雪花在灯的光亮四周一闪一闪地发光,煞是好看。粟海仙是个热心而又好管闲事的女人,吴耕夫、刘绣娟一伙回家时,粟海仙就又钻进吴耕夫的屋子里,把上午在水池边发生的事详详细细地讲了一遍。还惊叹地说:"吴先生你看看,世界上还真的有这么巧的事哦,怪哦?"

吴耕夫听了也感到有点吃惊,这个世界真的是很怪异很诡谲的。

第二天早上,雪还在下,地上已铺上了一层薄薄的积雪,阿狸阿猫已经在门前堆雪人了。吴耕夫出门,宋云霞就追了上来说:"吴先生,我屋厢的事体你晓得了哦。"

"晓得了。"

"哪能办啦?"

"你不是不让我管闲事吗?"

"吴先生,求求你了。"

"事情其实很简单,好好做顿年夜饭,让家车全家,连同你姆妈一道吃顿团团圆圆咯年夜饭。中国人有句话说,度尽劫波兄弟在,相逢一笑泯恩仇,更何况你们是姐弟俩。你还是你姆妈咯女儿,虽然送别人了,但肉还连着筋呢,但你先得跟你姆妈认个错。"

"谢谢吴先生。"

阿兴开着车来接他们了,吴耕夫上车时,刘绣娟对吴耕夫说:"家车家与宋云霞的事,吴先生晓得了哦?"

吴先生点头说:"粟海仙昨晚告诉我了。"

刘绣娟一笑说:"昨晚她在你那儿讲过后又跑到我这儿来讲一遍。唉,人太闲了,没有什么正经事体来做,就爱传话!"

吴先生说:"是因为心太闲了,活着太无聊才会这样。不过做恶事总会有报应的,只不过出现的形式不同罢了!不过有报应总比没报应的好啊,不然人就真会和尚打伞无法无天了。"

刘绣娟知道吴耕夫后面的这句是针对宋云霞说的。

第二十二章

宋云霞也可能真的良心发现了,中国人历来把亲缘关系看得很重,在农村,家族的族长就有很大的权威与权力,就是这个亲缘的力量在起作用,这种潜在的力量也使宋云霞感到心里的压力,她竟打断了亲弟弟两个儿子的胳膊与腿,那可是她的亲侄子啊!所以她感到自己真的做错了。她从吴耕夫身边回来,直接朝周家车家走去。周家车正要出车,她一把拉住周家车说:"阿弟,你来。"

宋云霞把周家车拉回家里。一进门就扑通跪在了周杨氏的跟前说:"姆妈,我做错了。"然后痛哭流涕地给周杨氏磕了三个头说:"请姆妈原谅我,我晓得姆妈是肯原谅我的,姆妈呀,虽然就在我刚出生不久你把我就送给了我现在咯个姆妈,但我毕竟是你姆妈身上掉下来的肉啊!姆妈是勿会勿认我这个女儿的。从此以后我一定会孝顺姆妈,会对阿弟跟弟媳还有两个侄子好的。我现在想想真是太后悔了,我没有子女,我应该把咯两个侄子当成儿子待才对,而我却……姆妈,阿弟,弟妹,你们就原谅我好哦?——"

说着她又大哭起来,周杨氏把宋云霞拉起来说:"好了,事情已经过去了。你讲得对,你是我身上掉下来的肉,我哪能会勿认你这个女儿呢?可那时姆妈也没有办法呀。周家穷,才把你送人咯,要勿,哪能舍得呀?"

周家车感慨地叹口气说:"阿姐,姆妈都这样讲了。过去了,都过去了。我真没有想到,你会是我的亲阿姐。"

周杨氏说:"家车,你出车去哦,赚钞票才是最重要的事。"

宋云霞说:"姆妈,弟妹,年夜饭你们勿要做了。就在我那儿团团圆圆地一起吃哦!"

周家车想想也觉得这个世界真神秘,也真滑稽。以前这个贴隔壁而住却像仇人一样的宋云霞竟是他的亲阿姐,现在这个仇人似的阿姐竟跪在他姆妈跟前求饶。他再次出门,回头说:"姆妈,阿姐,那我出车去了。"

鲁迅先生在《祝福》一文中曾这样写道:"旧历的年底毕竟最像年底,村镇上不必说,就在天空中也显出将到新年的气象来。灰白色的沉重的晚云中间时时发出闪光,接着一声钝响,是送灶的爆竹;近处燃放的可就更强烈了,震耳的大音还没有息,空气里已经散满了幽微的火药香。"那晚,在聚德里36号的院子也是这样。

年夜饭还在吃,爆竹声已时时在院子中间响起,到吃完年夜饭,院子里顿时爆竹声震天,第一个出来放爆竹的就是齐鲁江和宋云霞,连同在一起吃年夜饭的周杨氏、周家车、李凤英,还有阿狸、阿猫两个小把戏。齐鲁江与周家车放鞭炮时,两个小把戏拍着手高兴得勿得了。袁根发也出海回来了,一家三口把爆竹放得噼里啪啦响。袁根发已是满面的笑容,因为这一年来再也没有听到粟海仙同刘广明有什么瓜葛。是呀!人勿能太较真儿了,大家都太较真儿了,这日子就没法过了。

朱富贵的两个儿子朱成功与朱成雄在小年夜也回来了。要同阿爸好好过个年,父子们吃个团团圆圆的年夜饭。吃过年夜饭后,刘绣娟就领着南庄俊,来到富贵大爷家拜年。除了刘绣娟,南庄俊捧着两大捧的礼品,还有刘绣娟用红绸带里面装了叮叮当当响的一百块大洋塞到富贵大爷的手里。富

第二十二章

贵大爷勿肯要。刘绣娟说:"干爸,这是女儿孝敬你咯,一年才这么一回。你要勿收下来,就是勿再认我这个干女儿了。"朱成功就在边上说:"阿爸,你就收下哦。"感动得富贵大爷热泪盈眶。

南庄俊给院子里所有成年男人都散发了他的白锡包香烟,每敬一支都要说一句:"新年发财!"然后他手提大爆竹,直送天空,高兴地咧着嘴哈哈大笑,像个小人一样,院子里的人都喜欢南先生。

这个院子里的人说,这个年三十是他们过得最快活的一个除夕夜,一辈子也忘勿脱。

过完元宵节的第二天清早,吴耕夫在周家车出车前走到他跟前同他说了几句什么话,周家车就一个劲地点头。宋云霞也走出门口要去小菜场买小菜,看到吴耕夫就笑着说:"吴先生早啊!"吴耕夫忙点头说:"你早,你早。"周家车说:"阿姐你去小菜场啊?我带你走。我刚好路过小菜场。"宋云霞就坐上周家车的黄包车,一路出了弄堂。看来,姐弟俩真的和好了,吴耕夫也笑着点点头。

吴耕夫、刘绣娟一行人又坐车去戏院后,院里的人发现吴耕夫的女人李月桂拿着钥匙开门进了姜丽文的房间。宋云霞买小菜回来后,就在院内发布消息说,姜丽文要回来了。中午周家车顺路回家时,把姜丽文也捎回来。

"小人生了哦!"粟海仙问。

"生了个男小人,白白胖胖咯!阿拉阿弟去看到了呀!"宋云霞说。

果然,中午时分,周家车拉着姜丽文抱着个包得严严实实的小毛头回来了。周家车扶姜丽文下车后,李月桂就奔来为姜丽文开了门,走进那间她既熟悉又陌生、已经让李月桂收拾得干干净净的房间。院里的人都围过来,想进门去看看小毛头。但李月桂走出来说:"姜丽文想歇口气,大家等一歇再来看哦。"大家也都点头说:"好咯,好咯。"其实大家也都出于好奇心,想看看这个私生子到底长得啥样子。

第二天,吴耕夫又为姜丽文请了一位三十几岁的娘姨,据说是当过奶妈的人。不久,院子里的人又看到一位穿着旗袍外面套上一件风衣、穿着高跟鞋的姜丽文了。在傍晚时分,亭亭玉立,软软地扭着匀称而优雅的腿走出弄堂,坐上三轮车去舞厅赚铜钿去了。无论什么人,谋生才是第一位的事呀。

有人说,人只要一有了某种邪念就是件很可怕的事,如果有了邪念而又钻进牛角尖里出勿来,那就更可怕了。7号的杜丰林就是这样,自从他有了想占有13号的阿珍的念头后,那欲望好像变得越来越强烈,而且时不时都会去骚扰一下阿珍,气得阿珍骂:"杜丰林,出呐娘咯逼啊!你要再咯样子,当心我同你拼命!"杜丰林嬉皮笑脸地说:"好呀,啥辰光我就同你拼一拼,看你是拼得过我,还是我拼得过你,我告诉你听,我要勿吃到你咯只鲜桃子,我就勿姓杜!"

那些日子,院子里的人似乎没有再听到7号阿芳那很刺激的尖叫呻吟声,阿芳的肚子又鼓起来了。就在姜丽文抱着娃娃回到院子里的前些日子,阿芳也生了个男孩,阿芳是个很低调的人,从来不在人跟前招摇,院子里的人能见到她时就是她在水池边洗菜,淘米,洗衣服,一般她都捂在家里。虽然她的老公杜瘌痢很招人烦,但她在维护自己的男人上,却一点也不含糊,因为她觉得既然做了这个男人的老婆,她就应该维护自己的男人,所以有时候她也要帮她这个男人说上几句话,但她又很低调,只是在表明自己维护老公的态度。孩子生下后,据说又是个男孩,她很少抱着孩子出来,所以院子里的人很少看到她孩子长得什么样。用粟海仙的话来说:"懒得同咯种人搭讪。"

过年那几天,杜丰林似乎同他的那几个流氓兄弟不知在哪儿发了一笔财,得意得勿得了。春天了,梧桐树又长出了翠绿的嫩叶,天气也变得暖和起来。杜丰林可能是真的发了财了,穿起了绸缎面子的对襟衣服,虽然头上有块秃了的疤块,但整个头的头发却梳得油光光的。穿着府绸的宽裆裤,煞有介事地牵着也秃了块头皮的阿丽,还叼着根雪茄去水池边上,在阿珍跟前晃来晃去,显然是在阿珍面前炫富。阿珍只顾埋头洗衣裳,理都勿理他。大约一直晃着到快中午了,杜瘌痢的小兄弟阿毛头匆匆来找杜丰林,似乎有什么好事似的高兴地在杜丰林耳边叽咕了几句。杜丰林这才牵着阿丽出了弄堂。

傍晚,杜丰林牵着阿丽回到院子里时,阿珍正在收晾干的衣裳,杜丰林

第二十二章

看着阿珍则是一脸的淫笑。宋云霞、粟海仙、李凤英都为阿珍捏了把汗。

第二天天还没有亮,阿珍家果然又出事体了,乒乒乓乓一阵打后,只听得杜丰林一阵阵地尖叫着,逃出了阿珍家的房门,捂着满是血的脸,手指缝里,还滴滴答答地往下滴着血。然后是阿珍把许多金银首饰绸缎布匹扔出了门外,散落了一地。据阿珍讲,凌晨天还黑魆魆咯,她就被轻轻地撬门声惊醒。她下意识地感到肯定又是杜癞痢在撬门。在这之前,她就做好了准备,反正杜癞痢"癞蛤蟆想吃天鹅肉"的心勿死,他早晚还会做出侵害她的事的。所以阿珍请人弄了一副铁手指罩,只要往手上一戴,就是五只又尖又弯的铁手指,她是为了防身。

杜癞痢撬她家的门已撬出经验,门撬开后,用一根弯铁丝往中间一顶就把顶在门上的一根棍子推在地上,而且他立马打开了门边上的电灯开关,开亮了屋里的电灯。阿珍与福弟举起棍子就要打,杜癞痢拎着只布袋说:"阿珍,你勿要打,你先听我说。"说着,他就打开布袋,往桌子上倒与掏,金耳环、金项链、金手镯、金戒指上还有一颗亮晶晶的小钻石。接着他掏出几块绸缎与布匹说:"阿珍,这是聘礼。你做我姨太太哦。你可以天天穿绸戴金,吃喝玩乐,用勿着这样苦地洗衣裳混饭吃了。你要勿肯做我姨太太,做我太太也行,我让阿芳做我咯姨太太,哪能?我阿林这么疼你,你心里就没有一点数吗?"

阿珍说:"杜癞痢,你把这些东西给我拿走!给我滚!做你的姨太太?你想都勿要想!你要勿滚我棒头就要上来了。"

阿珍由于刚从床上下来,还没有来得及穿衣裳,所以还是内衣内裤,高耸丰满的、充满青春活力的乳房,那两条雪白粉嫩的大腿,顿时勾起了杜癞痢咯好色之徒的强烈欲望,他猛地冲上去抱住阿珍,阿珍那戴着铁爪钩的手用力往他脸上一抓,杜癞痢惨叫一声,冲出了门外。

院里的人都晓得杜癞痢又闯阿珍的房子了,也都纷纷出来。地上已散满了阿珍摔出来的东西。天也刚刚有点发亮,那金首饰在微弱光亮中闪着金灿灿的光。阿珍那铁爪钩一定抓得很狠,鲜血流了一地,杜癞痢捂着流血的面孔勿敢松手,血还不住地往外流,往下滴。吴耕夫也出来了,对阿芳说:

"快送你老公去医院。"

阿芳哭丧着脸,扶着捂着脸的杜瘌痢出了弄堂。哈巴狗阿丽也跟着奔了出去,散在地上的金首饰与绸缎谁也没有去动,包括阿狸、阿猫那两个小把戏。

杜丰林被阿芳扶出弄堂后,院子里的人就议论开了,宋云霞说:"咯只杜瘌痢是淫心勿死,就应该让他吃吃咯苦头。"

粟海仙说:"阿珍,你今后要当心呀。杜瘌痢勿会轻易放过你咯呀。"

刘广明说:"阿珍,你应该报警去。杜瘌痢这属于强奸未遂!"

阿珍只管在水池边上洗衣裳,她的心里也有点忐忑不安而且有点恐惧。

大约两个时辰,阿芳扶着面子绑满纱布的杜瘌痢回来了。杜瘌痢是什么也没有说,回到房间,阿芳出来,捡回散在地上的金首饰和绸缎,也是什么话也没有说。

大家都没有想到,这件事后院子里平静了好长辰光。十几天后,杜瘌痢揭去了面孔上的纱布,留下了五条结了疤的伤痕,原先还算得上英俊的脸显得很恐怖,但他依然是一副英雄气壮的样子,每天早上牵着阿丽走出弄堂口说是去"做生意去"!说"勿做生意全家就得喝西北风",还说"所以做男人就要有做男人咯样子"!但院子里的人谁都勿晓得他做的是什么生意,而每天夜里院子里的人仍听到阿芳那深受刺激的尖叫声。后来院子里的人传出了一些讯息,杜瘌痢在做"毒品生意",怪勿得一下子变得那么有钱。

杜瘌痢的脸上永远留下了那五条伤疤。虽然伤疤脱了,但伤痕还在。有人说这是他好色欺侮女人留下的"牌照"。每次他牵着阿丽出门,看到阿珍在水池边洗衣裳,有时会恶狠狠地说:"阿珍,你等着总有一天我也会让你咯只逼永远见勿得人。"

阿珍说:"好咯呀,我就等咪!你咯只下作坯要还想尝尝我阿珍铁爪手的味道的话,你就来。"

杜瘌痢说:"你勿要嘴硬,等到那一天,你哭都来勿及!"

已是暖春时分,不冷也不热,那是最让人舒服的日脚,也是男人与女人,尤其是女人最可以打扮自己招摇过市的时候。那些天,姜丽文总是把自己

第二十二章

打扮得漂漂亮亮的,穿着绸缎的裙袍,红的、蓝的、黄的、绿的。她生过孩子后身段反而更匀称更丰满更优美了。吴耕夫为姜丽文请的是一位三十几岁的女佣做娘姨兼奶妈,是苏州乡下人,叫刘荷花,姜丽文就叫她刘嫂。

这位刘嫂长得结结实实的,两个耸在胸前的乳房里面似乎灌满奶水。这是位能干、和善的女人,一口苏州话同王桂莲一样,嗲嗲的,糯糯的,自从与王桂莲相识后,两个人经常在一起。一个奶着小把戏,一个嗑着香瓜子,可以聊好长时间。

姜丽文给他的儿子起名叫佳佳,男不男女不女的,因为两者都可用。姜丽文说我是存心这么给小人起这个小名咯,既是男小人也是女小人,既当儿子又当女儿,反正我勿可能再结婚再生小人了。粟海仙说:"你想单干一辈子啊?"姜丽文长叹了一口气说:"男人都是孽障啊!我这辈子勿可能再找什么男人了。我就跟我的佳佳过一辈子了。"

佳佳长得真是人见人爱,雪白的皮肤,大大的漆黑的亮亮的眼睛,圆嘟嘟的嘴巴,一笑起来还有两个酒窝。刘嫂抱着在院子里走,人人都想去抱他一抱,连陆勾氏这样薄情寡义的胖女人也会去要来抱一会,然后感叹自己生了六个小人,没有一个活下来的,活得最长的是个女儿,到七岁时,出了一趟疹子,也死了,从此再也没有生育。有人就讲,都是你老公陆家禾听墙头听坏脱咯。人家家的墙根可以随便听咯啊?

有一天早上,跟往常一样,姜丽文要出门,在走出院子门前,她一定要抱抱佳佳在他脸上亲几口,再还给刘嫂,然后再出院门。那天上午大约九点钟勿到,院子里的人都在生炉子准备做中饭,有一个五十几岁的女人,打扮得很时髦,人也长得很端庄,她一进院门,刚好看到宋云霞,就问:"阿姐,请问这里是聚德里36号?"

宋云霞回答那个女人说:"是咯,你寻啥人啊?"

那女人说:"姜丽文。"

宋云霞说:"噢,她住在5号,不过她已经出门了。"

那女人说:"她最近是勿是生了个小人?"

宋云霞说:"是咯呀,你问咯个做啥?"

那女人说:"没有做啥,我只是问一下。"

这时刚好刘嫂给佳佳喂好奶,抱着走到门外。那个女人走上去说:"哎哟,这么漂亮的小人啊,让我抱抱。"

大家都喜欢抱抱佳佳,刘嫂也习惯了。因此那女人虽是陌生人,老实的刘嫂没有在意,抱抱就抱一抱好了,喜欢长得可爱的小孩是人的天性。谁也没想到,那女人抱着佳佳竟然快步走出了院门,直奔弄堂口而去,刘嫂大喊:"喂,老太婆,你做啥——"宋云霞、粟海仙,甚至陆勾氏看到那个女人抱着佳佳要出弄堂口,全追了上去,刘嫂冲到那个女人跟前,想把佳佳抱下来,但那女人紧紧地抱住佳佳勿放。佳佳被抱疼了,哇哇直哭。刘嫂用力争抢,但那女人就抱住不放,胖女人陆勾氏厉害,上去就狠狠地给了那女人一个耳光,接着又给了一个。那女人脸上顿时左右两边都显了五个手指印,哭着喊:"咯个小人是我咯孙子呀!他是我们家唯一香火呀——"

几个女人一起帮忙,刘嫂终于抱回了已哭哑了嗓子的佳佳。刘嫂抱住佳佳狠狠地朝那女人的肚子踹了一脚。宋云霞说:"你是哪里来的疯女人,抢人家的小人。"

粟海仙说:"抓到巡捕房去!"

那女人说:"我是咯个小人咯阿奶!"

宋云霞说:"你讲是了就是啦? 就真是,那也要等姜丽文回来,你寻姜丽文说去,滚!"

刘嫂给佳佳喂上奶,佳佳含着奶头还在伤心,吮着奶时还不时地哽咽一下,经过一场抢婴儿的战争后,几个女人得胜似的回到院子里,回头看着那个女人沮丧地站在弄堂里,一动勿动地流着眼泪……她是佳佳的祖母?

第二十三章

佳佳同样引起了刘绣娟强烈的母性。自从她看到佳佳后，真是喜欢得勿得了。刘绣娟这样年纪的女人，正是母性最强的时候。她真想自己有个孩子，哪怕是个女儿也好。可是自从南庄俊"神经"上出了毛病后，男女之间的事他们似乎已没有什么感觉了。那时爱刘绣娟爱得连姆妈用死来威胁他他都不在乎的地步，但两人真在一起后，他真的忘记了该怎么去做那件事。他老是觉得自己同刘绣娟还没有结婚，因为没有结婚始终是勿可以做那件事体的。两人同床在一个被窝里，刘绣娟把他搂得紧一些，但搂的时间稍长一些，他就说："绣娟，可以了，可以了。我们还没有办婚礼，办过婚礼后再这样抱着睡到天亮。"弄得刘绣娟哭笑勿得。

有时睡到半夜，刘绣娟有点熬不住了，会伸手去摸已睡熟的南庄俊，但奇怪的是，南庄俊有时候还会下意识地把她的手拉开，然后翻身又睡了过去。弄得刘绣娟很失望，她与南庄俊共同生活了那么些年，一直还是个处女。生活在一起时南庄俊已经神经勿正常了,性的欲望竟也会随之消失。刘绣娟知道自己做勿成姆妈了,看到姜丽文生个极其可爱的佳佳后她就急不可待地献出了一腔母爱。每次看到这个皮肤雪白粉嫩,有着又大又黑眼睛的佳佳时,她就会不由自主地抱着舍不得放下。

姜丽文说:"绣娟姐,你要喜欢佳佳,就让佳佳做你干儿子吧,让佳佳也叫你姆妈。"

刘绣娟感动地含着泪点着头说:"好!好!我就当佳佳的干妈好了!"

自从刘绣娟认了佳佳这个干儿子后,她就把佳佳看成她的亲儿子了,比姜丽文还要疼爱这个佳佳,每天早上出门前的第一件事就是去抱佳佳,抱在手上就勿肯放了。让佳佳叫她"姆妈"。那时佳佳还只有几个月,怎么会叫?但佳佳已能用那双黑亮的眼睛看着她笑了。那萌萌的笑容让刘绣娟顿时心花怒放。

"佳佳,叫姆妈,快叫姆妈。"

这时阿兴开着车来了。吴耕夫、富贵大爷也都来了。翠玲也出来说:"少奶奶,你早饭还没吃呢。""勿吃了,勿吃了,走哦。"刘绣娟把佳佳交给刘嫂,就坐车去了戏院。为了能多抱一会儿佳佳,她牺牲了她的早点。

每天早上戏都要过一次场,找找毛病,这样可以让戏越演越精。那天早上过到第二场戏时,刘绣娟就觉得肚子饿得有点要吐酸水。刘绣娟每次过戏都很认真,大多数人都是走走台步,嘴上念念台词就行了,但刘绣娟每次都要认认真真地唱一遍,台词也一句一句认认真真地念,对她的这种认真贾言芳是很认可很欣赏的。

那天上午刘绣娟觉得胃吐酸水影响她唱,就下楼请富贵大爷为她去买点心,填填肚子。她对富贵大爷说:"干爸,北四川路挨着河滨桥那儿有一片叫'一定好'的点心店,那儿每天都有现做的热的鲜肉月饼卖,离戏院朝南最多只有两站路,勿远,你就坐黄包车去,快去快回,我肚子饿了。"

富贵大爷满口答应着就走出戏院,坐上黄包车去了。那"一定好"点心店的确离雅培大戏院勿远,一会儿就到了。热热的现做的鲜肉月饼真的很热销,大家都在排队买。富贵大爷一打听,热的现做的鲜肉月饼要排队买,但冷的鲜肉月饼也有,是一早做的,也是新鲜的,就是冷了。富贵大爷说我要热咯,"那你就排队哦。"

队排得很长,富贵大爷是个热心人,也是个直肠子,往往这样的人也有个倔脾气,他就排队等,想勿到鲜肉月饼要一锅锅出的,一出锅前面几个人就买光了。有的人还很不自觉,甚至把一锅全买光,根本不考虑后面等急了的人。也有抗议这样做的人,怎么光顾自己,我们排队都已经排了这么长时间了,而连锅端的人振振有词地说:"哪能啦?我是排队买咯呀,我就要这么多,我出钞票买咯,又勿是白捡咯啰,合理合法!"

一等等了一个多小时。过场也过完了,但富贵大爷还没有来。刘绣娟饿得有点要晕过去了,如果用现在的医药知识,可能就是血糖有点低了。人一饿,心情就烦躁,心想富贵大爷再哪能,买两只鲜肉月饼也勿能买这么长时间呀!心里越想越火。快要到中午了,富贵大爷才上来,捧着热热的鲜肉月饼说:"绣娟,快趁热吃哦。"

刘绣娟不快说:"干爸,我都饿过头了。"

富贵大爷说:"那你就赶快吃呀!"

刘绣娟说:"我勿想吃了。"

富贵大爷捧着月饼说:"那放在哪儿?"

刘绣娟往一只凳子上一指说:"你就摆在凳子上哦,我等一歇再吃好了。"

富贵大爷一看刘绣娟有点勿高兴了,心里也火了,他主要是排队排了一肚子的火。他面孔一板,转身就下楼去了。

戏院楼下大厅边上有间值班室,平时富贵大爷就在那儿坐着与售票员、清洁员聊天,说闲话,打发辰光。但那天他往值班室里一坐心里突然悟过来了,刘绣娟是从来勿对他端架子的,今朝怎么会这样呢?他突然明白了,在刘绣娟出来卖艺时,需要他这位富贵大爷,因为陪酒陪唱喝花酒时怕会被那些公子儿哥富商官僚们"吃豆腐",她需要有富贵大爷这样的人陪着,而后来她来戏院唱戏,又怕魏老板、沈老板这样的人玩弄她,她也需要他。但现在勿一样了,魏老板的威胁可能勿存在了,沈老板也不会来撞腔了。她现在又有吴先生,又有王、贾两大老板,又有女佣、男仆,而且南先生一直就陪着她,现在勿需要他这个老头子来当她保镖了,他还赖在这儿做啥?怪勿得刘绣娟今朝对他朱富贵端起架子来了。富贵大爷似乎突然想明白了似的猛地站起来,一拍屁股出了值班室,走出大戏院也勿叫黄包车,而是自己大步走回家去了。

吃午饭时,刘绣娟才发觉富贵大爷不在了。问值班室的人说:"回家了。"刘绣娟顿时感到刚才不该给富贵大爷脸色看,人家把热热的鲜肉月饼给你买来,肯定是排队才买到的,自己却给人家脸色看。她心里感到很不安,就去找吴耕夫,把刚才的这事一讲,还有点眼泪汪汪的。吴耕夫听后想了想说:"刘绣娟,我有个想法,我觉得没有必要让富贵大爷每天都跟着来了。他这么大年纪了,每天跟来又没有什么事情做,多无聊啊。再说魏金森的事情已经过去了,有时偶尔来看戏,再也没有为难过你。那时他可能是一时的感情冲动,现在感情上过去了,冷静下来,知道得勿到你,也就死心了。所以我觉得富贵大爷用勿着每天都在这儿辛苦了。"

刘绣娟说:"要是这样,是勿是我做得又太薄情一点了。"

吴耕夫一笑说:"又勿是停他生意,讲勿上薄情勿薄情咯。如果以前每日给他工钱,现在勿让他做了,那才叫停生意。你不过只是经常给他送点酒,送点吃的孝敬他。以后你同现在一样还是照旧这样子做,或者送得更好点。你现在也勿缺那几个钱,这样就勿存在薄情勿薄情的问题了。"

刘绣娟说:"咯倒也是,这么大年纪天天跟着来,也没有啥事体给他做,天天让他坐冷板凳,也真难为他了。那么这样,吴先生今朝我买上几瓶好酒买上一只火腿,再买上香肠、熏鱼、熏肉,你帮我送过去,替我说说。"

吴耕夫说:"刘绣娟,这件事你自己去最好。他是你干爸,你是他干女儿。你去说,把这种关系敲得更瓷实,老人就勿会多心了。"

吴耕夫是个心细的人,戏散场回家后,发现富贵大爷屋子里的灯还亮

第二十三章

着,就敲门进去,发现富贵大爷还在生闷气,于是笑一笑说:"富贵大爷,你勿要生气,明朝一早,刘绣娟会来给你赔礼道歉咯。你老早点休息哦。"

果然,第二天早上,刘绣娟和南庄俊拎着两瓶虎骨酒,两瓶陈年花雕,一只金华火腿,两斤广式香肠,还有两块腊肉,一条鳗鱼干,到富贵大爷家来。富贵大爷看到刘绣娟拎着这么多东西,以为真像吴先生说的那样是来道歉的,忙说:"用勿着,用勿着,我这就跟你们去戏院。"

刘绣娟忙说:"干爸,你听我讲,昨天吴先生让我来对你讲,你用勿着天天都去戏院了。每天你都这么干坐着,真是难为你老人家了。干爸,我为昨天的事向你道歉,是我这个做女儿的勿懂事体,你辛辛苦苦为我买来热气腾腾的新鲜的鲜肉月饼,我却还给你脸色看,实在是对勿住你老人家,女儿在这里给你赔礼了。以后你用勿着天天跟着我们去了,到我有事体需要你帮我时,我再来叫你。干爸,你看好哦?以后女儿还会像以前那样来孝敬你老人家的。"

富贵大爷听后,突然泪湿脸腮,说:"好,好,我也是这么想咯。既然吴先生这么说,那就按吴先生的话做哦。"

刘绣娟含着泪说:"干爸,你永远是我刘绣娟的干爸,咯点绝勿会变!"

南庄俊抽出一支白锡包香烟递给富贵大爷,富贵大爷一笑说:"干女婿啊,干爸是勿抽烟咯,你勿晓得?"

"噢,噢,噢……"南庄俊点头说。

刘绣娟匆匆吃了早点,姜丽文还在睡觉,刘嫂抱着佳佳在门口。刘绣娟又去抱佳佳亲了亲,准备同吴耕夫、翠玲、南庄俊一起上车。但那个自称是佳佳阿奶的女人又来了。昨天夜里吴耕夫从富贵大爷家出来回家时,粟海仙就拉住吴先生把佳佳阿奶要抱走佳佳的事同吴先生说了。吴耕夫说:"天下还真的有这样的女人,自己的儿子把人家女人白相了,还要把人家的小人抱走,太勿要面孔了。"

吴耕夫、刘绣娟等人坐上阿兴的小车走了。那个女人走进院子里,抱着佳佳在院子里转悠的刘嫂看到那女人,就抱着佳佳迅速地回到屋里,而那女人从粟海仙家搬了张小板凳往姜丽文的门口一坐,抽起烟来,抽的还是美丽牌香烟。

不一会儿姜丽文就出来了。刘嫂抱着佳佳站在后面。那女人一看是姜丽文出来了,就站起来了,用很平和的口气说:"姜丽文,我晓得你每夜都很晚回来,所以没有敲你的门,好让你多睡一歇辰光,既然你起来了,那我就可以跟你讲了,你把我的孙子还给我哦。"

姜丽文说:"你的孙子,你哪来的孙子?"

那女人指着刘嫂抱着的佳佳说:"咯就是我咯孙子,你看见哦,眼睛、嘴巴跟我咯正杰长得一模一样。"

姜丽文说:"金郑氏,你勿要瞎七搭八好哦?咯勿是你咯孙子。"

金郑氏说:"咯个小人勿是你同正杰生咯?"

姜丽文说:"勿是!"

金郑氏说:"那是同啥人生咯?"

姜丽文说:"同别咯男人,勿可以啊!我做的就是咯种生意!"

金郑氏说:"你勿要骗我,正杰告诉我讲,你虽然是个舞女,但勿是那种乱七八糟咯女人。你怀小人的辰光,正杰告诉我,你只同他一个人好过,没有同别的男人有啥风流咯事体。至于你现在哪能,我勿晓得,但在你同正杰好咯辰光,没有过,所以咯个小人肯定是正杰咯。"

姜丽文说:"是咯又哪能,佳佳是我的儿子,现在跟你一点关系也没有!"

金郑氏说:"姜丽文,你要这样讲就没有意思了,你和正杰是真心相好的。正杰到南洋去做生意,你也是赞成的。要勿,你勿会把你所有的银票和细软首饰统统给了正杰。"

姜丽文说:"是他骗我的!"

金郑氏说:"姜丽文,讲话要凭良心,你要这样讲,正杰在九泉之下都要伤心了。为了发财为了今后好同你过好日脚,正杰把性命都搭上了。你勿能这样没良心啊!"说着金郑氏竟捂着脸又是痛苦又是心酸又是伤心地大哭起来。

第二十三章

　　姜丽文看着大哭着的金郑氏,想说什么但又说不出口,沉默了一会儿,这才说:"要哭回家哭去,勿要在这里哭!都是你儿子,勿但害了我,也害了他自己!"

　　金郑氏说:"还我孙子!"

　　姜丽文说:"那是我的儿子,跟你没任何关系!"说着她让刘嫂抱着佳佳回到屋子里,然后把门砰地关上了。

第二十四章

富贵大爷又与以前一样,每天一清早就起来练功,在梧桐树下拍大腿,拍胸部,脚抬到头顶上,可以金鸡独立上好长时间,然后两手臂在粗壮的梧桐树干上一前一后地拍打好长时间。阿珍起来洗衣裳,看到富贵大爷她就觉得特别亲切,总是一笑说:"富贵大爷,你练功啊?"

富贵大爷说:"阿珍,你这么早就起来洗衣裳,真辛苦。"

有富贵大爷在家,阿珍似乎感到放心了许多。因为"抓脸"事件后,杜瘌痢基本上一走过阿珍的身边,就要撂上几句话撞阿珍咯腔,骂个勿停,还总说:"阿珍,有你吃勿了兜着走的一天,你等着。"

阿珍就讲:"杜瘌痢,我等着呢。你让我吃勿了兜着走,到底会是哪能个招式,我倒要领教领教!流氓!"阿珍洗着衣裳狠狠地回了杜瘌痢一句。

现在富贵大爷不再跟着刘绣娟去戏院,每天早上又在梧桐树下练功,杜瘌痢就勿敢对阿珍像前些日子那样张狂了,只好牵着阿丽,很无奈地走出

第二十四章

弄堂。

勿晓得啥辰光梧桐树那浓密的松蓬蓬的树叶里又响起了知了的欢叫声,唱得热烈而疯狂。天气又开始变热。而那位金郑氏也变得很疯狂,每天早上吃过早点,她就借上粟海仙家的那只小板凳往姜丽文家的门前一搁,就坐在上面慢慢地抽着她的美丽牌香烟。后来粟海仙发觉那美丽牌香烟盒子上画着的美女似乎同这个女人有点像。她大概年轻时同美丽牌烟盒上的美女一样漂亮,如今虽已人老珠黄,但模样与气质,依然可以让人想象到她年轻时该是多么的迷人。所谓半老徐娘,风韵犹在。

就在知了又开始在梧桐树上叫得很响的那天早上。姜丽文实在忍无可忍了,金郑氏刚坐下,还没有把烟点燃,姜丽文就推门走了出来。说:"喂,你神经勿正常是勿是?天天早上坐在我门口,像只看门狗!"

金郑氏说:"姜丽文,你说话也勿要太出克。你同我儿子毕竟有过那种关系,我呢?又是金正杰咯姆妈,是佳佳咯阿奶。虽然你与正杰没有正式结婚,但这种关系是存在咯。我要是狗,那你就是个跟狗的儿子睡过觉的女人了,埋汰别人的时候你也要想想勿要连自己也埋汰进去了。"

金郑氏那勿硬勿软的话让姜丽文的脸红一阵白一阵。

姜丽文说:"你到底要来做哈?想要佳佳?佳佳是我儿子,跟你没有关系。请你以后勿要再来了。我还是要说,我咯用勿着看门狗!"

金郑氏说:"你门前的这块地皮勿属于你姜丽文咯,我坐咯小凳子也勿是你姜丽文咯。我就坐在这里了,哪能?"

姜丽文说:"那是我的家门口!"

金郑氏说:"但没有法律规定勿许我坐!再说,我每天来看看我的孙子勿可以?"

姜丽文说:"就是勿可以!"

金郑氏说:"你讲勿可以就勿可以啦?我偏要来,偏要看!哪能?"说着,又往小凳子上一坐,还叼上香烟又抽了起来。姜丽文气得浑身发抖,然后一脚踢了过去,把金郑氏踢倒在地上。

金郑氏迅速地从地上爬起来,顺手抓起她刚坐的那只小木板凳就朝姜丽文的头上砸了过去。姜丽文的头上顿时鼓起了一个红肿的大包,还渗出血来。姜丽文急忙捂着头,金郑氏还想砸,粟海仙一把把她推开说:"你这个女人哪能咯个样子的啦?我借给你小凳子坐,又勿是让你砸人咯啰。我是看你是个有五十几岁年纪的老人了,看上去也像模像样,有点身份的咯人,才借小凳子让你坐一歇。现在你给我滚!看看样子,应该有点教养,想勿到这么野蛮!"

宋云霞、富贵大爷、阿珍、陆勾氏也都过来了,你一句我一句指责金郑氏。陆勾氏甚至也要动手,她看到姜丽文那红肿起来的额头在流血。李月桂也出来了,把姜丽文拉进屋子里说:"阿拉屋里有急救箱,涂上点碘酒,消消毒。"金郑氏发现姜丽文在这儿人多势众,又都一致对外,只好有点灰溜溜地转身走出院门,但回过头又说:"我咯孙子,我一定要领回去!"

宋云霞说:"佳佳有姆妈,你咯个当阿奶咯领勿走咯。小人跟娘,天经地义。哪有跟阿奶咯。啥人晓得你是勿是佳佳的阿奶呢?"

金郑氏走出弄堂,姜丽文伤口上涂了点碘酒,还贴了块纱布。从吴耕夫家出来,宋云霞她们就问:"姜丽文,咯个女人是勿是佳佳的咯阿奶?"

姜丽文点头说:"是咯。"

粟海仙说:"就真是也勿能把佳佳从你手中抢走呀!"

姜丽文却没有接话茬,而是对大家说:"谢谢各位,我这是自作孽啊!大家回去忙你们的事吧。佳佳她是随便哪能也抱勿走咯,现在佳佳就是我的命啊!"说着心酸地哭了起来。

雅培大戏院的门面与马路中间距离比较大,主要是为了停车。停车位紧挨着马路种着几棵法国梧桐树,现在也是枝繁叶茂,投下了一大片一大片的树荫。吴耕夫协理办公室的窗口刚好面对着马路,所以有轨电车声,汽车的喇叭声,人的说话喊叫声时不时地传进来,很闹猛。开始吴耕夫有点勿习惯,但现在已经习惯了,觉得在这儿做协理也勿错,各方面的条件也都很好。

快到中午的时候,吴耕夫看到王雅培的小车在院门口停下,但坐在车里的王雅培暂时没有出来,阿兴却出来在车边上等了好长时间。等了一阵子王雅培才叼着半支雪茄烟从车上下来。出来后还抬头看了看天,就在那一

第二十四章

瞬间,吴耕夫发觉王雅培的脸色有点勿太好。

王雅培每次来剧院都要到吴耕夫的办公室打个照面,看看有啥事体哦。今天也一样,他上楼后就是到吴耕夫这儿来。吴耕夫发觉王雅培的面色确实勿大好,前额似乎有股阴气,暗兮兮咯。

吴耕夫说:"王老板,你没啥事哦?"

王雅培一笑说:"我能有啥事体啦,没有事体,一切都很好咯,就是这几天搓麻将手气有点背。"

吴耕夫也一笑说:"王老板,手气背咯辰光,千万勿要赌气来大的输赢,小来来,哪怕中来来也可以,千万勿要来大的。"

王雅培说:"吴先生,这是勿是你的经验之谈?"

吴耕夫说:"也可以这么说吧。"

王雅培说:"那吴先生也赌了。"

吴耕夫说:"赌过。"

王雅培说:"但我听说吴先生搓麻将是勿来输赢的,把赢来的钱都还给人家。"

吴耕夫说:"那时我是教师,要为人师表,不能领着赌博。二是我发过誓这一生绝不再赌。"

王雅培说:"为啥?"

吴耕夫说:"勿好讲,就是勿想再赌了。"

王雅培说:"吃喝嫖赌抽,赌也是五毒中的一毒,但赌跟嫖,好像没有哪个社会真正杜绝过。好了,勿讲了,吴先生,人家讲刘绣娟的戏是越唱越有味道,他们还在过场哦?我去看看。"

王雅培下楼去排练厅了。吴耕夫坐在办公桌前,突然想起十年前的事。在湖州府南岗乡里,吴家也有好几百亩的水田,一栋老宅大院,算得上是当地比较有名望的一户乡绅人家。父亲死后,两位姐姐出嫁,这份家业就全留给了吴耕夫。

从小吴耕夫在父亲的严厉管教下,请了私塾先生,可以说饱读诗书。光绪十一年后,科举废除,新的思想不断涌进来,到了民国后,社会变得比较开放了,各种各样不同观点的报纸也越来越多,吴耕夫有时也要浏览浏览这些报纸。所以除了以前学的老八股外他也吸收了一些新的思想,他十九岁娶妻,但却没有生子。

那时父亲死了,他又染上了赌的毛病,赌博上瘾后,真的很难摆脱,而且他手气好,人又有精神,每赌必赢,胆子也越来越大,下的赌注也越来越吓人。但天外有天,楼外有楼,高人之外还有高人。在一次大赌中,他输了个倾家荡产,女人跳河自杀。家人也都四散,连那老宅也归了别人。唯一留下并愿意跟着他的就是他夫人的女仆李月桂。

那时他口袋里还只存下三十几元大洋。当时已有些走投无路的吴耕夫决定要到上海去闯一闯。他就对李月桂说:"你要愿意跟我一起去上海,我们就扮成夫妻一起去,但是是假夫妻,不是真夫妻。要是你不想跟我去,我给你两块大洋,你愿去哪就去哪吧。"李月桂说:"先生,我哪儿也不去,就跟着你,假夫妻就假夫妻,要做真夫妻,也是你说了算。"吴耕夫说:"那好吧!不过我再说一遍,只能做假夫妻。我吴耕夫不好色。"

李月桂说:"这我知道,所以我很看重先生,从我做少奶奶的丫头起,你从来没有把我当下人待。"

吴耕夫说:"月桂,如果这样的话,我就先谢谢你,在我四面楚歌的处境里,你还肯跟着我。月桂,相信我,我到上海后一定好好做人,勿再赌了,我也勿会亏待你咯。"

李月桂说:"先生一直是个好人,我会像以前一样服侍好先生的。"

吴耕夫说:"那好,我们就去上海!"

从那以后,吴耕夫就发誓不再赌,搓搓麻将白相白相可以,但勿赌输赢。

那天晚上,吴耕夫与刘绣娟等回到家里。姜丽文先抱着佳佳到刘绣娟的家,把佳佳交给刘绣娟说:"来,让咯个姆妈抱抱。我要到吴先生那儿有事体要请教。"

刘绣娟看到姜丽文额头上起了个肿包问:"丽文,哪能啦?"

"等一歇回来我再跟你讲。"姜丽文就匆匆去了隔壁的吴耕夫那儿。李月桂已把这事先告诉了吴耕夫。吴耕夫一看姜丽文的额头上肿了好大一个

第二十四章

疙瘩,就问:"要紧哦?"

姜丽文说:"要紧倒勿要紧,就是她下手也太狠点了。"

吴耕夫说:"那个女人是勿是你那个人咯姆妈?"

姜丽文说:"是倒是咯。我与她也见过两次面。但自从她儿子金正杰把我掼脱后,再也没有见过面。"

吴耕夫说:"你那个叫金正杰的男人,晓得勿晓得你怀上没了?"

姜丽文摇摇头说:"勿晓得,他后来到南洋去做生意,就在南洋死掉了。"

吴耕夫说:"那那个女人怎么知道你有了孩子的?"

姜丽文说:"我也勿晓得她怎么晓得咯,然后她就天天早上跑来吵,说是她的孙子,要从我身边抱走。"

吴耕夫生气得一拍桌子说:"岂有此理!自己的儿子白相了人家女人,又骗走了女人的财产,现在还硬要人家的小人。女人就勿是人了吗?"

姜丽文说:"是呀,太勿讲道理了!可是她天天都来闹,我连休息都休息勿好。吴先生,我真不知道怎么办才好。"说着她哭了。

吴耕夫想了想说:"姜丽文你也勿要哭,我看这样吧,明朝我去问问王老板,看看你先前住的禾稼路联珠里23号那间东厢房还空勿空,要勿你还住到那儿去。"

姜丽文说:"咯再好也没有了。可是又要麻烦你吴先生了。"

吴耕夫说:"勿客气。不过那个女人也太蛮横了!"

吴先生赶到戏院,王雅培老板也刚好在戏院里。吴耕夫一问,还好禾稼路联珠里23号的那间东厢房还没有租出去。王雅培讲:"不过租金她要自己付了。"

吴耕夫说:"那是应该的。"

当天夜里,在吴耕夫的安排下,姜丽文就同刘嫂抱着佳佳搬了过去。反正姜丽文头上有那么大的一块肿包,有点破相了,暂时也去勿了舞厅。

第二天早上,金郑氏又来了,问粟海仙借凳子坐。粟海仙说:"姜丽文搬走了呀,你再坐在咯搭有啥用啦?你要借我的小凳子坐可以咯呀,但要给我付租金哦,阿拉的小凳子也勿能白坐咯呀!"

金郑氏的脸一下也变了说:"搬走了！搬到啥地方去啦?"

粟海仙说:"我哪能晓得啦?"

金郑氏突然坐到地上大哭起来,一面哭一面喊:"姜丽文啊,你咯只婊子啊！害死了我的儿子,还要抢走我咯孙子啊！让我孤苦伶仃一个人活在世上啊。老天爷哎,你就可怜可怜我哦！想办法把我孙子还给我呀……"哭得伤心得差点要昏厥过去,那副样子也着实叫人可怜。

粟海仙虽然有点风流,但却是个心肠勿错的女人,被金郑氏哭得心软了。拿出一盆水说:"勿要哭咪,你再哭姜丽文也听勿到咪。快洗把脸,跟我讲讲到底是哪能桩事体,哪能会是姜丽文害了你儿子的啦?"

第二十五章

水池边上只有阿珍一个人在洗衣服。其他女人洗好小菜,正在准备做中午饭。除了那棵粗梧桐树在风中沙沙地响,两片油漆作坊飘出了刺鼻的猪血和油漆的味道外,院子里这时倒很安静。

金郑氏的说法同姜丽文自己的说法很勿一样。姜丽文说的是金正杰骗色骗财后一拍屁股跑路了,她完完全全是个让人十分同情的受害者。而金郑氏的说法是:开始时是姜丽文追的她儿子,金正杰同她跳舞时,每次都要多给她几张舞票,而且说话很风雅,很有礼仪,长得又很英俊,姜丽文就看上了金正杰。后来就一起上馆子,进咖啡厅,有段辰光可以说是形影不离,黏糊得勿得了。金正杰领着姜丽文还到家里来过两次。金郑氏说,当时她看到儿子轧的女朋友长得还可以,蛮清秀咯,说话也蛮有教养,但听说是个舞女,心里就有点勿喜欢。她对儿子说:"人倒是蛮好,可惜是个舞女。"金正杰就说:"只要人好就可以,结婚后勿让她再去舞厅勿就可以了,在上海滩上小开娶舞女多得是。"

粟海仙说："姜丽文讲，你儿子是领事馆路上全盛五金店的小开，说他骗她。"

金郑氏说："咯也算勿上骗。我们有亲戚关系。正杰是全盛五金店老板的远房侄子，店里厢咯人当然勿会晓得。我们家也是生意人，正杰的阿爸去世得早，但家里还有点老底子，生活上是勿愁吃穿咯。自从正杰同姜丽文谈上朋友后开销也大起来，轧朋友嘛，男人也勿能太小气了，金银首饰是要给女方买一点哦。后来正杰讲，'姆妈，我们家这样坐吃山空也勿是办法。刚好我有一个南洋的朋友在南洋做生意，生意做得蛮大的，咯次到上海来，劝我也到南洋去闯一闯。'既然儿子有这样一个想法，而且正杰的阿爸也到南洋做过几次生意，我们家也是在那儿发了点财，子承父业，儿子要去做事业，我当然支持。我听儿子讲，他把这一想法告诉姜丽文听后，姜丽文也很支持，说，'做男人的就该到外面闯一闯，整天游手好闲也勿是个归宿。将来结婚有了孩子怎么办？趁年轻就该闯一番自己的事业出来。'所以正杰同他的朋友去南洋时，姜丽文就把她所有的银票和值钱的东西都给了正杰，说钞票越多底子越厚赚得就会越多。海仙阿姐，"金郑氏拍拍粟海仙的手背说，"你要晓得，做生意跟赌博没有什么两样，投了本钱勿是就能赚钞票的，赌博是有输有赢，做生意是有赚有亏的。啥人晓得，正杰去了南洋，第一笔生意就亏得一塌糊涂，第二笔生意做下来，不但赔得精光，还欠了一屁股咯债。"金郑氏说到这里哭了，抹着本来就哭得红肿的眼睛说："他可能是觉得没脸见我，也没脸见姜丽文，就跳海自杀了。我现在想起来，真的是后悔啊！勿应该让他第一次做生意就走那么远的。"

粟海仙听后很同情地叹气说："金家阿婆，你跟姜丽文讲得完全勿一样。我就勿晓得听啥人咯好了。但你要找姜丽文，我真勿晓得她现在住在什么地方。"

金郑氏说："阿姐，求求你，帮帮我。让我找到她。她生的孩子是金家唯一的一个根啊。她还可以再寻男人结婚生子，可我除了这点香火就勿可能再会有了啊！"说着又伤心地哽咽起来。

粟海仙深表怜悯地长叹口气说："姜丽文住在啥地方，只有我们院子里2

第二十五章

号的吴先生知道。"

金郑氏说:"吴先生在哦?"

粟海仙说:"他现在在雅培大戏院当协理,你可以到雅培大戏院找到他。雅培大戏院在啥地方你晓得哦?"

金郑氏说:"晓得,我上那儿去听过戏。那儿有个刘绣娟唱程派戏唱得真好。"她从小凳子上站起来说,"谢谢阿姐了。"

那天吴耕夫来到雅培大戏院,发觉戏院里还有贾家班子似乎都有些骚动与不安。这几个月,吴耕夫知道戏院里出了些问题,关键是王雅培王老板有两个多月没有按协议给贾家班月银了。但戏院演出的收入这几个月以来一直很好,王老板把每天卖掉戏票的钱都让姓牛的账房来收走了。吴耕夫作为协理,只管发给戏院的工作人员工资,吴耕夫也是按月按比例从戏票钱中提取的,包括王老板给吴耕夫的月薪。但贾家戏班的钱是由王老板直接给贾言芳老板的,那是王老板与贾老板之间的事,勿归吴耕夫协理来管的。贾家戏班两个多月没拿到月银了,吴耕夫也是从刘绣娟那儿听说的。

上海的黄梅天也如期来临了。天空老是阴沉沉咯。绵绵的雨丝时不时地从天而降像一帘白纱布似的垂下来,这种湿漉漉的天气让人的心总是感觉闷闷的很不痛快。贾言芳来到吴耕夫的办公室。贾言芳一般很少到吴耕夫的办公室来。

吴耕夫忙站起来说:"贾老板,请坐。"

贾言芳的脸色勿太好,但还是勉强笑着说:"吴先生,你得帮我这个忙啊。"

吴耕夫知道贾言芳想要他帮什么忙了,吴耕夫说:"贾老板,阿是关于戏班月银的事?"

贾老板点头说:"是呀。"

吴耕夫说:"我问过王老板了,他说过几天月银就给大家。"

贾言芳说:"上个月也这么讲,其实我们都清爽,戏院每天的收入都勿错。你吴先生建议,白天放电影,夜里唱戏,收入比以前要多得多。但我们戏班的包银却一拖再拖。几个月薪拿得多的角儿还多少有些积蓄,但那些打杂的还有当配角的,当跑龙套咯,每月只靠这点月薪过生活。现在王老板账房有两三个月没有给钱了,我贾言芳真的勿好做人,这个班子也勿好带了。"

吴耕夫说:"戏院每天的收入,现在都由王老板亲自打票取走,戏院的收入都在他手里,我这里只有些日常开支,还有戏院里职员们的那点月薪。所以贾老板,我勿是要推卸责任,而是这勿归我管,我也无能为力,为这事我朝王老板都差点翻脸了。"

贾言芳说:"唉,吴先生你讲的我都知道,我这是病急乱投医,看来我只有再找王老板,不过吴先生我的意思是你也帮我说说话。"

吴耕夫说:"那是一定的。"

贾言芳唉声叹气地摇着头走了。吴耕夫也感到很无奈,想到王雅培这些天来那不阴不阳的样子,知道他肯定有什么难事。他对吴耕夫说:"最近手头确实有点紧,主要是舟山那边的渔业公司出现了大亏空,这两个月又遇上了几次台风,渔船出勿了海,现在也只能拆东墙补西墙,请吴先生体谅我王某的苦衷,帮兄弟劝劝大家,等我手头稍稍松动一点,钞票一定发给大家,勿会少大家一分钱的。"

吴耕夫听王雅培都这么说了,也只好对贾言芳说:"等一等哦。反正我们都在戏院这条船上,有福同享,有难同当了。"

那雨在淅淅沥沥地下着,从窗口往外看只是白蒙蒙的一片。虽然雨在不停地下,但马路上依然热闹,汽车声、电车声、三轮车的铃铛声此起彼伏,表明上海滩上的热闹是风雨无阻的。吃过中午饭后,吴耕夫习惯地点上一支老刀牌香烟。按理讲,他现在的身份,现在的收入,该换一种好一点的牌子的香烟抽抽了,但他依然抽老刀牌香烟,原因很简单,抽惯了。

他刚点上烟想喝口茶,办公室的门被砰地推开了。一个看上去还算有点气质,打扮得也不俗的五十几岁的女人扑通地跪在了他跟前说:"吴先生请你帮帮我忙,帮帮我忙。"说着还磕头。

吴耕夫吃了一惊,但马上想到这个女人可能就是姜丽文说的那个女人。

吴耕夫说:"请你站起来。勿要这样子。我吴耕夫经受勿了你这么大的叩

第二十五章

拜,起来哦,起来哦。"

金郑氏就站起来,用手绢抹去已挂到眼角上的泪说:"吴先生,请你帮帮忙。"

吴耕夫说:"你要我帮啥?"

金郑氏说:"告诉我姜丽文住在啥地方?"

吴耕夫说:"你寻她有什么事?"

金郑氏说:"我要要回我的孙子。"

吴耕夫说:"要回你的孙子?"

金郑氏说:"就是佳佳。"

吴耕夫说:"人家有亲姆妈带着,天经地义的事。你就是小人的亲阿奶,也没有理由把孩子从姆妈那儿抱走啊。我勿会告诉你姜丽文住在哪儿的,老阿姐,我告诉你,你这是在无理取闹,你走哦!"

金郑氏双手抱着拜,说:"吴老板,求求你咪。"

吴耕夫说:"求我也没有用,你儿子做下的事,本来就伤害了人家。现在你又要抢人家的小人,太勿讲道理了。你现在就走哦,勿然我就要叫警察了。阿根,把这个女人带出去!"吴耕夫走出办公室对下面的门房喊。

门房阿根上来,扶着金郑氏说:"走哦,我们这儿是戏院勿是你寻人咯地方。"

金郑氏又大哭大闹起来。"我要我的孙子啊!我儿子死了,我勿能没有这个孙子啊。"哭喊得上气不接下气的,但她还是下了楼,走出了戏院,吴耕夫很烦躁地深深地叹了口气。

夜里戏散场后,吴耕夫与南庄俊先上了阿兴的车。南庄俊照例递一支白锡包香烟给吴先生,吴耕夫感到心情很烦闷。他似乎有一种不祥的预感。今天金郑氏的造次来访也让他心烦,那女人的哭声似乎一直在他耳边回响。毛毛细雨还在下,上海的黄梅天就是这样,雨不停地下呀下呀,好像那天漏了永远堵勿上似的。卸了装的刘绣娟让翠玲帮她撑着伞也上了车,这几天,南庄俊特别喜欢坐在副驾驶的位子上。因为他觉得坐在那儿好白相,可以从前面的车窗直接看到马路上的情景。刘绣娟在吴耕夫的边上坐下,看了吴耕夫一眼说:"吴先生,你晓得哦?"

吴耕夫说:"啥事体?"

刘绣娟说:"贾老板想把戏班带到北平去,想到北平的戏院去演。"

吴耕夫说:"为啥?"

刘绣娟说:"贾老板说,雅培大剧院场面上看上去还很辉煌,但骨子里已掏空了。按合约该给戏班的钱,有好几个月没有给了。看来在上海贾老板有点混勿下去了。常言道:树挪死,人挪活。所以他决定到北平去闯一闯,那搭总还是京剧的老家嘛,贾老板想要我跟他们一起去。"

吴耕夫说:"你去哦?"

刘绣娟说:"我想问问你咯意见。"

吴耕夫说:"刘绣娟,这是你自己的事情,用勿着问我的,你要很想去就去,勿想去就勿去。"

刘绣娟说:"我要是去,南庄俊哪能办?他是过惯了南方的生活,北方的生活肯定过勿惯。他只要勿习惯就会闹。就像抽烟一样,让他抽几包老刀牌香烟,他就会发火,把烟扔到外面。要是生活上勿习惯,他不知道要闹成啥样子了!所以要我自己的想法,当然勿可能跟着去。但贾家班一走,我又能做啥?还像以前那样卖艺?所以我感到左右为难,想听听吴先生的意见。"

吴耕夫抽着烟,想了想说:"如果能维持现状就好了。"

刘绣娟说:"我也是这样想,吴先生,你晓得王老板过些日脚会勿会把应给贾老板的钞票给他们?"

吴耕夫说:"王老板讲是这么讲,过几天就给,但到现在还没有一个影头。"

刘绣娟说:"吴先生,这样可勿可以呢。我每月的月薪在我出山时就讲好的,每月直接从戏院拿,勿通过贾老板,只要戏院有生意,每日就有我的收入,这是王老板与贾老板商量定好的事,你吴先生也都按这个规矩把钱给我。目前我也已有了一些积蓄。我想把我的钱先拿出来给大家发月薪,熬过这一阵再说,贾老板他们也勿用再去北平了。这样勿就可以维持现状

第二十五章

了吗?"

吴耕夫沉默了很长辰光,刘绣娟一直看着吴耕夫。吴耕夫把那支烟抽到快烧到手指上了,才叹口气说:"刘绣娟,这是你的事。但我的意见是这事你千万勿可以做的。"

刘绣娟说:"为啥?"

吴耕夫说:"因为贾老板与王老板在这方面是有合约的,这事只能由王老板来做。"

刘绣娟原以为吴先生会很赞赏她的想法,但却给她泼了一盆冷水。于是她看了吴耕夫一眼,勿响了。那时车子已停在了聚德里36号院门前了。

第二十六章

第二天天还是阴沉沉的。雨暂时不下了,但空气中依然储满了水汽,院子的泥地上仍是湿漉漉的。但当阿兴开着小车来时,他们上了小汽车,雨就又下下来了。刘绣娟先上的车,接着吴先生上车了,刘绣娟只说了一句:"吴先生早。"吴耕夫忙回了一句:"绣娟早。"然后往小车的靠椅上一靠,微闭着眼睛,再也不说一句话。小车在湿漉漉的马路上行驶。开往雅培大戏院时,刘绣娟也一直没有同吴耕夫说一句话,南庄俊照例给吴耕夫递上一支白锡包香烟。

吴耕夫知道,刘绣娟对他昨晚的回答有些不满。吴耕夫心里想,做人难就难在这里,有些话是只能自己晓得,而勿能讲出来的。他昨天回答她的话所表达的潜台词已经够明显的了,但刘绣娟却没有悟出话中的意思来,所以心里感到有些勿适意。吴耕夫也是有点犟脾气的,勿想多做什么解释。因为有些只是自己的猜想与预感的事是勿能随便讲出来的。这是一种对自己对他人负责的态度。吴

第二十六章

耕夫闷声勿响地只管自己抽烟,而刘绣娟心里也勿舒服,觉得吴耕夫在生自己的气。小车到了剧院后,他们都下车了。刘绣娟由翠玲扶着去了排练厅,吴耕夫也回到了自己的协理办公室,往王雅培的家里打了个电话。

王雅培可能还没有起床,估计是在床上接的电话。一个女人嗲滴滴地还在边上叨叨。吴耕夫告诉王雅培,贾老板昨天找过他了,问戏班的月银到底啥辰光可以给。王雅培有些不耐烦地说:"我已经同贾老板讲过了。最近渔业上的生意出了一些亏空,手头暂时紧了一点。我正在想办法,让他再等上几天好哦?吴先生你帮我做做工作,戏一定要演,戏勿演了就更没有收入了。那大家就都要喝西北风了。"

吴耕夫听了心有点沉,于是说:"好哦,好哦。"谁想到他刚放下电话,金郑氏又推门进来了。这次她先是深深地向吴耕夫鞠了一躬,然后说:"吴先生,对勿起,昨天冒犯了你,我向你赔勿是。大人不见小人过,请你谅解。"

吴耕夫一见那女人是这么个态度,待她也就比较客气一点,指着边上的一把椅子说:"请坐。"那女人又很好地收拾了一下自己,吴耕夫觉得这女人年轻时肯定很漂亮很时髦,气质也很好。她坐下后,拿出一盒美丽牌香烟,递上一支说:"我晓得吴先生肯定抽烟,从两只夹烟的手指上就可以看得出咯。"说着还微微一笑,"吴先生,我勿再找你麻烦了,姜丽文住在哪里你肯告诉我,我就谢谢你,你要是为难,勿肯告诉我,那也就算了。我也勿会怪着你吴先生,只是请你吴先生让我把我儿子金正杰和姜丽文的事体详详细细地告诉你听可以哦?"

吴耕夫就点头说:"可以,你说吧,我听。"

金郑氏就把姜丽文与金正杰如何相识、相恋,姜丽文怎么支持鼓励金正杰去南洋做生意,然后生意失败,金正杰跳海自杀的事讲了一遍。金郑氏说正杰没有欺骗姜丽文,也勿是卷走了姜丽文所有的钱财逃走的,是姜丽文主动给他的,说他儿子去南洋时还答应等做好生意回来,同姜丽文结婚的。还说,姜丽文肚子里有小人的事情,金正杰勿晓得,就是到死脱了都勿晓得,后来还是别人告诉她的,告诉她的人也是个舞女,同姜丽文与金正杰都相识。金郑氏说:"吴先生,我男人早就死了,现在儿子也死了,世上只存下我一个孤寡女人了。突然知道我在这世上还有个亲孙子,吴先生你替我想想,我是个啥心情?啥想法啊?我说了,姜丽文还可以结婚还可以生小人咯,可我只有这么个亲孙子,再也勿可能有别的什么嫡亲嫡亲的亲人了。所以我想让我孙子能回到我身边。"说着就泪如泉涌。

虽然是同一桩事体,但这女人与姜丽文讲的完全勿一样,主要是性质上勿一样!这时吴耕夫反而突然同情起这个女人来了。

吴耕夫抽了口烟,沉默了一会儿说:"金太太,你儿子与姜丽文的事情我听完了。但我还是勿能告诉你姜丽文住在哪儿,如果事体真像你讲的那样,你也勿用急,事情总是可以慢慢想办法解决的,人间自有公道在。但咯桩事体倒是可以想办法解决咯。现在你一个人孤零零地生活在这世上也勿容易,你看这样好哦,你先回去,过些日脚你再到我这儿来一趟。"

金郑氏忙点头说:"好咯,好咯。"

吴耕夫说:"你讲姜丽文的佳佳是你咯孙子,你要要回来。佳佳的亲姆妈在,你只是他的阿奶,姆妈亲还是阿奶亲,咯个道理我勿用讲,你自己也清爽,只要姜丽文不放弃佳佳,你勿可能要回来的!"

金郑氏说:"可她还年轻,还可以结婚,还可以生小人呀!而我呢?现在孤苦伶仃咯,在这世上一个亲人也没有了,只有咯个孙子是我的亲人了。"说着,眼泪又止不住地流了下来。

吴耕夫说:"金太太,你咯想法和处境我也是能理解咯,也很同情你。你看这样哦,我也勿能只听你的一面之词,我要去姜丽文那儿再问问情况,然后再想个双方都能接受咯办法。金太太,你看哪能?"

金郑氏说:"那好哦,我啥辰光再来寻你?"

吴耕夫说:"最近我们戏院咯事体比较多点,我也比较忙,暂时还走勿开,等上四五天哦。"

金郑氏说:"那我四天以后再来。"

已快到吃中午饭的辰光了。雅培大戏院的员工有的是带饭来吃,有的是在戏院斜对面的西湖饭店包饭吃的。吴耕夫是浙江人,自然爱吃江浙一带的菜,西湖饭店的饭菜比较对他的胃口,所以吴耕夫、刘绣娟、南庄俊以前

第二十六章

还有富贵大爷与翠玲、阿庚一起在西湖饭店包饭,中午时分西湖饭店就把饭菜送到戏院来。但今天他觉得自己心情勿好,就对门房的阿根说,中午他的饭勿要送了,他想出去吃。在他下楼的时候,过完场的演员与杂役们也纷纷从后台的排练厅走出来,高高兴兴地朝戏院外走去,他们在楼梯口见到吴耕夫,都含笑朝吴耕夫点头,有一个还鞠了一躬说:"谢谢吴先生。"吴耕夫感到有些丈二和尚摸不着头脑了,他们谢他做什么? 不一会贾言芳也出来了,见了吴耕夫笑着作了个揖说:"吴先生,你为了我解决了这么件让我为难的事啊!这些天为员工们的薪水我是吃勿好睡勿好啊。你这五百大洋,正救了我的一时之难啊。"

吴耕夫说:"五百大洋,什么五百大洋啊?"

贾言芳说:"今朝一早,刘绣娟给了我一张五百大洋的银票,说这是吴先生借给戏班的,暂时解决一下大家生活上的问题,等王老板有钱给我们时,再还给你,你自己做的事情你勿晓得?"

吴耕夫马上一笑说:"我想到两岔里去了。对,昨天在回去的路上我同刘绣娟商量好的。"贾言芳忙又作了个揖说:"谢谢你吴先生。"

这时刘绣娟也同南庄俊从后台出来了说:"吴先生,西湖饭店已经把饭送来了,快来吃哦。"

吴耕夫虽然表面上依然笑容可掬,但心里却恼火透了,昨晚在车上,刘绣娟想这样做,但吴耕夫就劝她勿要这样做,是因为他从各种迹象感觉到王雅培已经破产了,或者在上海的生意已经不行了。舟山那边捕鱼的生意恐怕也好勿到哪里去。如果王雅培真是破产了的话,刘绣娟垫付的银子就根本收勿回来,打水漂了。但刘绣娟没听他的劝,今天自己拿了五百大洋的银票以他吴耕夫的名义借给了贾言芳。刘绣娟很自信地认为自己在做好事,但她不知道她这些钱是有去无回的。吴耕夫就对刘绣娟说:"你们吃哦。我还要出去办点事,在外面吃一点就可以了。"吴耕夫大步朝戏院门口走去。

刘绣娟在背后喊:"吴先生,你听我讲呀!"

但吴耕夫一推玻璃大门,一转身就见不到人影了。刘绣娟知道吴耕夫肯定生气了,因为昨晚他们在小车上说起这件事时,吴先生就表明了他不同意刘绣娟的这一想法,而她今天早上也没有征求吴耕夫的意见,就这样做了,而且还打着他吴耕夫的旗号,这似乎很伤吴先生的自尊心。刘绣娟觉得自己这样做根本没有错,却得勿到吴先生的理解,反而让他生气了,感到很委屈,就有点眼泪汪汪的。可后来一想,谁没有个脾气呀。于是她长长地叹了口气,人与人之间要真心相处真的是很难的,关键是谁也摸不透对方的想法。

吴耕夫找到一家面馆,吃了碗海鲜面,天天吃米饭也有点腻了,吃碗面,改改口味也很好。走出面馆,他要了一辆黄包车,直接去了禾稼路联珠里23号。刘嫂开的门,她一见是吴耕夫就喊:"师姆,是吴先生。"

姜丽文抱着佳佳,见到是吴耕夫高兴得勿得了,说:"吴先生,你今朝哪能有空到我这儿呀?"

吴耕夫说:"姜丽文,我今朝是特地到你这儿来咯。"

姜丽文说:"出啥事体啦?"

吴耕夫说:"事体倒没有啥事体,但姜丽文,我想问你几个问题,你要讲实话。"

姜丽文说:"吴先生,肯定是金正杰咯姆妈去寻你了是哦?"

吴耕夫说:"她来寻我也好,勿来寻我也好了,都没有什么重要的。我可以告诉你,佳佳是你儿子,她哪怕找到天王老子,佳佳她也抱勿走。所以她找勿找我都没有用。但我倒想晓得一点实际情况,本来我也没有必要来找你,因为这勿关我吴某什么事。但人活在这世上,人与人之间总要打交道,世界这么大,人这么多,但能打交道的人又有几个?所以能打打交道的人都有一种缘分。我与你姜丽文之间也有一种缘分,你讲是哦?"

姜丽文一笑说:"咯当然啦,吴先生帮了我这么多忙。"

吴耕夫说:"因为还在打交道,说勿定以后还要打交道,所以我就想弄明白你的一点事情。如果你肯告诉我,就告诉我。如果你勿想告诉我,这也没有啥。夫妻之间还有勿可以告诉的事呢,何况我们之间只是邻居关系。"

姜丽文说:"吴先生,你想晓得啥?"

吴耕夫说:"姜丽文,金正杰已经死脱了,这我已经晓得了,你能勿能告

第二十六章

诉我,他是勿是在死以前就把你甩掉了!"

姜丽文没有响。

吴耕夫说:"他要去南洋做生意,听讲你是积极支持他去的,是哦?"

姜丽文仍然不响。

吴耕夫说:"为了支持他做生意,你把自己所有的钱和值铜钿的首饰都给了他,而且还是你亲自送他上的船。"

姜丽文哭了,用手绢不断地抹眼泪。

吴耕夫心里全明白了,说:"姜丽文,我晓得你勿是那种轻浮的女人,随随便便就会跟男人上床咯。如果没有恋情,你勿可能做出咯种事体来咯。如果按照你以前的说法,虽然能引起别人咯同情,但反而会让别人看勿起你,这么容易就被一个男人骗色骗财还生下一个小人。"

姜丽文抹去眼泪说:"已经咯样子了,我有啥办法啦。反正我的佳佳她抱勿走!"

吴耕夫说:"金正杰的姆妈当然抱勿走,但你老是这么躲着她也勿是办法。"

姜丽文说:"那我就带着佳佳远走高飞,让她永远找勿到我!"

吴耕夫叹了口气,点上一支烟说:"姜丽文,人活在这世上,勿是一个人就可以活咯,只有相互帮衬着,大家才能活下来。所以人勿能只想到自己,有时也要为别人想一想。"吴耕夫说到这里看着姜丽文,然后深深地吸了口烟站起来,"好了,我要去上班了,下午三点钟以后买票看戏的人就多了,我还要去招呼招呼。姜丽文,那你就多保重,额头上的伤已经看勿出来了,还没有去舞厅上班?"

姜丽文说:"昨天就去了。谢谢吴先生来看我!你走了,带伞了哦?外面在落雨。"

姜丽文把吴耕夫送到房门口,吴耕夫接过姜丽文递给他的伞,走出弄堂口,要了辆黄包车。吴耕夫刚要上黄包车,突然有一辆小汽车停在了他身边。吴耕夫一看,是魏金森的车。魏金森打开车门说:"吴先生,真是太巧了,我正要寻你,托你帮个忙呢。"

吴耕夫说:"你魏老板还有要找我帮的事呀?"

魏金森说:"一个人托勿了天,众人拾柴火焰高呢。皇帝老子虽说是天子,但他也要下面的那些大臣将军支撑着他呢,要勿,他当了个屁的皇帝啊,快上车,你要去哪儿?"

"上戏院。"

"我送你去!"

吴耕夫上了车,魏金森看了吴耕夫一眼说:"吴先生,你们院子里住在5号的姜丽文你总晓得呀?"

吴耕夫点头说:"晓得,她怎么啦?"

魏金森说:"喏,她轧了个男朋友叫金正杰,咯个金正杰跟他一个朋友到南洋去做生意,想勿到人到南洋,生意没有做成,人倒死脱了。"

吴耕夫说:"哪能死咯?"

魏金森说:"到海里游泳死脱咯呀。听说他参加过上海咯游泳比赛,还得过第三名,以为自己水性好,但想勿到进到海里,一只浪头,人就无影无踪了,听讲连尸体到现在还没有找到。有人讲,可能被鲨鱼吃脱了。吴先生,游泳啊,登山啊,开车啊,死脱咯往往就是以为自己是高手的人。唉,可惜啊,咯年轻人长得蛮英俊咯,人也蛮能干咯,怪勿得姜丽文那么吃他。金正杰死脱后,他姆妈昨天来寻我,因为她听说姜丽文同金正杰生了个儿子,私生子啦,没有结婚就生的儿子,勿是私生子是啥。"

吴耕夫说:"魏老板怎么认识金正杰咯姆妈的。"

魏金森说:"她叫金郑氏,本来叫郑彩菊,嫁给金正杰的父亲后就改叫金郑氏了。吴先生,你勿晓得,我十五岁从乡下跑到上海来时,第一个帮我介绍工作给我碗饭吃咯人,就是金正杰的阿爸,两年后我才离开他,自己闯天下咯,所以说,金正杰咯阿爸是我的开山师傅,不过很长时间没有来往了。昨天金郑氏突然来找我,让我找找你,求你劝劝姜丽文,把她的孙子还给她。"

吴耕夫说:"那小人是姜丽文的儿子,金郑氏毕竟隔了一层,勿存在还不还的事体。"

第二十六章

魏金森说:"隔代亲嘛。"

吴耕夫说:"那勿一样,总是隔了一代了。"

魏金森说:"金正杰是金郑氏的独养儿子,是姜丽文怂恿着他去南洋做生意咯,结果死了连个尸体也找勿到,那也太可怜了。"

吴耕夫说:"我也是很同情她,但姜丽文不肯,我也没有办法。夫妻不和都是劝和勿劝离的,何况是人家的亲生儿子,世上哪有劝母亲把儿子送给别人的理?"

魏金森说:"那是奶奶呀。"

吴耕夫说:"奶奶也不行呀!"

魏金森说:"吴先生你看这样好哦,我摆上一桌,你请姜丽文来,我们一起商量,我想孙子要勿回来,能经常让金郑氏看到自己的孙子也能宽慰宽慰咯个可怜的女人,你看哪能?"

吴耕夫想了一下说:"这倒也是个办法,好哦,等上些日脚,我做做姜丽文的工作。"

魏金森说:"吴先生真是个痛快人,吴先生,你最近哪能?"

吴耕夫说:"凑合着过吧,还能哪能?"

魏金森说:"最近我听说王老板在生意场上勿太走运啊,尤其是在赌场上,输得咯一塌糊涂,恐怕他的雅培大戏院也保勿牢了,吴先生你要手头紧了就来寻我。"

吴耕夫说:"谢谢魏老板关照,你上次给了我那么大一笔钞票我还没有动呢。"

魏金森说:"勿要提了,勿要提了,提起来让我惭愧,那时候的事实在对勿起你,差点要了你吴先生的命。其实男女之间的事体能勿能成,全在缘分上了,没有缘你再强来也勿中用的,咯个女人你再喜欢勿是你的,就勿是你的。人就是这样,啥事体只要一想通,心里咯疙瘩解开了,人也就轻松了。勿再去想咯桩事体了,所以吴先生,以前的事实在是对勿起。"

车到了雅培大戏院的门前,吴耕夫下了车,魏金森抬了一下手说:"吴先生,回见。"客气得勿得了。

车开走了，绵绵细雨还在飘，吴耕夫撑起伞，他没有马上进戏院，而是看着魏金森的车淹没在车流之中。人是怎样一种动物呢？凶起来像个恶魔，但善起来却像是菩萨投胎，惩恶扬善永远是人类社会的一个命题。吴耕夫在细雨中站了一会儿，然后快步走上了戏院门前的台阶。

第二十七章

　　黄梅天就是黄梅天,细雨总是不停地下呀下的,下得人心烦烦的。地面在路灯的照耀下闪出了一圈黄灿灿的水光,在回家的路上,在小车里,吴耕夫抽着南庄俊递给他的白锡包香烟,但不说话。刘绣娟也没说一句话。车在聚德里36号的院门口停下,刘绣娟跟着下了车,南庄俊下车后,刘绣娟就对翠玲说:"翠玲,你先给南先生倒上盆热水,洗洗让他先睡,我要到吴先生那儿坐一歇,好哦?"翠玲点头说:"好咯。"就把南庄俊拉进家里。
　　刘绣娟这才敲门走进了吴先生的房间。
　　刘绣娟说:"吴先生,你生我气啦?"
　　吴耕夫点头说:"是有点勿高兴。"
　　刘绣娟一听这话,心里也不自在了。她想,自己做的好事,你吴先生应该赞扬我才是,你怎么心里就勿高兴了呢?那是我的钱呀,而且把这好名声还挂在你吴先生咯账上,这有啥好勿高兴咯啦,就说:"吴先生,我咯个事体做得勿妥当吗?"
　　吴耕夫说:"是咯!勿妥当!"

刘绣娟心里更勿自在了,说:"吴先生,你倒讲讲看,我这样做有啥勿妥当咯?"

吴耕夫说:"刘绣娟,我们相处已经勿是一天两天了,大风大浪也一起顶过,你也勿要生气,我就实话实说,第一,你这五百大洋借出去,恐怕收勿回来了。那天晚上我提醒过你,勿要这样做,你勿听就勿听哦,反正是你自己的钞票;第二是,你以我的名义借出去,但你却没有同我商量,也没有得到我的同意。"

刘绣娟插嘴说:"我勿借你咯名义,贾老板他们肯定勿肯收。他们会想,我们这些老爷子还要你咯个女流之辈接济啊。"

吴耕夫说:"但你给我惹了大麻烦了,你知道吗?王老板晓得了,他会大发脾气的,上海人都是些死要面子的人啊,尤其这些商贾,面子就是他们立身的本钱,你这样一做,他不但脸面丢尽,连里子都翻出来了。勿信你看,明朝他就会来找我算账的。刘绣娟你勿是做了好事,而是给我闯下祸了!"

刘绣娟不服气地猛地站起来,转身走出门外,砰地把门关上了。她认为吴耕夫是言过其实,夸大其词,她生气了。

第二天早上,他们坐着阿兴的小车来到雅培大戏院门口,王雅培就在戏院门口虎着脸等着了,那尖瘦的脸气得发青,事情果然像吴耕夫说的那样发生了。这是刘绣娟根本想不到的。吴耕夫先下的车,王雅培烦火地说:"吴先生,请你到我办公室来一下。"

刘绣娟跟着下了车,看到王雅培对吴耕夫那个态度,知道自己本来以为无所谓的事恐怕真的像吴先生讲的那样惹恼了王雅培。

不过,吴耕夫已做好了思想准备,胸有成竹地跟着进了王雅培的经理办公室,里面一对沙发,吴耕夫没等王雅培请就坐下了。

王雅培说;"吴先生,自从你来到我戏院后,我没有亏待你吧?"

吴耕夫说:"没有。"

王雅培说:"那你为啥要给我药吃?"

吴耕夫说:"我是协理,协理是勿是应该替经理担点责任?"

王雅培说:"话是可以这么说,但我是老板,员工或戏班发工钱,那是我

第二十七章

做老板的事！何况你哪能晓得我没有钞票？你勿是存心在坍我的招式吗？打人勿打脸,你现在把我的脸面全丢尽了！"

吴耕夫说:"你拖贾老板他们的钱有几个月了,我提醒了你几次,你口头上答应,但实际却勿做。"

王雅培说:"这是我与贾老板之间的事,与你无关！吴先生,我要讲一句勿中听的话,要勿是刘绣娟,你当勿上我雅培大戏院的协理,你恐怕现在还是个穷教书匠,说难听点,你是个吃软饭的！"

显然王雅培这话太伤吴耕夫的自尊心了。吴耕夫正气凛然地说:"那好,我还是回到学校去当我的穷教书匠哦,雅培大戏院协理的这个饭碗我也端勿了！不过你勿要忘记想当初你是怎么求我的,告辞了！"

吴耕夫大步走出王雅培的经理办公室,然后在楼梯口点上一支老刀牌香烟抽着,让自己愤怒到极点的情绪稍稍平静一下,他猛抽了两口烟,出了大戏院门口,撑起伞,融进了人流中。

很快雅培大剧院的人都知道吴先生辞职了,大家都感到很痛心很惋惜。戏班的人都很喜欢吴先生,都觉得他是个好人,为人又很随和,而且通情达理。你有什么事去找他,他能解决的就尽量想办法给你解决。他的老生也演得很地道。有时在戏里要个老生去走一下过场,念上几句台词,背上一两段,他也全能应付。台下的观众谁也看不出来,以为他是戏班里的人。刘绣娟认为这是她闯下的祸,于是捂着脸大哭起来。

那晚的戏,刘绣娟演得很糟糕。台下甚至喝起了倒彩,戏散后,刘绣娟坐在她的化妆间里,泪流不止。贾言芳进来见她这样,就劝她。问这事到底是怎么回事。刘绣娟如实地把这事讲了。贾言芳说:"绣娟,你是完全出于好心。但世界上的事情是勿能就事论事的,一桩事体的里面外面都是掺杂着许许多多的其他事情的。你勿要哭了,回去跟吴先生好好解释解释。我想,吴先生是个通情达理的人,会理解你的一番好心的。"

夜里回到家里后,刘绣娟就去敲吴耕夫家的门,但吴耕夫却甩出一句话说:"勿要敲门了,我勿想见你！"

刘绣娟的心像被针猛扎了一下地痛,她心情沉重地回到家里。

第二天一早，阿兴开着车来接他们，吴先生没有出来，反而是已有好多天没跟他们去戏院的富贵大爷走过来了，他到车前说："绣娟，吴先生昨晚来找我说，他辞职了，不再到戏院去上班了。让我还像以前那样陪你去戏院，我问他为啥？他也不说，只说让我还是去戏院陪你，阿庚要陪南先生，光翠玲一个人陪你恐怕靠勿牢咯。"

刘绣娟听了鼻子一酸，眼泪顿时像串珠一样流了下来。

富贵大爷问："出啥事情啦？"

刘绣娟抹去眼泪说："干爸，你勿要问了，上车哦！"

天还是阴阴的，那绵绵细雨老是在不停地下呀下呀，天好像永远也晴勿了似的。

刘绣娟他们一行去戏院后，吴耕夫也打着伞出了弄堂。他要了辆黄包车，决定再到姜丽文那儿去一趟。

姜丽文又恢复到以前那样的生活习惯，夜里去舞厅，半夜三更才能回家，早上就要睡个懒觉。所以吴耕夫到姜丽文家时，她才刚刚起床，一听吴先生来了，忙一面梳头一面迎了出去。吴耕夫坐下后，她就对刘嫂说："给吴先生泡茶。"然后对吴耕夫说："吴先生今朝又有空啊。"

吴先生说："戏院协理的工作我已经辞掉勿做了。"

姜丽文吃惊地说："咯做啥啦？"

吴耕夫说："一时也跟你讲勿清爽。"

姜丽文说："那绣娟姐呢？"

吴耕夫说："当然她还唱她的戏，以后有啥变故我就勿清爽了，姜丽文啊，我觉得你这样一直躲着金正杰的姆妈也勿是事体啊。"

姜丽文说："是呀，我也是咯样子想咯呀。常言道，躲得过初一也躲不过十五，吴先生，那天你走后，我的心一直沉甸甸的咯，觉得很对勿起你吴先生。吴先生，我同你说谎了。我觉得对别人说谎，说了也就说了，但对你吴先生这样的人说谎，就是勿应该，你总是很真诚地待别人，我就勿应该用谎言待你。"

吴耕夫说："那么金正杰姆妈讲的是真咯？"

第二十七章

　　姜丽文说:"基本上是真咯,但金正杰并没拿走我所有的钞票,他给我留了十块大洋,说钞票是要备一点在身上咯,没有钱,尤其在上海滩,人就会寸步难行。我送他上船时,他说他会尽快回来的,回来就同我结婚。但我怀上孩子的事没有告诉他,因为当时可能只有两个月,我也拿勿准怀没怀上,所以就没有讲,后来我确认怀上这孩子,也没法再告诉他了,他已经不在人世了。那时我完全可以把肚子里的孩子做掉,但我同他毕竟是有感情的,我就把孩子生下来了。当时我为了保住自己的面子,就说是上当受骗了。其实我现在想想还勿如这样实事求是地讲更好,做啥要编谎话讲上当受骗了呢?我想想真是后悔死了。"

　　吴耕夫叹了口气掏出烟来要点,姜丽文说:"吴先生,我也抽支烟。"

　　吴耕夫说:"老刀牌香烟呀。"

　　姜丽文一笑,说:"你吴先生能抽我为啥勿能抽?"

　　吴耕夫递给姜丽文一支烟帮她点燃后说:"姜丽文,谢谢你这样看得起吴某,所以我觉得你就勿应该一直躲着金正杰的姆妈。"

　　姜丽文说:"但佳佳我绝对勿会给她的!"

　　吴耕夫说:"我也对她说过,'要姜丽文把小人给你,这是绝对勿可能的'。但现在她的态度有些改变了,说她如果能经常看看佳佳也就满足了。姜丽文,过几天魏金森老板想摆桌请你、我、金正杰的姆妈吃顿饭,好好商量商量看。金正杰咯姆妈一个孤苦伶仃咯女人,整天这么疯疯癫癫的实在也真的很可怜啊!连我的心里都有些不忍。"

　　姜丽文:"魏老板哪能晓得咯桩事体咯?"

　　吴耕夫说:"你勿晓得,魏老板十五岁到上海滩来闯码头,第一个扶他上船的就是金正杰的阿爸。所以金正杰的姆妈去找了魏老板,想让他帮忙。这位金郑氏为了这件事,可能是会找遍上海滩能用得上的人的,所以我们就得坐下来,太太平平地来解决这件事最好。"

　　姜丽文说:"吴先生,咯样子哦,明朝我就搬回聚德里36号自己的家去住,我也勿用再东躲西藏的了,哪能桩事体我也可以原原本本地同院子里的人讲。"

吴耕夫说:"那也勿必这么急着搬。"

姜丽文说:"吴先生,你晓得哦? 住在这栋石库门房子里真的比我们住在36号院子里的差远了,这栋房子里住了五户人家,每户人家看我的眼神都是那种鄙视的眼光。我还听到楼上的人,在讲我,说这是只野鸡呀! 出呐,真触霉头,跟咯一只野鸡住了一栋房子里。听了我真受勿了,36号院子里从来没有一个人这样讲过我。还有人看着佳佳讲:'哎哟,咯个小人真好白相。'但有人却在边上说:'再好白相也是只野种! 贱坯子!'"

吴耕夫说:"既然这样,那就搬回去哦。你把钥匙给我,我让月桂帮你先去收拾收拾房子。"

第二十八章

魏金森给吴耕夫讲的消息是真的,王雅培果然把雅培大戏院转让给一个叫林国士的宁波老板了。而林老板婉言地告诉贾言芳,让他们戏班另找一个地方去演戏,因为他的戏院改为电影院了,勿再演戏了,意思自然是让贾言芳自谋生路去。

林老板要把雅培戏院改成一座豪华的电影院,像当时上海建成不久的光耀、大光明、新光等电影院一样。那时在上海滩上美国好莱坞的电影很火,而且新片不断,上海的公子、少爷、小姐、阔太太们都喜欢看美国电影,只要在美国上映的电影新片很快就会在上海放,可以说基本上是与美国国内同步放映的。在那时的上海滩看美国电影也是种时髦。所以林老板认为电影院要比戏院赚钞票,虽然雅培戏院白天也放电影,但白天看电影的人毕竟是少数,而夜里演戏的那点时间可以放上三场电影了。再说林国士老板是个留学西洋回来,年纪只有三十出头的年轻人,有点崇洋媚外,所以他也勿喜欢京戏,说:"在台上一唱就唱老半天,勿晓得在唱演点啥么事。太落伍了。"

贾言芳只好按他自己以前的计划,上北平去寻出路了。但王雅培老板还是蛮仗义的,说雅培戏院是转让了但拿到了一笔款子,他把以前欠贾老板的薪金一分勿少地给了贾老板,因为拿到钱了,贾家班的人都很高兴。王老板同时又把一张五百大洋的银票交给刘绣娟说:"请交给吴耕夫先生,我上次对他有点出言不逊,请他多多包涵,代我谢谢他。不过刘绣娟女士,我对你还有个请求。"

刘绣娟说:"王老板,有啥事体你尽管讲好了呀,还用得着讲请求这样的话。"

王老板说:"我明朝夜里想请你吃顿饭,只请你和南先生,如果富贵大爷要跟着来,也没有关系。绣娟女士,你肯赏脸哦?"

刘绣娟说:"吴先生你也勿请了?"

王雅培说:"勿请了,因为吃过这顿饭后,我就要回舟山,我要暂时告别上海滩了,以后能勿能再回来,我也勿晓得了。"

刘绣娟想了想,很爽快地说:"那好哦。"

第二天晚上,阿兴开着小车来接刘绣娟、南庄俊、富贵大爷三个人。喝酒的地方勿是饭店,而是一栋很雅致的花园洋房。菜是从大华饭店订好后送来的,王老板非要富贵大爷也上楼喝酒。王雅培请刘绣娟唱了两曲,他自己也唱了一曲,王老板唱花旦也真是勿错,一个男人竟也有这样高亢圆润的嗓子,也算是一绝了。所以气氛还算融洽。刘绣娟竟也陪着王老板喝了三杯,富贵大爷早就没有了戒心,也连饮了几杯,还抿着嘴说:"好酒!"

但到第二天一早,富贵大爷醒来,发觉自己睡在客厅的地毯上,而南庄俊却睡在他的旁边,还睡得像死猪一样。富贵大爷知道勿好,王老板在他们酒里下了药。刘绣娟也已不在了,顿时吃惊勿小,他忙推醒南庄俊,拉着南庄俊出了花园洋房的院门,在马路上招了辆三轮车,径直回到聚德里36号院子里。富贵大爷第一个当然是找吴耕夫,吴耕夫一听,就说:"富贵大爷,你再跟我走一趟。"

富贵大爷说:"去哪?"

第二十八章

吴耕夫说:"还到那栋花园洋房区去。"

富贵大爷说:"房子里好像没有人。"

吴耕夫说:"看房子的人肯定在!"

王雅培把雅培大戏院转让给林老板后,贾言芳也不想再在上海演戏了,要去北平另开新路,又问刘绣娟愿不愿意跟着去。刘绣娟说:"谢谢贾老板这么看重我,但我勿能去,我拖着一个有病的男人怎么去?而且我的家人都在上海。"贾言芳自然也不勉强,但仍感到很惋惜,刘绣娟的戏确实演得不错,是块好料子。但他也觉得不能强人所难,"己所不欲,勿施于人",他是懂得这个道理的。

贾言芳与王雅培之间解了约,林老板又勿想让剧院再演戏,刘绣娟因钱的事同吴耕夫之间闹出了不愉快,所以王老板请她吃饭的事她也没有同吴先生去说,似乎她的人生又回到了原点。她心想自己手里有的这些钱,只要节俭着用这一辈子花不完,她这个小小的家开销又不大,无非是南庄俊想抽几支白锡包香烟,她觉得她供得起。翠玲与阿庚是王老板为刘绣娟出山唱戏才雇用的,王老板就让翠玲与阿庚另谋生路了。在这样一种状态下,王雅培请刘绣娟吃了这么一顿饭,似乎依依不舍的是一餐告别宴,这样一次宴请刘绣娟如果拒绝当然很欠妥当。王老板毕竟给了她许多的照顾,但她没有想到,王雅培心中也早打起了她的主意,只是不那么表露而已,虽然在口缝中也有点流露,但谁也没有把这事当真,表面上依然一切如旧。刘绣娟自然没有想到这一"告别宴"却成了"鸿门宴"。

富贵大爷领着吴耕夫来到这栋花园里,果然有一个看管房子的五十几岁的老人。吴耕夫一问,那老头说:"我家主人到西欧去了,我家主人同王老板是好朋友,经常有来往的。昨天王老板说要借用一下房子,想请人在餐厅摆个饭局,因为这儿清静,不会有人打扰。"

吴耕夫问:"那王老板现在到哪儿去了,你晓得哦?"

看房子的老人说:"咯我哪能晓得啦,王老板也是上海滩上有头面咯人物。当下人的哪能随便问咯啦。"

吴耕夫说:"你们主人啥时候可以回来?"

看房老人说:"勿晓得,一两年里面勿一定会回转来。"

富贵大爷叹口气很愧疚地说:"都怪我,太嗜酒了,我要是勿吃酒就好了。"

吴耕夫说:"富贵大爷,这事勿怪你,谁能防到王老板来这一手呢?"

吴耕夫去找上海滩的巡捕房,希望他们能帮着找到刘绣娟的下落,哪怕是把王老板找到也行。铁路警察各管一段,但巡捕房的人说你们发生的这件事,是在英租界上,勿归我们法租界管,很抱歉!像这样的事我们就是想管也管勿了。吴耕夫又到雅培大戏院想问问接管戏院的林老板,但这时戏院已拆得七零八落的,管事的是一位老实的矮胖子,问他林老板在哪儿,那管事的说:"林老板有林老板咯事体,你们这些人哪能随随便便想见他就见他的呀,告诉你,我勿晓得。"

回到聚德里36号,南庄俊正在叫:"绣娟,你人到哪儿去了呀!我哪能寻勿到你呀。"两串眼泪挂在腮帮上,然后傻呆呆地坐在椅子上勿动了,手上捏着根没有点燃的香烟。

院子里的人和弄堂里的人勿晓得哪能这么快就知道这件事了,都来到了36号来看热闹,七嘴八舌地说什么话的都有。

粟海仙看到吴耕夫与富贵大爷回来了,吴耕夫看到这么多人围在36号在看南庄俊,就对富贵大爷说:"富贵大爷,你去劝劝大家勿要围观,一个神经上有毛病的人出了这么大一桩事,有什么热闹好看咯。你去帮忙把门关上,我让月桂去看着南先生。"

吴耕夫进了自己家,粟海仙也跟了进来,说:"吴先生,刘绣娟真咯失踪啦?"

吴耕夫只是点燃了一支烟勿响。他沉默了好长时间说:"唉,想勿到王老板是这样一个人,真是知人知面不知心啊!"

下午两三点钟咯辰光,魏金森不知从哪儿得到消息,也坐车来到36号的院子里,他一下车就径直朝吴耕夫的房子走去,一进门他就拉了拉袖子愤愤然地说:"出呐娘逼,王雅培咯只赤佬倒辣手咯呀,我费了九牛二虎之力,还伤了你吴先生,都没有把刘绣娟弄到手,出呐王雅培就这么一桌酒席,就把刘绣娟弄到手了。这个世界出呐娘逼也太会白相人了。"

吴耕夫说:"只是把人弄走了,但勿一定就能弄到手了。"

魏金森说:"人弄走了还勿算弄到手啊!"

吴耕夫说:"人弄在手里,但勿肯就范的女人在这世上有的是。"

魏金森说:"但刘绣娟咯个人被王雅培弄走了,吴先生你讲是勿是。"

吴耕夫说:"估计是。"

魏金森说:"那怎么办?"

吴耕夫说:"怎么办?我也说勿上来。我勿是她什么亲人,只是相互照应的比较多的一个邻居。"

魏金森说:"起码也是朋友哦?"

吴耕夫说:"也只能是相互往来相互帮忙的一般性的朋友,没什么特殊的关系。"

魏金森说:"吴先生用勿着立马拿自己洗清爽,你吴先生与刘绣娟之间没有那种关系,这点我心里有数。但要说没有什么特殊关系,这恐怕勿实,要勿,为了让你劝说刘绣娟,我差点把你弄死了。你们之间起码有男女之间那种比较知心的朋友间的情谊的,对哦,吴先生你勿要勿承认。"

吴耕夫说:"勿是我勿承认,承认了又能怎么样呢。"

魏金森说:"两肋插刀呀!在江湖上朋友的义气,你勿能勿讲哦,就是男女朋友也应该这样呀!"

吴耕夫说:"魏老板的意思是让我去找她?"

魏金森说:"你勿去找她,谁去找她呀?让我魏金森去寻?刘绣娟一听到我在寻她,她会吓得躲得更勿出来,好事也变成坏事了。所以吴先生只有你去寻,别人都勿合适。你要觉得人手勿够,我可以让阿荣跟你一道去,阿荣有点武功,头子也活络,他又是镇江人,对舟山这块地面还比较熟悉,语言上也相通。"

吴耕夫说:"魏老板你咯意思是要让我一定寻她回来?"

魏金森说:"勿错!我就是这个意思。出呐娘逼,我是咽勿了这口气啊!刘绣娟这样的女人就这么随随便便给王雅培咯只赤佬弄走了,又勿是刘绣娟看上了他,跟他私奔的。王雅培咯只赤佬可能也早在打刘绣娟的主意了,勿像我魏金森这样的粗人,做啥事都赤着膊做,就像你们文人讲的那样赤裸裸的。所以吴先生我求你,一定要把她找回来,我得勿到,王雅培咯只赤佬也勿要想得到!"

吴先生说:"要是刘绣娟找回来了你魏老板……"

"勿!"魏金森马上打断吴耕夫的话说,"我魏某是好马勿吃回头草,好鸟勿吃隔夜食。既然我放弃了,我勿会再想让她做我姨太太,只是我实在咽勿下这口气。哪能?吴先生一路的费用都由我魏金森来出,你吴先生只要帮我出力就可以了,对你吴先生来讲,也是做一件仗义的好事,让刘绣娟与南先生可以夫妻团圆,你听听南先生哭得多可怜!"

房子里不时传出南庄俊那凄惨的叫声:"绣娟啊,你到哪里去了呀!绣娟——"他那种神经兮兮的凄凉的叫声听了真叫人心酸。在魏金森同吴先生商量寻找刘绣娟咯桩事体时院子里的人也都已围在他们俩的身边,宋云霞说:"吴先生,是应该你去寻寻刘绣娟。"

粟海仙说:"阿拉根发勿在,要是他在我也让他跟你吴先生去。刘绣娟是个好人呀,人长得漂亮勿讲,戏也唱得这么好。"

富贵大爷说:"吴先生我跟你去吧,绣娟是我干女儿,我这个当干爸的勿去寻她,我算什么干爸,绣娟叫我这个干爸勿是白叫了,她又一直这么孝敬我。"

魏金森说:"吴先生,你看看哪能。"

吴耕夫说:"可是到哪儿去找她呀!"

魏金森说:"舟山呀!咯只赤佬现在肯定勿在上海,要是他在上海,那他就是找死。他肯定是把刘绣娟弄到舟山去了,舟山是他老家,他又是在那儿开渔行发家咯。吴先生,听我咯,去舟山!就是大海捞针也要把刘绣娟找回来!越早越好。顶好今朝就出去。"

吴耕夫其实心里也想去把刘绣娟找回来,正像魏金森讲的那样,他吴耕夫勿去找,这个院子里的谁会去找呢?于是叹口气说:"那好吧。"

魏金森一拉袖子说:"好!痛快!我就喜欢你吴先生这种做事体的风

第二十八章

格。阿荣,你到码头上买三张船票,吴先生,富贵大爷还有你自己的,你去舟山要听吴先生吩咐,勿要出差错,否则你回来我就扒了你的皮,听到哦?"

去舟山的船要到凌晨才开,临走时吴耕夫关照李月桂照顾好南庄俊后,就坐上魏金森派的小车去了码头。南庄俊听说吴先生带着富贵大爷与魏老板的贴身跟班阿荣一起到舟山去找刘绣娟后,突然勿哭也勿叫了,还递了一支烟给吴先生说:"吴先生,拜托你,你要是能把我咯绣娟找回来,你就是我的大恩人了!辛苦你了。"还向吴耕夫深深地鞠了个躬,似乎很懂事脑子也很清爽似的。

魏金森见自己费了九牛二虎之力苦苦追过的刘绣娟让王雅培这么轻而易举地非法地弄走了,心里越想越受"煎熬"。第二天他又到聚德里36号来,看看吴先生到底走了没有。但他刚进院子,反而见到了姜丽文,他们聚在一起搓过麻将,一起喝过花酒,姜丽文与魏金森自然很熟悉,姜丽文带着些媚笑说:"魏老板,你怎么来了呢?"

魏老板说:"我来看看吴先生走了没有。"

姜丽文说:"走了呀,勿是你昨天夜里派车把他们送到码头上去的吗?那时我刚好从舞厅回来碰到他们了。魏老板,听说你要从中让我与金正杰的姆妈和解?"

魏金森说:"这件事恐怕有点难。"

姜丽文说:"做啥?"

魏金森说:"开始时我说你勿可能把自己儿子还给她,她说她只要每天能去看看孙子也行。我想这事恐怕还可以,同你商量得通,可是后来她又来跟我讲,姜丽文年轻,可以再寻男人结婚生小人,可她在金正杰死了后勿可能再有什么亲人了,唯一留在这世上的金家血脉就是她的这个孙子,她一定要留他在身边,把孙子带大成人,那她这辈子也就有了宽慰了。咯个孙子她一定要要回来,因为他是金正杰的儿子。她让我同你讲讲,要啥条件,提出来,她能做得到的一定做到,虽然她没有多少钱。但她说可以把她丈夫的那套楼房卖掉,她一定要把她的孙子留在身边。我就告诉她,金师母,你就现实点哦,你这是在要姜丽文的命,她怎么可能把她亲生儿子给你?她说,勿还她孙子,那就是在要了她的老命了！你看看僵掉了哦?"

姜丽文说:"咯个女人也太勿讲道理了。"

魏金森说:"大家都在气头上,过上些日脚大家气消了,再慢慢商量哦!好,只要吴先生去舟山了,我也就放心了。姜丽文,那我走了,回见!"

第二十九章

吴耕夫一行三人到了舟山镇上,发现镇上倒也很闹猛。石板嵌镶的路上永远是湿漉漉的,那绿绿的绒绒的青苔在沾满泥浆的石板路上显得很有一番生机。镇上的主干道两边开着各种各样的店铺,茶馆酒肆里坐着不少人。主街的另一边则面对着大海,紧靠着码头,海岸边上停着各色大大小小的船,在海浪的波涛中晃动,吴先生知道,上海小菜场里的海鲜,很大一部分是由舟山渔场供应的,所以街上门面很宽大的店都是渔行,王雅培发家就是做渔业生意发起来的。

吴先生穿着长衫,拎着个小藤条箱,富贵大爷一身武行扮相,手中握了把刀鞘上镶着龙纹图案的大刀,身体显得十分健壮,虽然五十几岁了,但那黑黑的头发,那满腮的黑胡子依然油光锃亮,虽然中间已有了几根银色的白胡子。阿荣是府绸对襟衣服,宽大的裤子,穿着双厚底黑皮鞋,背着个布包,也显得很精神。他们找了家上好的名号叫"福德旅社"的旅馆住了下来。

那时已是中午了,他们在一家饭店用了餐后,吴先生说,我们先去打听打听王雅培的渔行,只要找到王雅培的渔行,就有可能打听得到他们的下落,再找到刘绣娟就勿难了。阿荣说:"吴先生,我走时魏老板告诉我说,不把刘绣娟找到你们就勿要回来。"吴先生点头说:"是呀,刘绣娟找勿到,南先生哪能办!"

吃好午饭,三人就上街去打听。一点也勿难。在渔市上一问就都知道了,其中一位四十几岁中年渔民,皮肤很黑,由于海风的吹刮,大鼻子上都脱了一层皮,他说:"王雅培老板开的就叫雅培渔行。门面很大,生意也做得很大,他自己就有三十几艘渔船租了出去,除收租金外也贩卖时鲜的鱼虾。"

吴先生说:"那他的渔行在什么地方?"

那渔民说:"去年他的渔行就关掉了,渔船能转让的转让,该出卖的出卖,我以前租的就是他的渔船,在他转让渔船时,我也想让他转让给我一艘机动船,但那船钞票太多,我一时付勿起那么一大笔钱,他说先付三成,后面七成慢慢按三年付清,就把船转让给我了。"

那渔民很得意地大笑了笑,显然他占了便宜了。可见那王雅培那时为了拿到现钞不惜做了亏本买卖,赌徒同吸食鸦片的人一样是不惜成本的。吴耕夫很能体会王雅培这样做的那番情结,吴先生就问:"那王老板现在在什么地方呢?"

那大鼻子渔民摇摇头说:"咯我就勿晓得。"

阿荣在边上问:"他以前开的渔行在哪里?"

大鼻子渔民说:"沿着这条街走到十字路口,朝右转弯的角子上有一个大门面的店面,就是当时王老板的雅培渔行了。"

吴耕夫点头说:"那谢谢你了。"

三个人径直走到大鼻子渔民指的那个渔行,店面不但大,而且很深,店里面堆满了箩筐。吴耕夫走进店面,向一位穿着长衫,戴着眼镜,留着山羊胡子,手上托着个铜的水烟罐的,模样像一位账房先生的人,很有礼貌地作了一个揖说:"借问先生,这里可是王雅培老板的雅培渔行?"

那山羊胡子的人说:"现在改成旺兴渔行了,请问先生有何贵干?"

第二十九章

　　吴耕夫说:"我想打听一下王雅培老板,因为我们有点紧急的事想要找他,不知道先生可知道王雅培老板现在哪里?"
　　那山羊胡子的人很警惕地上下打量了一番吴耕夫又看看站在他两边的富贵大爷与阿荣,摇着头说:"勿晓得。"
　　吴耕夫说:"先生可是这家渔行的掌柜?"
　　那山羊胡子的人咕噜噜吸了两口水烟后说:"我是这儿的账房。"
　　吴耕夫说:"那我能不能见见渔行的老板?"
　　那山羊胡子人说:"你是什么人?"
　　吴耕夫说:"我是王雅培在上海的好友,想通过贵行的老板知道一下王雅培老板在这儿住的地方。"
　　那山羊胡子说:"既然是好友,王老板怎么会勿告诉你他在这儿的住址?"
　　吴耕夫说:"因为我一时疏忽忘记问了。"
　　山羊胡子说:"恐怕我们老板也勿一定知道王老板住的地方。"
　　吴耕夫说:"既然这渔行是王老板转让给你们老板的,他理应知道王老板的住址。"
　　山羊胡子说:"转让交割都在这店面里进行的。我当时也在场,所以王老板住在什么地方,我家老板也勿晓得咯,你们走吧。"
　　阿荣有些恼火,说:"我们只想找一下王老板,你这位先生怎么这么不懂得礼仪!"
　　吴耕夫拉着阿荣说:"既然先生勿晓得,那我们就走吧。"然后对那个账房先生作了个揖说,"打扰了,对勿起。"
　　吴耕夫三人走出店面,富贵大爷说:"吴先生,这怎么办?"
　　阿荣说:"我看那个账房先生肯定晓得王老板住的地方。"
　　吴耕夫说:"这事没么简单,急勿得的,我们慢慢地打听吧。"
　　天色已晚,海风吹来又潮又凉,旅馆对面的海岸清晰可见,还不时传来海浪拍岸的轰响声。三人回到了福德旅社。
　　第二天清晨,从海平面上升起的太阳像一团烟火在海水中燃烧。

而在聚德里36号院子中的长得越来越高的法国梧桐树梢总是第一个迎接这一缕灿烂的阳光,梧桐树的阴影覆盖在了水池的上面。阿珍在树荫下卖力地洗着衣服,额头上的汗水滴滴答答地往下流。这时3号的陆勾氏鬼鬼祟祟地移动着她那条滚圆的短腿走到了阿珍的跟前,贴阿珍的耳朵说:"阿珍,昨天夜里你陆家伯伯在杜丰林那边听到他说要寻个日脚收拾你了。他讲:'现在吴先生勿在,富贵大爷勿在,别人就勿敢拿我哪能,我也要让阿珍咯个女人从此见不得人!'"阿珍听了一下沉下脸来,但她用很强硬的口气说:"我勿怕他!他还能拿我哪能,最多我同他一起同归于尽罢了!"

陆勾氏说:"当心点,还是当心点好,人哪能随随便便就死呢?"

杜丰林的脸被阿珍毁了后,那五条伤痕或浅或深地蜕勿掉了。杜丰林虽然继续在做他的那种"生意",而且赚头还勿小,但在做人上似乎有些破罐子破摔的味道,杜丰林勿拿院子里的人放在眼里,大概因为阿珍让他吃了苦头后,他有些心存恐惧,不敢与阿珍靠得太近,但在阿珍晒衣服时他会走过去一脚把阿珍洗过的衣服踢在水池边上的污水里,然后扬长而去,气得阿珍只好无奈地再洗一遍。阿珍骂他也是很难听,但他却嘿嘿地冷笑着走出弄堂。他有时也会把刘广明、齐鲁江油漆坊油漆好的家具,用小刀狠狠地刮一下,把油漆刮掉一片,刘广明或宋云霞要同他拼命,他就捏着小刀说:"来呀,来呀,不过刮脱一点漆呀,我赔就是了,要赔多少钞票,讲出来,老子一文不少照掏。"气得两家油漆作坊里的人恨得咬牙切齿的,但又只好自认倒霉。用宋云霞的话说:"出吶娘逼,真是碰到鬼了,杜癞痢我告诉你,你勿得好死!"

杜癞痢说:"哪能样子勿得好死,你讲讲看,我死给你看,哪能?"

他还时勿时地调戏粟海仙,以前他只是打阿珍的主意,对粟海仙勿敢,因为袁根发很壮实,力气比他大得多,但这些时日,袁根发出海了,要几个月后才能回来了,他也时勿时地对粟海仙说:"海仙姐,今朝夜里我同你困一觉哪能?刘广明好困你,我也可以呀。而且我比刘广明在同女人困觉上面水平要高得多。要勿今夜我到你屋里阿拉一道试试看?"

粟海仙气得从地上抓起一把泥巴往他脸上摔,他抹一下脸说:"哎哟,海

第二十九章

仙姐你假正经个啥,啥人勿晓得你每天夜里骚得一个人哼哼,陆家禾全听得去了。"

粟海仙捞起一把竹扫把要打他。杜痫痫拔腿跑出院子,然后点上雪茄,牵上阿丽大摇大摆地走出弄堂。全院子的人都把这个杜痫痫恨得牙根痒痒的。宋云霞骂道:"世上哪能还有这种让人恨勿能千刀万剐的人呀!"粟海仙说:"我恨勿得现在就杀了他!"

刘嫂与佳佳睡在外屋。姜丽文每次回家刘嫂就醒了。姜丽文就会抱抱佳佳,同儿子亲热上一阵,然后再让刘嫂喂上奶睡下。然而那天晚上姜丽文回来,刘嫂醒来发觉佳佳不在身边,急得刘嫂与姜丽文满屋子找也没有找到,于是一家一家敲门把那些已熟睡了的人都叫醒问问:"佳佳阿是在你们家?"

回答都是:"没有啊,怎么啦?"

刘嫂说:"夜里厢,我给佳佳喂好奶,阿姆还没有回来,天天都是这样的,阿姆回来得晚,我和佳佳都是先睡的。这样天气有点热,我就开着房门困咯,咯几天夜里都是开着门困咯呀,可今朝夜里,我困熟后,阿姆回来了,我也醒了,但发现困在我身边的佳佳没有了。我以为撞到床下头去了,但我找来找去也没有,阿姆就急了,以为佳佳自己爬到门外去了,但到门外找也没有找到。"说着哭起来。

姜丽文说:"啊会有人抱走啊?"

刘嫂说:"我困熟了啊,我真勿晓得。"

宋云霞说:"肯定有人抱走了,院子里除了水池边有个小水沟,但下水口有铁盖牢咯。勿要讲一个小人,就是只小鸡小鸭都跌勿进去,屋里厢没有,院子里没有?这么小的小人还只会爬勿会走,会到哪去啊?"

粟海仙直指杜痫痫家的房门说:"对呀!云霞妹讲得对,肯定是有人抱走咯,这么小的小人,能到哪里去啊?再说就是有人抱走也是院子里的人抱的,天气热我们都睡在作坊里,作坊的门打开着,院子里的人进去,我们会看得清清爽爽咯,我们都没有见有人进来,肯定是院子里咯人抱走咯,再说,院子里的这些人晚上会抱佳佳走啊。肯定是咯只瘪三才会做出咯种勿要面孔的事体来。"

刘嫂越听越觉得粟海仙讲得有道理,这时,院子里只有两家的门关闭着的。一家是阿珍,她把门关得紧紧的,还顶了两根棍子,这道理人人都晓得。而杜瘌痢的家门也紧闭着,刘嫂就直奔到杜瘌痢家门前,用力敲开门。杜瘌痢可能刚办完事,提着个裤子开的门,跟在后面的是阿芳,衬衣还没有拉下来,半个乳房露在外面。

杜瘌痢说:"做咯?做咯?"

刘嫂说:"我找我的佳佳,你把我的佳佳抱到哪去啦?"

杜瘌痢一个耳光甩了上去,说:"出呐娘逼!我啥时间抱走你咯佳佳啦?"

姜丽文说:"杜丰林,你就是没有抱,也勿能打人啊!"

杜丰林说:"她冤枉人做啥,自己把佳佳弄丢了,却怪到我杜丰林头上来了,我杜丰林这么好叫人欺辱啊?"说着又飞起一脚在刘嫂肚子上踹了一下。刘嫂扑上去,同杜丰林扭打在了一起,杜丰林抓住刘嫂的头发,在刘嫂的头上猛搔。大家怕刘嫂吃亏,奋勇上去把他们拉开。

姜丽文说:"杜丰林,你有没有抱走我佳佳呀?"杜丰林说:"姜丽文,我抱走你小人做啥?我是神经病呀?"

姜丽文说:"你没有抱走啊,那打人做啥?"

杜丰林说:"出呐娘逼,她冤枉我,我就要请她吃生活,让她长长记性!"

杜丰林说着把阿芳往屋里一推,然后自己也闪进屋里,把门砰地关上了。谁抱走了佳佳呢?会勿会是那个金郑氏呢?但这些天谁都没有再见过金郑氏这个人。刘广明说:"姜丽文,快去巡捕房报案去吧,佳佳肯定是给人抱走的。"

第三十章

　　福德旅馆是三层楼,在这条开满店铺的街上,三层楼的建筑只有两栋,大多数只有两层楼或者就是平房。吴耕夫他们三个人包了三层楼上的一间大的客房,虽然里面摆了五张床,但阿荣对店老板讲这间房他们包了,不许再安排别的客人进来,他们付整个房间的费用,老板自然乐意说:"整个房间的钞票你们都掏了,当然勿可能再安排别的客人的。"

　　吴耕夫与富贵大爷都习惯于起早,因为平时魏金森要睡懒觉,所以阿荣自然也随着魏老板晚睡晚起,养成了习惯。吴耕夫一行人到了舟山后,吴耕夫与富贵大爷起床了,阿荣还要在床上赖上一会儿。

　　从街上插入一条小路横穿出去就是海岸,眼前便是茫茫的大海。海浪拍岸溅起了无数的浪花,然而海边的空气真的很新鲜,在上海住惯了的人很少能呼吸到如此新鲜并带着潮气的空气,上海黄浦江边的空气也带着潮气,但与海边的潮气勿大一样,海边的空气似乎更纯洁更舒心。

富贵大爷要在海边练一会儿功,吴耕夫就穿到石块砌的路上去逛街。那台阶两边的小吃店早已开业,吃早点喝早茶的人也很多,想勿到一个舟山岛的小镇上,人也会那么多,街面也会那么热闹。当吴耕夫慢慢地朝福德旅馆走时,突然从岔路上蹿出两个人,手拿着竹杠就往吴耕夫的头上和身上打,吴耕夫急忙用手臂护着头部,但竹杠却像雨点般地砸了下来,在海边练完功的富贵大爷刚拐到街上就看到吴耕夫被两个人打,于是抽出大刀直奔而来。

那两个人看到富贵大爷握着明晃晃的大刀朝他们直奔过来,转身拔腿就逃,那时阿荣也已起床下了楼,准备外出与吴先生、富贵大爷一起吃早点,看到此情景,他拔腿去追那两个正在逃跑的人,追上了一个,飞起一脚,把那人踹倒在地,那个人长着好大的一个鼻子,光头后面留着一缕头发,那个人也很灵敏利索,倒地后迅速地翻了个滚,起来就从斜岔的一条小路上逃走了。阿荣立马回来,富贵大爷这时已经把吴耕夫扶了起来。

阿荣也忙去扶吴耕夫,说:"吴先生,要紧哦?"

吴耕夫说:"别的没有啥,就是头有点晕。"

富贵大爷说:"头上起了两个包。"

富贵大爷与阿荣扶着吴耕夫回到了福德旅馆。

店老板看到吴耕夫被打伤了,立即让伙计搬了一张竹榻,让吴耕夫躺下。吴耕夫问店老板:"你们舟山常出现这样的事吗?"

店老板是个大大方脸,一口的舟山话,讲话又很快,吴耕夫有点听勿清爽,阿荣是镇江人,听得懂,就翻译给吴耕夫听,说:"很少有过这种情况的,我们舟山咯个地方,虽说大多都是渔民,但也很讲理的,爱幼敬老,尤其对读书人更是敬重。"

会武功的人都懂一些医道,富贵大爷看了看吴耕夫身上被打的伤,摁了摁,捏了捏说:"还好没有伤到筋骨,敷上几贴膏药,很快就会好的,我带着治伤的膏药呢!"

贴上膏药后,吴耕夫就感到疼痛减轻了不少。他们一起吃了早点,富贵

第三十章

大爷说:"吴先生,你今朝不要再走动了,静养上一天,有啥事体你让我同阿荣去做。"

吴耕夫说:"既然没有伤着筋骨,那我就到三楼房间去休息一歇。我们还得去找王老板,寻刘绣娟的事体拖勿得。就像病人一样,病也是拖勿得的。世事瞬息万变,早一刻、晚一刻,事情就会勿一样。"

阿荣点头说:"吴先生说得是。"

阿荣扶着吴耕夫上了三楼,吴耕夫躺下后说:"富贵大爷、阿荣你们看清打我的那两个人了哦?"

阿荣说:"有一个我看得很清。"

吴耕夫说:"尽量找到他,他们肯定是王雅培派来的人,找到他就能知道王雅培的消息,那个旺兴渔行肯定与王雅培有关系。"

阿荣说:"吴先生,我也这样想,勿然为啥要无缘无故地来打你,又勿是劫财!"

吴耕夫说:"我们只要勿走,他们肯定还会来骚扰我们,他们是想把我们赶出舟山,王雅培肯定就在舟山,刘绣娟肯定没有顺从他,如果顺从了他王雅培,王雅培说勿定还会让刘绣娟来见我们,甚至还会设酒席请我们,但现在他设法恶狠狠地想把我们赶走,说明他在刘绣娟的事情上并没有顺意。"富贵大爷与阿荣都觉得吴先生分析得有道理。

吴耕夫说:"所以从明朝开始,我还是一个人外出,再设法把他们引出来。"阿荣喊说:"咯哪能可以啦!你这样单独出去,要出什么差错,这个责任我可负不起!"

吴耕夫说:"我要勿单独出去把那两个人引出来,要找到王雅培那就太难了。你要晓得,舟山岛是我们国家的第三大岛,也有百万的人口,这么大的地方,我们就像大海捞针一样。夜长梦多,我们只有尽快找到王雅培才有可能找到刘绣娟。"

阿荣说:"话是这么说,但你这样做太危险。"

吴耕夫说:"我要出啥事体,我自己负责,连累勿到你。"

阿荣说:"你要是被打死了呢?上次你没有感到他们那两个人对你下手

这么重，万一你要有三长两短，你人也死脱了，魏老板怪罪于我，我哪能讲得清。"

吴耕夫说："勿还有富贵大爷吗？"

阿荣讲："你只有自己讲，魏老板才相信，光有富贵大爷讲，魏老板还勿一定相信呢。到辰光魏老板就会敲掉我的饭碗的。"

富贵大爷说："吴先生，阿荣讲得也有道理，你最好勿要单独行动。"

吴耕夫说："你们两个勿是跟着的吗？"

阿荣说："你是让我们远距离跟着你，那根棒下来时，我们根本赶勿及，吴先生，你一定要单独行动，我只有告辞了。"

吴耕夫说："要走你就走哦，有这样的机会我们要是勿利用我们就是找煞死也勿一定找得到。"

阿荣一转身走了。

富贵大爷看看吴耕夫，吴耕夫叹口气说："他要走就让他走吧，富贵大爷你要想走，你也可以走，我吴耕夫就是死了，我也要找下去，我讲过，既然做了，就要做下去，半途而废算啥名堂。"

富贵大爷说："吴先生，我勿会走，我同你一道寻下去，讲起来，绣娟是我干女儿，比你还要亲呢，要是寻勿到，我就把我这把老骨头丢在舟山了。"

这时，阿荣突然又转回来了，还作了个揖说："吴先生，对勿起，我就这样回去，魏老板照样会敲掉我的饭碗，魏老板的脾气我是晓得咯。要死，大家就死在一块哦。我阿荣也勿是个办事体半途而废的人！"

吴耕夫说："死勿了，王雅培没有这么大的胆子，他只是想把我们赶走罢了。再说，刘绣娟虽然被他弄到这儿来了，但刘绣娟也勿一定会依他。魏老板花了那么大的力气都没有用，王雅培也勿一定弄得成。所以我们要尽快找到王雅培和刘绣娟，我单独出去时，你们尽量离我近一点，隐蔽一点就行了。"

那明天就按吴先生说的办。第二天一早，吴耕夫就开始有意一个人外出，而躲在两边的阿荣与富贵大爷的眼光一刻也不离开吴耕夫，尤其是阿荣怕吴耕夫有啥闪失，魏老板就会怪罪于他，他不想让主子看勿起自己，这是

第三十章

立身的饭碗。所以阿荣此时对吴耕夫就像对魏金森一样忠心,虽然他躲在一边远远地跟着吴耕夫,但眼光一刻也不离开吴耕夫的身影。

在上海聚德里36号的院子里,大家都为佳佳的丢失而操心,但姜丽文毕竟是在社会上混的人,看的多经历的也多。佳佳突然丢失,她虽很伤心,但流了一阵泪后,反而安慰起刘嫂来,因为刘嫂觉得佳佳的丢失全是她的责任,她似乎像犯了罪似的,那几天天天都是以泪洗面。姜丽文宽慰她说:"刘嫂,你再急再愁也没有用,我已经托12号的周家车了,让他拉黄包车走街串巷时多留点心。"

刘嫂说:"师母,你勿晓得我有多喜欢佳佳咯个小人啊。"

姜丽文说:"他是我儿子,我比你更心疼,但急也没有用。"

院子里的人分析来分析去都觉得最可疑的自然是杜瘌痢,但大家都没有证据,杜瘌痢又一口否认,并且威胁说:"啥人再怀疑我,我就对他勿客气,我就让他吃一刀,我现在啥人也勿怕,我面孔已经给阿珍弄成这样,我活在这世上还有啥意思啊!"所以这已是个破罐子破摔的杜丰林了,院子里的人谁也勿想惹他。但刘广明认为,如果是杜丰林偷走小人,那他背后肯定是有人指使的,因为杜丰林要偷佳佳做啥?去卖钞票啊?拐卖是重罪,杜丰林现在做那种"生意"用勿着拐卖人口来赚一点钞票。而在背后指使他的人说勿定就是金郑氏,别的可能性都不大。大家都觉得刘广明分析得很有道理。姜丽文也觉得这种可能性很大,于是姜丽文让周家车侧重注意金郑氏这个人,看看能不能碰到这个女人,最好能找到她住的地方。周家车说:"姜丽文你放心,那时她在你家门前闹时我见过她,我会注意咯。"

姜丽文在佳佳丢失的第二天一早就到霞飞路上的魏公馆去找魏金森,想打听金郑氏的住处,魏金森说:"我现在也勿晓得她住在什么地方,过去他们住在海格路上的一栋洋房里,离我这里勿太远,但他们在生意上落魄后就搬走了。她男人死后,我们就更没有来往了。前些日脚她为小人的事体来寻过我,但她住在什么地方,我真勿晓得。你讲你咯佳佳可能是她抱走的,但你有证据哦?啥人看见了哦?"

姜丽文摇头说:"我现在还确勿准。"

魏金森说:"那我给你关注关注,你也勿要急,总会有个结果咯。"
姜丽文说:"那就谢谢魏老板了。"
在舟山镇上,吴耕夫每天都单独行动,尤其在岩石陡立的海岸边的一条石板路上走动,看着海浪汹涌地冲向岩石。而在板路的那一边,有着一排渔行与商店,朝海那面望去,可以看到不少岩石嶙峋的一座座小岛,还有那往海洋深处驰去的一艘一艘的渔船。

吴耕夫猜得不错,大概在第五天,他在海岸边散步时,那个光头后面留着一撮头发的人,又拿着根棍子朝吴耕夫冲来,接着从岔路口也冲出一个壮汉,也拿着根棍子朝吴耕夫奔来。吴耕夫早有准备,立即转身朝三岔口的一个拐角奔去,那两个人也赶到了三岔路口,埋伏在三岔路口的富贵大爷与阿荣一个对一个,几个回合,那两个人被打倒躺在了地上,富贵大爷和阿荣掏出绳子把那两个家伙捆了起来。

海岸边上怪石嶙峋,又有不少大大小小的岩洞,洞下也涌动着海水,他们把那两个人带到一个山洞里。阿荣一脚一个把这两个人踢跪在地上,富贵大爷拔出刀,那个长得比较壮实皮肤黑黑的汉子,似乎老实得像个傻子一样,拖着咯脖子一句话也不说,似乎有一种要杀就杀要剐就剐的架势。而那个脑后留着一撮头发的人吓得浑身发抖,说:"老爷,老爷,你们要做啥?"

阿荣说:"想要你们的脑袋喂鱼。"

后脑留着一撮头发的人说:"老爷,勿作兴咯,勿作兴咯呀,随便杀人哪能可以啦。"

吴耕夫说:"那你说谁让你们来打我的?"

后脑上留着一撮头发的人说:"这我勿好讲了,我要讲了我们全家的饭碗就丢了。"

富贵大爷站在洞口当看守,阿荣拔出锋利的小刀,刀口搁在那一撮头发的人的耳朵上说:"说不说,说了留你一条命,不说就先割你一只耳朵,再勿讲就再割你另一只耳朵,要是再勿讲就割你的鼻头,要是还不肯讲,那就只好割你的脑袋了,讲勿讲?"阿荣的那种流氓痞子的腔调就出来了,捏着那人的耳朵真准备下手,说:"讲勿讲,耳朵真勿要啦?"

第三十章

那人发现阿荣来真的了,说:"我讲,我讲……"阿荣松了手,但他又勿肯讲了。

而跪在他身边的那个壮汉,这时看着脸也开始发白发青了,吓得浑身哆嗦了,人长得壮,开始样子摆得气势十足,其实也是个怕死的胆小鬼,那壮汉哆嗦着嘴唇说:"我讲,我讲。"

一小撮头发的人马上说:"还是我讲哦!是王老板让我们来的,他说要想办法把你们赶出舟山岛。"

吴耕夫说:"王老板叫啥?"

一小撮头发的人说:"叫王雅培。"

吴耕夫说:"他怎么知道我们在这儿的?"

壮汉也为了表功立马说:"是旺兴渔行的人告诉他的,王老板在旺兴渔行也有股份。"

阿荣说:"王老板现在在什么地方?"

一小撮头发的人说:"这我们就不晓得了,王老板是生意人东奔西跑的,我们真勿晓得他现在住在啥地方?"

阿荣又把刀搁在他的耳朵上:"不要耳朵了是哦?"

壮汉说:"黄鱼头,你这是何必呢?既然讲了就告诉老爷们,你何必吃这眼前亏呢?好汉勿吃眼前亏,是哦?"

那个叫黄鱼头的说:"海根,要讲你讲,王老板要是晓得是我讲的,把我们家的渔船收走了,我们全家就要喝西北风了,你反正光棍一个,到啥地方都可以混饭吃。"

吴耕夫说:"那你讲,讲出来我给你两块大洋,勿肯讲咯,耳朵上就要吃一刀,这也叫奖罚分明。"

那叫海根的壮汉一听,讲了还有两块大洋。于是竹筒倒豆子全都倒了出来说:"就在那边叫珍珠岛的一个小岛上,同一个很漂亮的女人在一起,听说那个女人是个戏子,王老板想弄来当姨太太,但听说那个戏子死活勿从,王老板就把她关到那个小岛上去了。"

吴耕夫说:"那岛上有啥?"

海根说:"王老板在那小岛上盖了一栋别墅,王老板休闲时就住在那儿。"

吴耕夫说:"你能不能带我们去?"

海根说:"我勿敢带你们去。"

吴耕夫说:"为啥?"

海根说:"一般勿熟悉那儿水路咯人是上勿去咯,会翻船淹死在海里咯。"

阿荣朝吴耕夫点点头,阿荣从小在海边长大,知道有些小岛四周危机四伏,如果不熟悉其中的水道,小岛的四周又是海涛汹涌,弄勿好就会翻船,不但上勿了岛,连命也会搭进去。

吴耕夫说:"那小岛在哪儿?"

海根说:"我只能远处给你们指一指,靠近勿了咯,老爷,你讲话要算数。"吴耕夫知道他想要啥,于是掏出三块大洋扔给那海根说:"那两块是刚才答应你的,这一块算你的带路费。"

阿荣给他们松了绑,然后在黄鱼头的屁股上狠狠地踢了一脚,骂:"出呐娘逼,真该让你再吃上一刀。海根,走!带路。"

第三十一章

舟山群岛有上千座的岛屿。王雅培在做渔业生意大发的时候，舟山的渔业有将近一半在他手里进出，那时他就买下了离舟山三十海里的一座小岛，自己给它起名叫珍珠岛。其实起先渔民把那岛叫鸡嘴岛，因为岛的样子像一只鸡的喙，王雅培嫌它难听，就改名叫珍珠岛。吴耕夫让阿荣到尖嘴码头上去雇了一只小游艇，开游艇的师傅也就是小游艇的主人，叫阿锡，经常有一些游客到舟山来游玩，他做的就是载着游客到海上去观光的生意。但今天阿荣把阿锡的这艘小游艇包下来了，让他到珍珠岛走一趟。阿荣问他："珍珠岛，你晓得哦？"阿锡说："那是王雅培王老板买下来的岛。当然晓得。但你们上勿去的。只有一只码头可以靠岸，其他地方你们根本没办法靠近的。就是要靠近那只码头，也得有经验的开船师傅能进去。"

吴耕夫、富贵大爷、阿荣坐上游艇，阿锡在海上行驶了两个多小时，这才看到像鸡嘴一样的珍珠岛。岛上果然有一栋别墅，别墅四周还有十几栋小平房子。岛的四周布满了一座座露出海面的尖利的礁石,礁石的周围海水汹涌,惊涛拍岸,海风呼啸,离小岛大约两海里时,阿锡说:"勿敢再靠近了,再靠近就会触礁。"阿锡有望远镜,他给吴耕夫说:"你就用望远镜看看吧,船我是勿敢再往前走了。"

吴耕夫拿着望远镜,他看到了岛上那栋很雅致的白色的二层楼房,四周有石头的围栏,前面还有一个花园,楼房的顶上还有一座像瞭望台一样的阳台,他在盯着阳台看时,突然看见两个女人从屋里走到了阳台上,海风吹着她们飘逸的绸缎衣服,吴耕夫立即感觉到走在前面那身材匀称而优美的女人就是刘绣娟。吴耕夫喊了两声,距离太远,又有海风的呼啸与海浪撞岩壁的巨响,刘绣娟显然听勿见,富贵大爷与阿荣也拿着望远镜看了,都说:"是刘绣娟勿会错!"

三人都有些激动,但游艇靠勿到岛前,也就上勿到岛去,吴耕夫说:"我们一定要让刘绣娟知道我们在这儿。"于是三个人一起挥手,阿荣甚至脱下衣服用力挥,但阳台上那两个人影一点反应也没有。吴耕夫说:"我有办法了,先回去,明天再来!"

吴耕夫他们在海岛终于看到刘绣娟的身影的那一天,上海出梅了,天终于放晴了,但炎热却接踵而来,梧桐树上的知了又开始一声长一声短无休无止地鸣叫起来。好像憋了许久日子没有叫,现在终于可以叫了,要好好地痛快地叫个够似的。

那天中午,杜丰林的家门口又摆起了一个大圆桌子,那是他第三个儿子的百天了,按中国人的习惯,孩子出生后百天也是要好好庆祝一番的,杜丰林与他的七个兄弟,号称八大金刚,又都聚在了一起。院子里的人对这个所谓的"八大金刚"也都"敬而远之"。可院子里的人发觉今朝这八大金刚似乎是来者不善,有些杀气腾腾的。大家在水池边洗好东西,就匆匆回到了家里紧闭房门。大家都知道杜丰林这些人是上海滩上典型的处在最底层的痞子与流氓,这种人天勿怕地勿怕,都是一些把自己的性命勿当命的人,所以这种人既勿要脸又勿要命,这真是最可怕的。

从饭店订的菜是饭店的伙计用扁担挑了两只竹编大饭盒子挑来的,在

第三十一章

圆桌上摆了满满的一桌子,桌下放了四大坛黄酒,八个人就开始胡吃海喝起来,又是猜拳又是尖叫,喝了约两个时辰,其中那个称杜丰林为救命恩人的阿龙说:"丰林哥,我看可以了。"

阿珍已吃过中饭,又在水池边洗衣裳,宋云霞曾暗示阿珍回房子里躲一躲。阿珍说:"今朝接咯生活太多,到那夜里都洗勿完,顾客明天一早就要咯,我就是躲到屋里厢,那也没有用,一扇破门,这么多人,一踢就踢开了,我就勿怕他,越怕他越上头,我勿躲,躲也躲勿了。他杜癞痢又勿是第一次欺辱我了,他是庆他儿子的百天,儿子的喜庆日脚,他还敢拿我哪能!"

阿珍错了。

杜丰林醉醺醺地朝阿珍走来,阿珍警惕地站了起来,想往后退回到房子里。

杜丰林说:"阿珍,我咯宝贝,你勿要怕呀,你怕啥怕啦?"杜丰林一下堵住了阿珍回家的路。

阿珍说:"你想做啥?"

杜丰林说:"不做啥? 就是想让你去喝一杯酒,庆祝庆祝我儿子的百天,哪能,咯点面子你阿珍勿肯给?"

阿珍说:"谢谢你,我要做生活,你咯酒我勿能吃,就是吃也吃勿起。"

杜丰林说:"我请你吃呀,你又有啥吃勿起咯,阿珍,我杜丰林今朝是先礼后兵,勿要敬酒勿吃吃罚酒,我面孔上的这深仇大恨还没有报呢,但现在还勿报,只是先请你吃酒。"

阿珍说:"我勿会吃酒!"

杜丰林说:"那我就教你吃,哪能? 或者我用嘴巴灌你吃,咯多有味道啊。"阿珍咬牙切齿地说:"你咯只流氓!"

那只叫阿丽的哈巴狗突然蹿到阿珍的脚下,冲着阿珍汪汪地叫起来,又生气又恼火的阿珍一脚就把它踢开了。杜丰林一巴掌就朝阿珍的脸上甩了上去,阿珍也就同杜丰林对打开了。毕竟男人比女人有劲,阿珍有些招架不住,于是她要拼死一搏狠狠地在杜丰林的手臂上咬了一口,杜丰林那几个兄弟就围了上来,杜丰林把阿珍用力摔在了地上,阿珍的阿弟瘸着腿拿着根棍子冲上来,阿龙一个扫堂腿把阿珍的阿弟绊倒在地上。

杜丰林指着阿珍对那几个人喊:"捆起来!"几个人把阿珍捆了起来。刘广明上去说:"杜丰林,你咯个是做啥?"

杜丰林突然抽出刀子说:"刘老板,你靠一边歇着去,没有你的事体,你要想搅和我阿林的事体,我就同你白刀子进,红刀子出,啥人让咯只逼毁了我面孔咯!今朝我也叫她见勿得人!"

刘广明的老婆王桂莲怕自己老公吃亏,就冲上来把刘广明拉了回来,刘广明甩开王桂莲的手说:"你拉我做啥?"

王桂莲说:"他们人多,我怕你吃亏呀!"

刘广明想了想说:"我出去一趟。"

王桂莲说:"出去做啥?"

刘光明说:"咯你勿要管了!"刘广明是想出去叫巡警的。

但杜丰林却挡住刘广明说:"勿许出去!阿牛,阿福守着院门,啥人也勿许出也勿许进,啥人敢出去,敢进来,就捅死他!丘岭,阿繁,来!把咯只逼给我捆到树干上。"

几个人把阿珍双手反绑,捆在了那棵梧桐树上,杜丰林走到阿珍跟前,摸了摸阿珍的面孔说:"嫩妹子,哪能你再狠呀,再凶呀,今朝我阿林哥要叫你也见勿得人,哪能?做我姨太太,我阿林就放你一马,要是勿肯,那就勿要怪我勿客气了。"

阿珍呸地吐了杜丰林一脸,骂道:"出呐娘逼,你想哪能?"

杜丰林说:"已经到这种地步了,你嘴巴还硬?做啥?今朝我要把你衣服全都剥光,让大家看看你光身子有多鲜亮,阿山,帮我脱。"阿山也同杜丰林上去拉开了阿珍的上衣。

宋云霞冲上来说:"阿林,勿可以这样的!罪过呀,人家阿珍还是个黄花闺女呀!"

杜丰林说:"就因为是黄花闺女,我才叫她露露身,让大家有看头,老太婆有啥看头呀!"说着又一把把阿珍的上衣全都扯了下来,乳房露了出来。

宋云霞与粟海仙,陆勾氏都上来说:"杜痢痢,你做得太出格了,要天打

第三十一章

雷劈的。"

杜丰林说:"天打雷劈?我杜丰林勿怕,我已经破相了,我今朝也要叫咯只逼破破相,叫她一辈子见勿得人。"说着上去就要扯阿珍的裤子。

这时南庄俊与李月桂也出来了,南庄俊说:"杜癞痢,你这样太侮辱人了,勿可以咯,人家阿珍还是个姑娘呢。"杜丰林这时已红了眼又借着酒胆,一把把南庄俊推倒在地,骂道:"你咯只神经病!"南庄俊爬起来,大家以为他会冲上去同杜丰林开打,但南庄俊却转身回家了,杜丰林又上去要扯阿珍的裤子,阿珍并着双腿喊:"救命啊!救救我呀!"杜丰林用一块破布头,一下塞进阿珍的嘴里说:"我让你叫,再叫呀,叫勿出来了哦?"

院门口挤满了人,丘岭与阿繁拿着刀拦在院门口,瞪着虎眼,勿许人进。

杜丰林继续要把阿珍的裤子往下扯,再这么一扯阿珍就要光屁股了。突然有两个人冲进院子,那两个守在院门口的丘岭与阿繁都摔倒在地上,朱成功、朱成雄刚好出镖回来了,背上还插着大刀。杜丰林那几个围在阿珍身边的人一看,知道事情不妙,拔腿就逃。就在这一瞬间,刘广明拿着根像桌腿一样的四边有棱角的棍子狠狠地朝杜丰林的头上砸去,杜丰林一下子倒在了地上,朱成功一脚把倒在地上的杜丰林踢翻过来,朱成雄摸摸鼻息,朝刘广明翻翻眼,意思是"死了"。而这时南庄俊突然冲了上来,手中紧握把菜刀,他举起菜刀就朝杜丰林的脖子狠狠地连砍了几刀,鲜血喷了一地。这时两个巡警从人群中挤了进来,其中有一位红头阿三,说:"哪能桩事体?"

南庄俊捏着带血的菜刀说:"人是我杀咯,咯个人要脱人家小姑娘的裤子,咯种人勿杀杀啥人啊!"

两个巡警看看被割了脖子死在地上的杜丰林,然后从南庄俊手中夺下菜刀,对四周的人说:"你们都保护好现场,咯位先生跟我们走。"南庄俊点头说:"好咯,好咯,我杀的人。"

李月桂走过来说:"你们要带他到哪儿去?"

巡警说:"去警署。"

李月桂说:"他是神经病。"

红头阿三小胡子巡警说:"那也得去,他杀了人了。"

李月桂说:"那我也跟着去。"
　　红头阿三巡警说:"你去做啥?"
　　李月桂说:"我说了,他是神经病,我家先生外出有事,让我关照好他!"红头阿三巡警说:"那走吧。"回头又强调说:"你们要保护好现场!"不久,那个红头阿三巡警带来了法医等好几个警署的人,他们验了尸体又询问了院子里包括阿珍在内的所有的人,做了笔录,然后对哭得死去活来的阿芳说:"你找人把你丈夫的尸体收了吧,他也是罪有应得!"
　　院子里的人的情感都很复杂,杜瘌痢咯只瘪三死了,大家都感到很痛快,但毕竟是死了人了,大家都又觉得有一种异样的感觉,就是似乎也有点悲伤,死人总是件让人伤感的事。

第三十二章

其实舟山也是个很热闹的地方,尤其是镇里街市的中心区,那里商铺林立,人群熙攘;各种各样的商铺都有,当铺、旧货铺、杂货铺都能找到。吴耕夫在布店里让阿荣买上几丈红绸子,富贵大爷在旧货铺里竟然看到了一张武术比赛用的中间镶嵌着钢片的藤条做成的一张弓,价钱不菲,但吴耕夫让阿荣买了下来,阿荣问:"有啥用?"

富贵大爷说:"我晓得,吴先生的意思是让我拉弓朝岛上送信。"

回到旅馆,吴耕夫就在那块大红绸上写下了"刘绣娟"三个大字,然后又写了一封信捆绑在箭头上。

一切筹备就绪,第二天一早,他们又租上阿锡的游艇出海。太阳从海面上升起,大海永不停息地翻着波涛,时大时小。游艇再次驰向珍珠岛。

用阿锡的话说,珍珠岛是有码头的,虽然小,但也有一条较安全的水道,绕几个弯也可以到达码头,但阿锡说:"一般的人都勿晓得这条水道怎么走,走勿好也要翻船的,只有经常走的人才晓得怎么走,王老板也有只游艇,为他开游艇的人才知道,从哪儿进从哪儿拐弯,从哪儿到达码头。但我勿晓得,所以我勿敢进。"

吴耕夫说:"那怎么才能靠近岛边上?"

阿锡说:"你们真要上岛最好带上只小船,吃水浅,然后用桨慢慢划进去。这样就勿容易触礁,就是碰到礁石也勿要紧,船速慢,又有桨可以探试和支撑,你们如果能找一个做过水手的人员为你们划船,那就更保险了。"

游艇又开到离小岛两海里远的地方,吴耕夫看到岛上别墅的阳台上,刘绣娟与那个女人又在看大海。刘绣娟似乎也在寻找着什么。吴耕夫让富贵大爷与阿荣拉开写着"刘绣娟"三个字的大红绸挂了起来,那红绸在蓝色的大海上显得特别鲜亮。吴耕夫用望远镜看着阳台上的刘绣娟,刘绣娟一下子就看到了飘扬着的红绸子,而且还看到了自己的名字,她激动地朝游艇招手,吴耕夫与阿荣也用力挥手,富贵大爷搭弓射箭,那箭在海风中摇摇晃晃地飞到了岛上。刘绣娟的人影从阳台上消失了,然后两个小小的人影出现在海岛边上,刘绣娟捡起了那支箭。

吴耕夫在纸条上这样写着:"等我们的信号,到时我们上岛来救你。吴耕夫。"

刘绣娟拿着纸条朝他们挥手,抹了一下眼睛,她可能激动地哭了。

重新回到舟山,吴耕夫对富贵大爷说:"富贵大爷,你回一趟上海,看看袁根发出海回来没有?要是回来了,请他来舟山帮帮忙,要是没回来,你就去找魏老板,让他帮我们在上海找一个。"

阿荣说:"吴先生,在这儿找个不行吗?"

吴耕夫说:"这舟山是王老板的地面,要是寻的是跟王老板有关系的人,我们不是前功尽弃了?要把小船划到岛旁边,上岛救人一定要做到万无一失。恐怕机会不会有第二次。"

于是富贵大爷匆匆坐船回到了上海,当他走进院子里发现正在出殡,阿芳与杜丰林的几位狐朋狗友的所谓兄弟都穿着孝,正扶着杜丰林的棺材往院子外走。阿芳抱着个小毛头,拖着两个儿子哭得死去活来的。那个叫阿

第三十二章

山的一脸怒气,对阿芳说:"阿嫂,你放心,阿林的仇,我们一定会帮他报的!"

棺材出了院子。院子里的人这才看到富贵大爷回来了,于是就拥上来问富贵大爷有关寻找刘绣娟的事,说:"人是寻到了,被关在一只小岛上。"他看到粟海仙也在边上,忙问:"袁根发回来了哦?"

粟海仙说:"回来了,前天回来咯。"

这时富贵大爷的两个儿子也从家里走出来,说:"阿爸,你回来啦?"

接着大家七嘴八舌地把有关杜丰林与阿珍的事体详详细细地告诉给富贵大爷听。富贵大爷说:"咯种人死了,院子里才会太平,做出这种丧尽天良的事,死有余辜!"

粟海仙问富贵大爷说:"富贵大爷你寻根发做啥?"

富贵大爷说:"吴先生让我来找根发,有桩事体要请根发帮忙。"

粟海仙一听是吴先生要找根发帮忙,就对着家门口喊:"根发,出来,富贵大爷说吴先生托你要帮他做桩事体。"

袁根发在屋里听到粟海仙的喊声,说吴先生要托他帮忙做桩事体,他就忙走了出来。

富贵大爷就把舟山那边的事与吴耕夫的想法同根发一讲,根发说:"吴先生真是咯个意思?"

富贵大爷说:"他特地让我回来找你的。"

粟海仙说:"根发,咯你哪能也要去咯!吴先生咯意思呀,又是去救刘绣娟。"

朱成功与朱成雄说:"阿爸,我们也跟你去吧,爬山跳岩我们是行家里手。"

富贵大爷说:"那好,成功你去买去舟山的船票,我要到魏老板那儿通报一声,今朝我们连夜坐船往回赶。"

富贵大爷坐上黄包车去了霞飞路上的魏公馆,把舟山那边的情况同魏金森一讲,魏金森说:"出呐娘逼,真咯是王雅培咯只瘪三做咯啊,富贵大爷,你告诉吴先生跟阿荣,一定要勿惜一切代价,把刘绣娟给我救出来!"

袁根发、朱成功、朱成雄兄弟跟着富贵大爷坐船来到舟山镇。吴耕夫、阿荣正焦急地等着他们。吴耕夫怕夜长梦多,他们又是在海上飘红绸布,又是射箭送信,一旦走漏风声,王雅培把刘绣娟转移了,那他们就前功尽弃了,所以吴耕夫看到富贵大爷领着袁根发等人一到,顿时松了口气。他把情况同袁根发等人一讲,建议立即就行动,但朱成功提出,上岛最好在晚上,白天一旦被岛上的人发现,他们在上我们在下,一旦攀爬的绳子被他们在上面砍断,那会非死即伤。

吴耕夫觉得朱成功讲得很有道理,说:"那就明天行动,成功你看行吗?"

朱成功说:"好。我们明天白天往岛上射一支箭。晚上就到岛上去营救。吴先生你看可好?"

吴耕夫点头说:"那就这样!其实这件事对魏老板来说可能无关,对我吴耕夫来说也没什么关系,但既然我答应做了,我一定要做成功,这就是一个人活在世上应该尽的社会责任,所以希望大家齐心合力,把刘绣娟救出来。"

富贵大爷说:"绣娟是我干女儿,成功、成雄就是她的兄弟,我们理应出力,这吴先生完全可以放心。"

太阳像一团火球一样漂浮在海面上,发出粼粼的鲜红的波光。富贵大爷在游艇上射出了第一支箭。后来刘绣娟告诉吴耕夫,前些天王雅培勿在岛上,而给他们做饭的老妈子与服侍她的女仆,都是文盲,大字勿识一个。但在他们决定要上岛营救刘绣娟的那天下午,王雅培却回来了,他的贴身跟班和私人保镖也跟着一起回来了。刘绣娟说,那天下午她一直提心吊胆地熬到黑夜。

天一黑,海面上的风浪就大了起来。但袁根发说,这浪不算大,只能说是很平常的风浪。夜幕黄昏时分,吴耕夫、富贵大爷、阿荣、袁根发、成功、成雄两兄弟坐上了游艇,游艇后面拖着一只小木船,阿锡驾着游艇开足马力。天黑了下来,大海上是漆黑的一片,月光在海浪中忽闪着一波波银色的光亮。他们离珍珠岛有一海里的距离,游艇开不进去了。岛上那栋别墅的两层楼里许多窗户都闪着灯光,而且很耀眼,然而岛四周的海面上却是漆黑一片。他们六个人下了游艇,坐上小船。袁根发长期当海员,是个读懂了海的

第三十二章

人,在他的吩咐下,小木船在暗礁中漂行着,袁根发在前面用桨探路,成功和成雄在后面划桨,他们很顺利地划到了岛的下面。袁根发把小船拴在一块凸出的岩石上,然后爬上岛边的岩滩。从岛下望上去,有一道陡壁,但并不很高,朱成功轻松地把连着绳索的铁抓钩抛了上去,用力拉了拉,抓钩抓得很结实,他让成雄先上去,然后阿荣、袁根发也都上去了。富贵大爷也上去时,朱成功又给了富贵大爷一捆子绳子说:"阿爸,你把这根绳子也带上去,然后再放下来。"富贵大爷点头说:"晓得。"吴耕夫还没弄懂,飞速爬上去的富贵大爷把带上去那根绳子也放下来了,成功把那绳子做了个套,绑在了吴耕夫的腰上,说:"吴先生,我们上吧。"吴耕夫这才明白,成功怕他爬绳索的时候会掉下来,再在腰上绑一根绳子以确保他的安全。吴耕夫上去时,成雄与袁根发又拉了他一把,朱成功跟着吴耕夫的后面最后爬了上来。

阿荣说:"吴先生,哪能?"

吴耕夫看着大家说:"我们现在有六个人,刘绣娟肯定向着我们的。我们又有富贵大爷、成功、成雄兄弟,还有阿荣和根发,可以说人强马壮。我勿相信王雅培那儿会武功的人会比我们多,就是人数比我们多两个,也不用怕。我们是有准备而来,目前来看,他们还勿晓得我们已经上岛了,我的意见是,我们趁他们不备出其不意地,直接闯进他们的别墅里,你们看怎么样?"

富贵大爷说:"就这样。我们打他个措手不及。"

于是吴耕夫领着富贵大爷他们六个人直奔别墅而去。别墅里灯光明亮,可能还摆着酒席,但门前连个站岗的人都没有。王雅培可能认为没有人能上得了他们的珍珠岛。吴耕夫、富贵大爷、袁根发、阿荣、朱成功、朱成雄,杀气腾腾地推门而入,王雅培看到吴耕夫他们的架势,顿时吓坏了,浑身哆嗦起来。他的那个贴身保镖与跟班,也吓傻了。刘绣娟一见吴耕夫,立即离开酒席冲过来抓住吴耕夫,然后躲到富贵大爷的背后。

吴耕夫冷笑一声说:"王老板,想勿到你这么个乡绅,知书达理的人,也会做出这种龌龊的事体,你一直说魏金森魏老板流氓成性,我看你连魏老板的一半都勿如,人家魏老板是明着做,但你却偷偷地暗着来。"

王雅培忙站起来说:"吴先生,你听我讲,你听我讲呀,我实在是太喜欢刘绣娟咯唱腔了呀,我想我剧院转让出去后,我就再也听勿到绣娟的唱了。"

吴耕夫说:"你没有想让绣娟当你姨太太?"

王雅培倒也爽直,说:"想了,可绣娟勿肯,弄到这岛上来后,我让她唱,她也勿唱,求我放她回去,说南先生是病人,把他一个人撂在家里。她放心勿下,她说她在这儿真是度日如年,天天吵,天天对着我哭,我已经后悔了,不该这样把她弄来。"

袁根发说:"那你就把她放回去呀!"

王雅培说:"我是准备这两天把她放回去的。"

吴耕夫说:"绣娟,理理你的东西,我们现在就走。"

刘绣娟说:"我来的时候就没有带东西,我这就跟你们走。"

王雅培说:"这么黑的天,海上浪又大,住一夜再走吧!"

吴耕夫说:"本来住一夜走也勿是勿可以,但你王老板咯为人,我们真的是勿放心,夜长梦多,我们现在就回,你用你的游艇把我们送出岛,外面有我们的船。"

王雅培看看站在吴耕夫后面的成功、成雄两兄弟捏着大刀怒瞪双目,忙点头说:"好,好。"

吴耕夫说:"王老板,委屈你陪着我们出去,有你陪着我们,我们也放心,请一起走吧。找到我们的船后你再回来。"

王雅培犹豫着。

朱成功与朱成雄捏着刀往前走了半步,离王雅培只有一尺的距离。

阿荣厉声地说:"哪能?"

王雅培忙点头说:"好,好。我送你们出去。"

第三十三章

那天似乎有天助他们似的,游艇第二天天刚蒙蒙亮就回到了舟山镇,到了舟山镇后刚好有一趟去上海的轮船。他们买了三等舱的船票,头等舱与二等舱的船票已经卖完了,他们七个人,包了一间房间,多一张票阿荣也买下了,说这样再在一起,没有外人大家都放心。

他们进了三等船舱,房间有点暗,还有一股霉气,虽然大家劳累了一天一夜,但刘绣娟被救了出来,大家都感到像做了一件了勿起咯事体,感到得意与兴奋。

刘绣娟看着大家,一脸的感激,激动地说:"谢谢大家,真咯是谢谢大家!谢谢大家豁出自己的性命来救我,我勿晓得哪能感谢你们才好,你们都是我的救命恩人哪!阿荣,你回去先给我谢谢魏老板,想勿到他没记我过去的仇,还派你来救我。"

阿荣一笑说:"我勿是在背后讲我老板的坏话,是我家老板自己花尽千苦万苦,都得勿到你,而王老板那么轻易玩了点花样就把你弄到了手。他心里真咯是太肯挖煞了,所以一定要把你救出来。阿拉老板心里肯定想,我得勿到你,王雅培咯只赤佬也勿要想得到你,要不阿拉老板觉得他也太丢面子了,人活在世上,不就活个面子吗?!"

大家都笑了。

轮船"哗哗哗——"地拉响了三声汽笛,慢慢地开出了码头,然后是一望无际地翻着波浪的大海。朱成功就讲起了杜丰林与潘阿珍的事体,讲到了南庄俊舍已救人,现在还被关在巡捕房的情况,刘绣娟哭了,但又说:"庄俊做得对,杜癞痢咯只杀千刀的,早该死了!"

吴耕夫说:"死有余辜,南先生为我们36号院子里除了一害啊!"

朱成功说:"其实刘广明那一棍子已经把杜癞痢砸得翘辫子了,可是南先生上来又是几刀,又对巡捕房的人说是他杀咯!把死了人的责任全揽到了自己身上,他可能知道自己这样的病人是勿负什么法律责任的,或者起码会从轻发落的,所以巡警一进院子他就说人是我杀咯!说杜癞痢要流氓,要剥一个姑娘的衣服,说咯种人勿杀杀啥人啊?"

朱成雄在边上说:"绣娟姐,你勿要急,巡捕房的人已经调查清楚了,过两天就可以放人,所以你回去,说不定姐夫就已经回家了,月桂姐一直在照顾南先生。"

从舟山坐船回上海要一天一夜,大家在海上过了一夜,回到上海码头,天已大亮了。挤出码头就可以看到上海的闹猛与拥挤是任何一个地方都无法比拟的。那几乎是紧紧地贴在一起的车流与人流就像潮水一样在涌动。

一出码头,四周都是小吃店。大家都说肚子饿了。其实勿一定是肚子真饿了,而是小吃摊的各种点心的香味扑鼻而来,搅得大家勿饿也变饿了。

吴耕夫要请大家吃早点。但阿荣说,还是他来付账,因为魏老板说过的,营救刘绣娟女士的所有费用都由他魏金森负担,只要把刘绣娟从王雅培的手中救出来就行。

大家吃了早点后,阿荣就要赶回去向魏金森复命,其他的人分坐三辆三轮车回到了聚德里36号,事体正像朱成功说的那样巧,吴耕夫、刘绣娟他们从三轮跳下车,宋云霞、栗海仙、阿珍等人都去同刘绣娟拥抱好一阵,李月桂

第三十三章

刚好也领着南庄俊回来了,院里的人像迎接英雄一样地迎接南庄俊。

院子里的人说:"今天真是大喜啊!"

当天晚上,魏金森让阿荣坐着车来接刘绣娟夫妇和吴先生、富贵大爷,还有袁根发,说是在新亚摆了一桌酒席,给刘绣娟接风压惊,也让各位参与的人都要到,"勿要勿给我魏金森面子!"

酒席上,魏金森说:"好长时间没有听刘绣娟女士唱了,如果绣娟女士赏我魏某面子的话,是勿是唱上一段。"

刘绣娟说:"魏老板可以说是我的救命恩人。"

吴耕夫说:"勿是可以说,是魏老板提出让我们来救你的。"

刘绣娟说:"魏老板想听哪一出?"

魏金森说:"王宝钏窑前相会那一段对唱怎么样?请吴先生客串薛平贵,可以哦?"

劫后余生,大家的心情都很放松愉快。刘绣娟与吴耕夫两人也唱得声情并茂,但在刘绣娟唱的时候,吴耕夫发现魏金森看刘绣娟的眼神,那种想占有她的欲念,似乎又有些死灰复燃了,那眼神有点怪怪的邪邪的。

刘绣娟唱完后,魏金森拍着手说:"绣娟啊,"因为魏金森觉得自己救刘绣娟有功,刘绣娟感激他,他也对刘绣娟特别亲切起来,叫刘绣娟时一口一个绣娟,他说:"绣娟啊,你阿想出山?我给你介绍大舞台的金家班子,他们班子里也缺少一个上好的旦角。你要想去,我给你介绍哪能,月银肯定要比王雅培咯只瘪三要高一倍!"

刘绣娟说:"魏老板,谢谢你,我还是老老实实地做我的家庭妇女哦,我本来就是穷人家的孩子,只是阿爸喜欢唱戏,我才跟着学了几口,做了几出戏,但自从到上海,在王老板、贾老板的怂恿下出了山,上台虽然赚了些钱,发了点小财,但却是事体勿断,很烦心的。所以我勿会再上台唱戏了,我赚的那点钞票只要省着点用,也够我同庄俊体体面面地过日脚了,真的很谢谢魏老板。"

魏金森说:"场面上有我呢,我帮你撑腰,你怕啥?"

刘绣娟说:"谢谢魏老板这么为我操心,我真的只想老老实实地守着庄俊过过平淡的日脚,只要勿再出事,我就很满足了。"

魏金森在向刘绣娟敬酒的时候说:"绣娟啊,你们家南先生你千万要当心点,王雅培大概勿会再来寻你麻烦,但杜丰林那帮小赤佬可能会找南先生的麻烦的。"

刘绣娟说:"谢谢魏老板的提醒。"

刘绣娟的那些话好像让魏老板有点勿开心,似乎是驳了他魏金森的面子。吴耕夫忙打个圆场说:"魏老板,这些天我们加上刘绣娟都有些累了,都想早点回去休息。"吴耕夫向大家使了个眼色,大家站起来,向魏金森作了一个揖说:"谢谢魏老板的饭局。"

那些天天很热,又经常下雷阵雨。夜里也是这样,闪电打雷,然后是一阵大雨。朱成功、朱成雄勿喜欢饭局这种场合,所以没有去。车开到聚德里36号院门口,他们下车时,吴耕夫对刘绣娟说:"刘绣娟,从今朝起,最好勿要让南先生单独出门。"

刘绣娟说:"我晓得嘞。"

吴耕夫回到家里,李月桂为他打洗脚水,吴耕夫说:"月桂,这些天你也辛苦了。"

李月桂说:"没有啥,南先生咯个人蛮好弄咯,勿像有些神经病,管也管勿牢,让他坐他就坐,让他吃他就吃。只有一个毛病,就是白锡包香烟勿离身,自己抽勿算,身边只要有人,非要让别人也抽,人家要勿肯抽,他还勿高兴。烟一抽完,他就要我去买,他身上总带着几张大面额的钞票,刘绣娟为他备在身边的,光买白锡包香烟,一时也花勿光。关在警署的禁闭房里,守门的那几个警察都很喜欢他,所以他也没有吃什么苦。"

吴耕夫点头说:"心肠好的人,就是神经病也懂得做好事,心肠坏的人,就是个健康人,照样做坏事。这次是一个神经病的好人杀了个没有神经病的坏人。"

吴耕夫刚说完这话,就听到7号的阿芳在哭叫:"天啊!以后我这日脚还怎么过呀!我的天啊!杜丰林,你害得我好苦啊!还有你咯杀千刀的南庄俊神经病,你发神经也勿能杀人啊!还有潘阿珍你咯只烂逼,你害死了我咯阿林了啊!"那哭叫声很是凄惨,伴着那闪电、雷声、雨声,飘散在整个院子里。

　　吴耕夫深深地长长地叹了口气,对李月桂说:"我要上去好好睡一觉,你也睡吧,早上勿要叫我,我想好好睡个懒觉……"

第三十四章

　　阿芳长得虽然瘦,但你要仔细看看,其实长得也是蛮秀气的,人也好像没什么病,在水池边洗菜,洗衣服,也干得蛮有劲、蛮利索。平时由于一直是杜丰林在张扬,她也就显得很低调,杜丰林在同别人吵架时,她最多只是帮上几句腔,从来没有看到过她跟什么人动过手。杜丰林死了后,她感到一个人带着三个孩子,生活上没有了着落,越想越感到迷茫,也很绝望,于是抱着那个小毛头整天地哭喊,弄得院子里的人既同情她又烦她。宋云霞有一次在水池边洗菜时,她正在哭喊,一把眼泪一把鼻涕的,那哭喊时凄楚的叫声真的让人感到很心烦,宋云霞就说:"阿芳,要哭到弄堂口哭去,在这里哭什么哭!"

　　阿芳还是照样地哭喊,前几天杜丰林那几个酒肉兄弟们也有来看过她的,还塞了点钱,说是一定会为阿林报仇的,但阿芳知道,人家最多开始时接济她一些,勿可能一直长期地接济她,而那些狐朋狗友也只是些在上海滩上被称作"三光码子"的人,

第三十四章

他们的口袋大多数时候也是空瘪空瘪的。一想到这些,阿芳就用哭喊来发泄心中这许多的忧愁与烦恼,家里还有三个男小人啊,三个和尚头要吃要穿,还要上学,今后到底哪能办啊!

吴耕夫看到这情景也很同情,杜丰林做坏事丢了性命,但女人与小人也跟着受苦,连生存都成了问题。吴耕夫是个性情中人,听到那连连的凄凉的哭喊声,他为阿芳也发愁了两天。

暑假马上就要结束了,吴耕夫要到以前的那个中学去上班,那个中学校长很欢迎吴耕夫回校继续执教。校长对吴先生的学问是很看重的,校长说,先生教语文,其实教的是我们中华民族的文化,数学、物理、自然科学,谈勿上民族性,英语那就更勿是了。只有先生教的这门课是我们中华民族文脉的课,振兴中华文化,就要仰仗像吴先生这样的人了。

立秋过后,虽说还有秋老虎的肆虐,但后面的天总是一场秋雨一场凉。有一天阿芳哭喊了一夜,那已变得嘶哑的哭喊声似乎在滴血。第二天吴耕夫敲开了刘绣娟家的门,刘绣娟正像她前两天说的那样,大门勿出,一直不让南庄俊离开她半步,以前她还上小菜场去买菜,但现在只是让李月桂去买菜时帮她带点回来。这次吴耕夫冒着生命危险,把她救了回来,她对吴耕夫有了一层更深的感情,刘绣娟说:"吴先生,寻我有事体?"

吴耕夫说:"绣娟,我想同你商量件事体。"

刘绣娟说:"吴先生有啥事体要我做,尽管吩咐好了,还商量个啥?"

吴耕夫说:"据朱成功讲,杜丰林勿是南先生弄死脱咯,刘广明一棍子下去就结果了他,是南先生又上去砍上几刀,把罪责移到了自己身上。但杜丰林的死还是同南先生有那么一点牵连,在死人身上砍几刀也总要负点责任的。阿芳这样哭喊总让人心里过勿去,俗语道,冤家宜解不宜结,我有个想法,绣娟你看哪能?"

刘绣娟说:"吴先生你讲呀,要我哪能做,我就做,我现在能安全回家全靠你吴先生。"

吴耕夫说:"你再也勿要这样讲,说来惭愧,我去舟山是魏老板让我去的。"刘绣娟说:"反正我是你同干爸他们救回来的,啥事体,吴先生你讲好了。"

吴耕夫说："你看7号杜癞痢死了,虽说他死有余辜,但他留下的孤儿寡母们哪能办,虽说我们没有责任去帮她,但人的同情心总该有。我想,你能勿能同聚德里17号的闵先生商量一下,把原来闵家阿婆住着的那间棚户房买下来,反正地皮是你咯,只买下那房子就可以,我估计也值勿了几个钱?"

刘绣娟说："我买下来有啥用?"

吴耕夫说："借给阿珍用,把阿珍的房子同闵家阿婆的房子打通,让阿珍挂牌正式成立个洗衣作坊。我想让阿珍雇阿芳做洗衣女工。每个月也有收入,虽然苦一点,养活自己和三个小人恐怕也能维持下去,阿芳其实也是个蛮勤快的人。"

刘绣娟想了想说："好是好,但阿珍肯哦?两家的仇结得那么深。"

吴耕夫说："阿珍还有阿芳的工作我来做,杜丰林死脱了,两个女人之间其实没有仇。"

刘绣娟说："吴先生,你真是个好人,怪勿得院子里的人都喜欢你,但这件事还是你出面同17号的闵先生讲,我一个女人出面勿方便,庄俊更出勿了面的。"

吴耕夫说："只要你答应,这件事就由我去谈。不过我先得把那两个女人的工作做好后,才可以去谈房子的事,要是两个女人勿肯,房子的事也是白谈。"

秋老虎肆虐了没有几天,又下了场大雨,而且整整下了一天,第二天天气就渐渐地凉了下来。吴耕夫去找阿珍,把自己的想法先告诉了阿珍,想勿到阿珍倒很大度,说："就怕她勿肯来,她真肯来,我做啥勿收她,又勿是她要剥我衣服,杜癞痢剥衣裳那天,她还在喊:'阿林,不可以咯呀,阿林真咯不可以咯呀!'她还被杜丰林甩了两个耳光。现在看着她拖着三个小人,也真可怜,这事也可以说是因为我引起咯,再说我现在的客户越来越多,我真想雇个帮手呢,可就是房子太小了。"

吴耕夫说："房子的事我想办法,能解决最好,勿能解决再想别的办法。"

由于昨天的那场大雨一直下到早上才停,院子湿漉漉的泥地还很滑,吴

第三十四章

耕夫朝阿芳家走去时差点滑了一跤,宋云霞看见了喊:"吴先生当心!"

吴耕夫一笑说:"没事的。"

宋云霞说:"吴先生,去7号啊?"

吴耕夫点头说:"每天夜里哭喊得都让人睡勿好觉,我去做做工作,再怎么说,也勿能再这样打扰大家休息呀。"

宋云霞说:"是呀,是呀,吴先生你真是个好心人,不过这个女人也真作孽啊!寻到咯样子的一个男人,这真是俗话说的,女怕嫁错郎,男怕入错行呀,这两头咯人全搭上了。"

吴耕夫轻轻地敲了敲7号的门,房里还可以听到阿芳的哭泣声,那个小毛头也在时不时地哭一声停一声,可能含着奶头不哭了,但吸不出奶来又哭了。

吴耕夫又敲了两下。

"啥人啊?"阿芳含着哭泣声说。

"我,吴耕夫,吴先生。"

一听是吴先生,阿芳忙抱着吮奶的小毛头开了门,很惊讶地看着吴耕夫,因为这些年来吴耕夫从来没到过他们家的门。

阿芳抹去泪说:"吴先生,你寻我有事体?"

吴耕夫说:"阿芳,你们家发生的事我全知道了,事情已经发生了,人死了是活勿过来的,但你同你咯小人都还要过日脚。你讲是哦?"

阿芳说:"吴先生,可我这个日脚真的是过勿下去了,我想把这三个小人卖掉,不然我们全家都得饿死呀,但要卖掉自己的亲骨肉,我又舍不得,吴先生,你是个好人,能不能帮帮我忙。帮我寻份生活做。"说着又哭了。

吴耕夫说:"阿芳,你看咯样子好哦,潘阿珍想开一个洗衣裳作坊,你就到她的洗衣裳作坊里去做,让她给你发工资。"

阿芳马上恼火地说:"我勿去!我勿能同咯只逼一道做生活,是她害死了我家阿林。"

吴耕夫说:"阿芳,你这话说得就没有道理了,从一开始起杜丰林就侮辱阿珍,还要强迫阿珍做他的小老婆,几次闯到阿珍咯屋里厢想侮辱阿珍。"

阿芳说:"她把阿林的脸都毁了。"

吴耕夫说:"阿珍是为了保护自己,要是在像欧美这样的国家,私闯民宅甚至还去侮辱女人,枪杀脱那也是白死!"

阿芳说:"我勿去,阿林的兄弟可能会来帮我咯。"

吴先生说:"阿芳,阿林的这些朋友都是些什么人,你勿清爽?虽然也讲点义气,但他们管勿了你和这三个小人的一辈子。"

阿芳说:"我讨饭去!"

吴耕夫说:"你带着三个人都讨饭?而且还有这个一岁勿到咯小毛头?"

阿芳哭了。

吴耕夫说:"阿芳,听我的好哦?就到阿珍的洗衣坊去做,虽然辛苦一点,但总还能养活这一家子。再说,你就在36号的院子里洗衣服,水池又离你的房子勿远,小毛头和两个小人都也可以照顾到。"

阿芳说:"她那么小的房子,哪能做洗衣裳作坊呀?"

吴耕夫说:"只要你肯去做,刘绣娟就去买下闵家阿婆的那间房间,然后打通里面,再弄上一只作业台做洗衣作坊,还相当宽敞呢。"

阿芳说:"阿是南先生咯只神经病把阿林杀死了,又勿负法律责任,刘绣娟想弥补自己丈夫的罪孽,才让吴先生帮她这样做咯哦?"

吴耕夫说:"你要这样想也可以,我吴耕夫在那件事发生时勿在,我在舟山。阿林哪能死咯,我也是听院子里的邻居们讲的。但让你到阿珍洗衣作坊去做的事,是我建议刘绣娟与阿珍她们这样做的,我吴耕夫同阿林的死没有关系,身上没沾啥罪孽是哦?你家老大也快要六岁了,也该上学了,所以你为小人想想,也该去阿珍那儿做,阿珍都勿计较你,你就更勿应该计较阿珍了,中国人历来是讲和为贵的民族。你们两个女人之间本来就没有什么仇,是哦?"

阿芳看着吴耕夫那关切而宽慰的眼神,想到自己要辜负了吴先生的这番好心,也实在讲勿过去了,于是抹了把泪,点了点头说:"好哦,谢谢吴先生。"

第三十五章

潘阿珍的洗衣裳作坊正式开张了,刘广明请木匠做了一块木板,漆上白漆,吴耕夫用毛笔蘸着黑漆写上"聚德里阿珍洗衣坊"几个既苍劲又有力的大字。开业那天放了一阵鞭炮,南庄俊还给来看作坊开业的人发了白锡包香烟。

聚德里17号的闵先生正愁那间在时间与风雨之中变得越来越破旧的房间,因为闵家阿婆死在那儿,谁也勿愿意去住,当放东西的仓库又勿保险,而且每年地租还得交,一听说刘绣娟要买下这间棚户房,正巴勿得呢。刘绣娟是按原来成本价的半价出的钱,比闵先生想要的高了一只头,于是他很痛快地答应了。

开业后,阿芳背着小毛头洗衣熨衣,做得很利索也很卖力,由于阿珍本来人缘就好,信誉也好,阿珍给阿芳的工钱够养活她自己与三个孩子了,有时阿珍还会给三个小人买点糖果,吴先生从学校下班回来,也会给三个小把戏带点香瓜子五香豆等零食,阿芳对吴先生是感谢得勿得了。

一个礼拜六的晚上,阿芳背着小毛头敲开了吴耕夫家的门,对吴耕夫说:"吴先生,有桩事体我想单独给你说。"

吴耕夫看了看阿芳的眼神,忙对李月桂说:"月桂,你到刘绣娟家去坐一歇。"李月桂出门后,阿芳就对吴先生说:"吴先生,姜丽文咯小人是阿林抱走咯。"

吴耕夫好像也有这种猜想,所以并不吃惊。说:"抱给谁了?"

阿芳说:"金郑氏那个女人呀,阿林讲,金郑氏把她住在霞飞路上咯房子卖脱了,她对阿林讲,只要把她的孙子抱出来给她,她就给阿林一大笔钞票,当时阿林赌博输了好大一笔钱,债主又逼得紧,于是就答应了。他说他发现刘嫂一到夜里厢给小人喂好奶,倒头就睡,小人就睡在她身边,门也勿插上,说是等姜丽文半夜回来用勿着再起来开门,门一推就可以进到房间里。他说刘嫂是个瞌睡虫投胎咯,好像永远睡勿醒咯一样,阿林就叫我等刘嫂睡熟后,把我们的小毛头放在刘嫂的身边,我就去抱上姜丽文咯佳佳,给他喂上奶走出弄堂。小人吃着奶就勿会哭,而且我的奶水勿比刘嫂的少,那天夜里,我抱着佳佳给他喂着奶,走出了弄堂,啥人也没有怀疑。他们都以为我抱着的是我们家的小毛头,出了弄堂口,金郑氏坐在一辆三轮车上,她非要我喂着佳佳跟她一起去她租的房子,我讲我勿去,佳佳你抱走就可以了,她说不可以,佳佳要哭起来,人家就会怀疑的,这么咯老太婆抱着个小人是哪能桩事体?所以我只好坐上三轮车,好像她新租的房子离我们聚德里勿太远,三轮车夫骑得又快,没有多少工夫就到了。她就把佳佳抱下车很大方地给三轮车夫一把角子钱,让三轮车夫把我送回来,后来金郑氏把钞票给了阿林了,阿林对我说,不许讲出去,讲出去就打死我,没有想到,我没有被他打死,他倒被人家打死了。"

吴耕夫说:"金郑氏住咯地方,你晓得哦?"

阿芳说:"当时是夜里厢,没有看太清,但大致方向还记得。"

吴耕夫说:"那好,但现在你千万不要告诉任何人,今晚我来告诉姜丽文,明天一早你就带我们,去找找看好哦?"

阿芳说:"这桩事体我一直吊在心里,勿晓得哪能办好。我晓得,人要做

第三十五章

坏事体是会有报应的,阿林勿就是吗?又想到吴先生你为人好,院子里的人都崇敬你吴先生,我现在能安心住在这院子里,也全靠吴先生的帮忙,要讲呢,是你吴先生做的事,让我良心发现了,我心上再也吊勿牢咯桩事体了,所以才告诉你吴先生咯。"

吴耕夫说:"阿芳,我代姜丽文先谢谢你,要是佳佳能找回来,我想姜丽文一定会再好好谢谢你的。"

阿芳说:"吴先生,我这是在改正错误,勿受罚就勿错了,哪能还要人家谢呢。"

吴耕夫发觉阿芳是咯个很会说话,也很懂得事理的女人。

已是秋天了,枯黄了的梧桐叶一片片飘落了下来。吴耕夫坐在自家门口等着姜丽文。他仰望着天空,深蓝色的夜空上缀满了星星,弯钩似的月亮竟也能洒下一片银光。夜深人静了,弄堂里也已很少有人走动,不久,吴耕夫在寂静的弄堂里听到熟悉的高跟鞋踩在水门汀上的笃笃声。

穿着旗袍披着披风的姜丽文走进了院子里,发现吴耕夫坐在自家门口,就有些吃惊地说:"吴先生,你哪能还勿休息啦?"

吴耕夫说:"就等你呀。"

姜丽文更吃惊了,说:"等我?"

吴耕夫说:"对,就等你。"

姜丽文说:"出啥事体啦,前些日脚院子里就出现了那么大的事,今朝又出啥事体啦,住在这样的院子里真有点让人心惊肉跳。"

吴耕夫一笑,平静地说:"到屋里厢来讲哦。"

姜丽文跟着吴耕夫进了2号房子里。吴耕夫把阿芳讲的有关佳佳的事体讲了一遍。

姜丽文说:"那时我就讲,佳佳丢失肯定同那个老太婆有关。杜瘌痢虽然死掉了,但我还是要讲,咯种人就是该死!死有余辜!"

吴耕夫说:"你让阿芳陪你去寻佳佳,她知道该往哪儿去找,虽然她勿能肯定金郑氏家的具体位置,但大致在啥地方她是晓得咯。"

姜丽文回家把吴耕夫给她讲的话就告诉了刘嫂,两个人一夜都没有睡,半夜里又下起了毛毛雨来,下在木棚上滴滴响,姜丽文住在5号,阿芳住在7号,姜丽文一早就把阿芳叫了起来。

阿芳说:"姜丽文,真对你勿起,我一定要想办法帮你把佳佳找回来!"

姜丽文说:"阿芳,我勿怪你,只要你能帮我把佳佳找回来,我还要谢谢你呢。"

姜丽文、阿芳、刘嫂就到吴耕夫家房门前等。

刘嫂说:"师母,我奶都停了,佳佳回来没有奶吃,哪能办啦?"

阿芳说:"吃我的奶好吧,喂一个也是喂,喂两个也是喂,勿要看我瘦,但我奶水足,小毛吃吃勿光,我每天还要挤脱倒掉勿少,我也赎赎我的罪哦。"

不一会儿吴耕夫也出来了,四个人到弄堂口叫了两辆三轮车,吴耕夫与阿芳坐一辆,姜丽文与刘嫂坐一辆,由于下雨,大家上车后都把车上的雨帘拉了下来。阿芳对车夫说:"到河湾路那儿的三角地有一只小菜场,先到那菜场再讲,到菜场后,踏得慢点。"

车夫说:"好,晓得。"

吴耕夫发觉阿芳是个很聪明的人,记性也好。吴耕夫想人间的婚姻有时真的很不公平,好汉没好妻,懒汉找个花滴滴。阿芳跟着杜丰林真的是亏大发了。可怎么办呢?虽不般配,但却配在一起了,你又有什么办法?阿芳就这么苦了这么些年,一想到那些日子的夜里,7号屋里发出的尖叫声曾让吴耕夫心里都发毛。

阿芳把挡雨的帘子拨开一条缝,一直往外望,快到三角地小菜场,阿芳一把抓住吴耕夫说:"吴先生,你看!金郑氏,拎着只菜篮子在往她住的弄堂咯方向走。"

吴耕夫也轻轻地拨开车帘子,果然也看到金郑氏,手臂上拎着个装着菜的篮子在前面,他对车夫说:"师傅,慢慢地跟着前方那个女人。"

吴耕夫看见金郑氏走进了一条弄堂,他也叫车夫停了下来,他和阿芳跳下车,吴耕夫给了车夫一只镍币,说:"不用找了。"

车夫说了声:"谢谢!"

后面姜丽文与刘嫂也下了车,那条弄堂是条旧式的弄堂,房子都已很旧了,残损的青砖上长满了青苔。金郑氏绝勿会想到阿芳会领着吴耕夫、姜丽文与刘嫂,在雨中跟踪她,吴耕夫等人把撑着的伞也压得很低尽量遮住自己的脸,大弄堂穿小弄堂,金郑氏拐进一条小弄堂后,在最后那栋陈旧的石库门房门口,有一个三十岁不到的女人抱着哭着的佳佳说:"好了,好了,勿哭了,阿奶回来了。"

刘嫂一看那女人抱着的真的就是佳佳,她情不自禁不顾一切地大步跨前从金郑氏身边闪过,冲了上去,那个抱着佳佳的女人,还没醒悟过来发生了什么事时,佳佳已被刘嫂紧紧地抱在怀里了。

佳佳看看刘嫂不哭了,很神奇。

金郑氏喊了一声:"你咯个女人要做啥?"这时她才发觉抢过佳佳抱在怀里的女人是刘嫂,然后就又看到了姜丽文、吴耕夫和阿芳,顿时脸都白了。

姜丽文走上前说:"金郑氏,我告诉你,看在你死脱咯儿子金正杰的面子上,勿拿你送到警署去,否则我就以拐骗婴儿罪控告你!"然后说:"刘嫂,阿拉走!"

金郑氏抓住阿芳说:"还我钞票,为了咯个小人,我都倾家荡产了!"

阿芳甩开金郑氏的手说:"我没有拿你的钱,要钞票到阴间里找阿林要去,但我抱出来咯小人,我得让人家抱回去!做坏事体是要遭报应咯,阿林就遭报应了,我勿能再遭报应,我还有三个小人呢!"

姜丽文要走,但回过头来说:"你要想来看佳佳,你来看好了,但下次还咯这样子做,我就待你不客气了。"

金郑氏说:"他是我孙子呀!"

姜丽文说:"佳佳是我亲生儿子,你可以到律师事务所去问,哪有儿子勿跟亲生姆妈,反而跟阿奶咯,除非我死脱了。"

吴耕夫说:"金郑氏,虽说佳佳是你孙子,但你采取这样不正当的手法,把姜丽文的儿子偷走,你这样做是犯法你晓得哦?"

金郑氏愣在那儿,不说话,她显然无话可说。她知道自己做了违法的事被人捉牢了。

吴耕夫缓和了一下口气说:"这样吧,姜丽文刚才讲了,只要你想去看佳佳，她也允许你去看。金郑氏，你想想看，你做下了这种违法的事，姜丽文没有送你去警署，还允许你去看小人，你就知足哦！做啥事体要合情合理合法才可以，姜丽文，我们走。"

吴耕夫、姜丽文他们走出小弄堂拐向大弄堂时，只听到后面金郑氏哇得大叫一声后痛哭起来，据说后来，金郑氏每隔几天都要到聚德里36号院子里来看佳佳，姜丽文中午还招待她吃顿饭，渐渐地两人还相处得相当和睦。到佳佳慢慢长大后，金郑氏自己省吃俭用却买了勿少玩具送过来给佳佳玩，佳佳"阿奶，阿奶"地叫得还很亲。人心应该是相通的，只要双方都不走极端就行。有人说与人斗，其乐无穷，干吗人与人之间一定要斗得你死我活的呢？在这争斗中除了痛苦流血甚至死亡，乐又在哪儿呢？

找回了佳佳，36号的院子里又热闹了一番，大家都像玩皮球似的转来转去地抱着佳佳逗乐。刘绣娟更是如此，抱着佳佳就像抱着自己亲生的儿子似的，甚至坐在姜丽文家抱着佳佳不想回家。有一天，刘绣娟抱着佳佳玩，一直等到姜丽文说："绣娟姐，就在我这吃中饭吧，吃好中饭我还要去上班。"刘绣娟这才惊醒过来，家里的中午饭她都没有做，于是她把佳佳还给刘嫂，赶忙奔回家，南庄俊已不在家里，她喊了几声没人应，想做了饭再去找，等她把米饭闷在炉子上，站在门口朝院子里喊："庄俊，吃中饭了。"连叫了几声没有回应，这是从来没有过的事，以前叫一声，最多叫两声，他就会出现说："来哉，来哉。"

刘绣娟又要叫时，宋云霞说："绣娟，勿在院子里，有一个小人领着他出院子了。"

吴耕夫已到学校去上课了，刘绣娟就让李月桂帮忙看着炉子上的饭，刘绣娟奔出弄堂去找，但看到的只是马路上的人流与车流。

南庄俊又失踪了。

院子里的男人，富贵大爷、刘广明、齐鲁江都出去找了，袁根发出海了，朱成功、朱成雄兄弟又出镖了，他们在的话也会去找。只有几个女人在院子里，下午太阳已开始落西了。过去杜丰林的所谓兄弟阿山与阿繁进了院子，阿芳与阿珍正在洗衣服，阿山说："阿芳，你怎么洗这么多衣服？"

第三十五章

阿芳说:"我在阿珍的洗衣裳作坊做了。"

阿山说:"是咯只逼害死阿林哥咯,你哪能可以在她的作坊做啦?"

阿芳说:"混碗饭吃呀,三个小人啥人养啦,阿林一拍屁股走了,掼下我和三个小人,总要有口饭吃呀,你们中间啥人能养我们一辈子呀,总还得靠自己呀。"

阿繁说:"好了,好了,勿讲了。阿拉两个人只来告诉你一声,阿林哥的仇我们报了,阿林在九泉之下也可以安心了。"

阿芳说:"你们哪能报个仇呀。"

阿繁说:"啥人杀咯阿林,阿拉就报啥人,阿芳,阿拉对得起阿林兄了,走!"

阿芳看着他们匆匆出了弄堂后,顿时感到心惊肉跳,忙对阿珍说:"阿珍,刚才阿繁讲啥人杀咯阿林,他们就杀啥人,他们会勿会杀的是南先生啊!南先生可是个好人呀!"

果然,南庄俊死了。

第三十六章

聚德里离小菜场勿远。上海的规划还是蛮科学的,尤其是小菜场,在弄堂聚集的地方,总有一个比较大的小菜场,上海人讲究吃,很懂得人活在这世上要活出点质量来,吃就是人生活质量的一个重要标志。所以一清早,最闹猛的地方就是小菜场,人潮涌动,人声鼎沸。有些小巷只有在早上买小菜时才会有人走动,平时就显得很冷清,尤其在小巷的深处,基本上没什么人住,但却有地下水道,上面也盖着阴沟盖。南庄俊的尸体就是头被塞在阴沟洞里,大半个身子露在外面,铸铁的阴沟盖移在了一边。当时有个巡警看到的就是这么个场景,显然他是被人害死的。

聚德里有个女人在菜场买了菜,听说曲泥湾的小路上有一个人死在沟洞里了。许多人拥过去看,她也跟过去看,一下就认出是36号院子里的南庄俊。

这种消息是走动最快的,像电波一样。刘绣娟就由那个女人领着,院子里的其他女人也都跟了刘

第三十六章

绣娟过来,刘绣娟看到南庄俊的尸体,当场就扑在尸体上昏厥了过去。

南庄俊的后事都是吴耕夫一手操办的,南庄俊死的那天,魏金森也好像很快就得到了消息,当天晚上,阿荣就带着魏金森的口信过来对刘绣娟说:"魏老板几次三番地关照你,叫你看好南先生,勿要让他一个人出去,你就是勿听,现在你看,出事体了哦?"

刘绣娟哭着说:"都怪我呀!"

阿荣说:"魏老板讲了,等过七以后,他要亲自来看你,你是阿拉魏老板最最关心咯人,听懂我讲的话了哦?"

刘绣娟听了顿时感到心惊肉跳,但她还是说:"阿荣,你回去替我谢谢魏老板。"

阿荣说:"福兮祸所伏,祸兮福所倚,诸事难料啊,刘绣娟女士你节哀!"南庄俊入殡那天,刘绣娟倒没有痛哭流涕,只是看着南庄俊被放进棺材,清洗过的南庄俊还像活的时候那样,一身干干净净,脸仍是那样英俊,要盖棺时,刘广明奔过来说:"等一等,等一等。"刘广明奔到棺材边上,从布兜里掏出两条白锡包香烟,搁在了南庄俊的枕边说:"南先生,你一路走好。"刘广明的这句话说得大家都鼻子一酸流下泪来,吴耕夫说:"刘老板,我代南先生谢谢你。"

南庄俊的丧事都由吴耕夫安排得妥妥帖帖的。

过了二七的一天深夜,刘绣娟突然敲开了吴耕夫家的门,刘绣娟一进门,就扑地跪在了吴耕夫的跟前,吴耕夫吃惊地说:"刘绣娟,你这是做啥?"

刘绣娟流着泪说:"吴先生,月桂告诉过我,她勿是你的女人,她只是你以前的夫人的贴身丫鬟,你们只有夫妻之名没有夫妻之实,所以吴先生,你就娶我哦,我看了在这世上你才是我刘绣娟真正该嫁的人,吴先生求求你,让我嫁给你吧。"

吴耕夫一下变得很激动,掏出一支老刀牌香烟抽了起来,李月桂走到楼上去了,吴耕夫猛吸了几口烟说:"绣娟,你真这么想?"

刘绣娟说:"我都跪在你的跟前求你了我还能怎么想?"

吴耕夫说:"那你起来听我说。"

刘绣娟站了起来。

吴耕夫说:"坐呀。"

刘绣娟坐了下来。

吴耕夫说:"绣娟,你真要嫁给我,勿是勿可以,我吴耕夫也是个人,有七情六欲,像你这样一个女人,啥人勿喜欢?但我在娶你以前,明朝是礼拜天,刚好学校没有课,我要去做桩事体,做成了,我立即就带你回乡下,如果做勿成,我与你还是各过各的日脚。"

刘绣娟说:"做啥事体?"

吴耕夫说:"明朝再讲,一切听天安排哦,好哦?"

第二天的中午,天空上滚滚的乌云,翻腾了很长时间,而且越变越浓,越变越黑,虽是大白天,但却昏昏地像黄昏一样,刘绣娟焦急地等着吴耕夫回来。

凝聚了很长时间的雨水,终于倾泻下来了。吴耕夫也坐着三轮车回来了。吴耕夫跳下车,给了车夫一块大洋,又是那句话:"勿用找了。"他闪进屋,刘绣娟也淋着雨奔进了吴耕夫的房间。

刘绣娟进屋后什么话也不说,只是双眼紧盯着吴耕夫。

吴耕夫抽出烟来抽了两口说:"绣娟,好哦,今朝夜里我就带你走,船票我也买好了,明天清早的船票,今朝半夜里我们俩就去码头。"

刘绣娟冲上去一把抱住吴耕夫哭了,说:"吴先生,谢谢你,谢谢你啊。"

吴耕夫轻轻推开刘绣娟说:"绣娟,为啥我今朝连夜就要带你走?因为你要晓得魏老板并没有放弃你。"

刘绣娟说:"所以我要你赶快娶我。"

吴耕夫说:"所以我们今朝夜里就得走!一漏风声我们就有麻烦了。我是答应娶你了,但婚礼要到一年后才可以办,我吴耕夫是个传统的男人,你讲呢?"

刘绣娟说:"好咯,但我得跟你在一起。"

吴耕夫说:"可以。"

刘绣娟说:"吴先生,你今朝做啥去了?"

第三十六章

吴耕夫说:"我去赌了一把,我告诉过你我是个赌徒,祖上的家产都赌光了,女人也跳河自杀了,那时我从此下决心再也勿赌了,我想月桂告诉你了,是哦?"

刘绣娟点点头。

吴耕夫说:"但为了你,我又去赌了一把,而且赌了一把大的,这肯定是我最后一次赌了,为了赌我与你的人生。上天有眼,我赢了,而且赢的钱勿但可以重新买回我祖上的田地与房产,而且还有结余,我勿愿意你跟着我过苦日子。"

刘绣娟看着吴耕夫感动得满眼是泪。

吴耕夫说:"绣娟,你回去收拾收拾,只带上值铜钱的东西,东西越少越好,我也只带只藤条箱,今朝半夜里我让周家车送我们去码头。"

刘绣娟回到家里,吴耕夫把月桂叫了下来,然后就给学校写了辞职信,信中他再三向校方道歉。他把信交给李月桂说:"明朝你就寄出去。还有月桂,你留在上海看房子,过两三年后,我和刘绣娟还要回来咯,如果你要嫁人,在上海找个人,或者在乡下找都可以。你结婚时,我会给你一笔钱的。"

李月桂说:"吴先生,等你回来再讲吧,我会看好我们的房子的,包括刘绣娟的房子。"说着伤心地哭了。

刘绣娟和吴耕夫把东西收拾好后,接着分别敲开院子里所有住户家的门,告诉大家实况后,大家都是又惊又喜,接着大家都拥到院门口来同吴耕夫与刘绣娟告别。陆家禾同陆勾氏也出来告别了,陆家禾说:"贺喜,贺喜,吴先生你们俩是最般配的,但你们俩以前绝对没有那种事,不过结婚了有那种事,也没有关系了,是哦?"

雨倾泻下来,哗啦啦地欢叫。

吴耕夫与刘绣娟坐上周家车的黄包车,宋云霞说:"阿弟,你一定要把吴先生和刘绣娟送进船码头哦。"

周家东说:"阿姐,你放心好了。"

潘阿珍哭了,阿芳也哭了,在倾盆大雨中周家车拉着黄包车,出了弄堂,大家都拼命地挥手,虽然吴耕夫与刘绣娟背对着他们,他们还是挥。

宋云霞说:"吴耕夫和刘绣娟好般配呀!"

姜丽文说:"天生的一对,月下老把他们的线牵迟了。"

粟海仙说:"其实咯个世界也老简单咯,归结起来就一条,做人就是这样,恶有恶报善有善报,前世勿报后世报,吴先生是个好人啊,世界上这样的人多了,这个世界也会太平多了……"

雨在倾盆而下,弄堂口已是一片水幕,不一会黄包车出了弄堂口,院子里的人仍在大雨中站了很久很久有些依依不舍的啊!

世界啊!人间的千千万万个故事,要告诉你的将是一个什么样的做人的道理呢?

你在那哗哗的雨声中,能听出些什么吗?反正聚德里36号院子里的人,似乎都悟出了什么东西来了……

2015年8月31日草完于新疆奎屯天北新区绿莹里宅中,阴历七月十八日。

2015年11月6日,风,再改于宅中阴历九月二十五日